Kate Brian

PRIVATE

Eine von euch

DIE AUTORIN

Kate Brian hat einen Bachelor-Abschluss in Englischer Literatur und Journalismus an der Rutgers Universität gemacht und arbeitete vier Jahre als Lektorin, bevor sie mit ihrer Private-Serie die New-York-Times- und USA-Today-Bestsellerlisten stürmte.

Kate Brian

PRIVATE

Eine von euch

Aus dem Amerikanischen
von Karla Hahndorf

cbt

Sollte diese Publikation Links auf Webseiten Dritter enthalten, so übernehmen wir für deren Inhalte keine Haftung, da wir uns diese nicht zu eigen machen, sondern lediglich auf deren Stand zum Zeitpunkt der Erstveröffentlichung verweisen.

Dieses Buch ist auch als E-Book erhältlich.

MIX
Papier aus verantwortungsvollen Quellen
FSC® C014496

Verlagsgruppe Random House FSC® N001967

1. Auflage 2018
Erstmals als cbt Taschenbuch Oktober 2018

Die Originalausgabe erschien unter dem Titel »Private« bei Simon & Schuster BFYR.
Published by arrangement withSimon & Schuster Books for Young Readers, an imprint of Simon & Schuster Children's Publishing Division.

Aus dem Amerikanischen von Karla Hahndorf
Lektorat: Carola Henke
Umschlaggestaltung: init | Kommunikationsdesign, Bad Oeynhausen
Umschlagmotiv: © Julian Peploe
ml · Herstellung: eR
Satz: KompetenzCenter, Mönchengladbach
Druck: GGP Media GmbH, Pößneck
ISBN 978-3-570-31210-0
Printed in Germany

www.cbj-verlag.de

Wo die Schönheit zu Hause ist

Wo ich herkomme, ist alles grau. Die nichtssagenden kastenförmigen Einkaufszentren. Das Wasser im See des Stadtzentrums. Selbst das Sonnenlicht hat dort etwas Trübes. Frühling gibt es bei uns kaum und Herbst schon gar nicht. Bereits früh im September fällt das Laub von den kränklichen Bäumen, sodass es gar nicht mehr die Möglichkeit hat, seine Farbe zu verändern, und landet in den Dachschindeln der Standardhäuser, bei denen das eine vom anderen nicht zu unterscheiden ist.

Wer in Croton, Pennsylvania etwas Schönes sehen will, muss sich in sein neun Quadratmeter großes Schlafzimmer seines langweiligen Reihenhauses setzen und die Augen schließen. Und dann der Fantasie freien Lauf lassen! Manche Mädchen stellen sich vor, wie sie mit ihrem Freund, einem Filmstar, unter Blitzlichtgewitter über den roten Teppich gehen. Andere ziehen eher die Prinzessinnen-Nummer ab und beschwören Diamanten, Diademe und

Prinzen auf weißen Rössern herauf. Ich aber dachte während meines gesamten neunten Schuljahrs immer nur an eines: die Easton Academy.

Wie ich letztendlich dorthin kam, an den Ort meiner kühnsten Tagträume, während meine ehemaligen Klassenkameraden an die dumpfe, trostlose Croton High wechselten, ist mir bis heute noch nicht ganz klar. Vermutlich habe ich das meinem Talent für Fußball und Lacrosse zu verdanken, meinen Noten, der euphorischen Empfehlung der temperamentvollen Easton-Absolventin Felicia Reynolds (die coole Ex meines Bruders Scott) und höchstwahrscheinlich auch ein wenig der Bettelei meines Vaters. Doch das war mir in diesem Moment egal. Ich war da, und es war genau so, wie ich es mir erträumt hatte.

Als mein Vater mit unserem zerbeulten Kleinwagen durch die sonnigen Straßen von Easton, Connecticut fuhr, musste ich mich zwingen, meine Nase nicht gegen die mit Hundesabber beschmierte Fensterscheibe zu pressen. An den Geschäften hingen bunte Stoffmarkisen und die Fenster glänzten sauber. Die Straßenlaternen waren zwar von der altmodischen Sorte, die früher einmal von einem Typen auf einem Pferd, der eine Fackel mit sich rumschleppte, entfacht wurden, funktionierten heute allerdings elektrisch. Von den Laternen hingen Topfpflanzen, deren knallrote Blüten leuchteten und die noch von der letzten Wässerung mit dem Gartenschlauch tropften.

Sogar die Gehwege waren schön: sauber, aus Pflastersteinen und von riesigen Eichen gesäumt. Im Schatten dieser Bäume traten zwei Mädchen in meinem Alter plaudernd aus einer Boutique namens »Ein Hauch von Nichts«

und schwenkten ihre durchsichtigen Einkaufstüten voller ordentlich gefalteter Pullover und Röcke. Obwohl ich mich in meiner abgetragenen Lee-Jeans und meinem blauen T-Shirt deplatziert fühlte, gab es keinen anderen Ort, an dem ich lieber leben wollte als hier in Easton. Es war einfach unfassbar, dass mein Traum bald in Erfüllung gehen sollte. Ein warmes Gefühl breitete sich in meiner Brust aus. Ein Gefühl, das ich in den Jahren seit dem Unfall meiner Mutter immer seltener gespürt hatte. Ein vages Gefühl von Hoffnung.

Die Easton Academy ist über eine schmale zweispurige Straße erreichbar, die sich von der Stadt die Hügel hinaufwindet. Ein kleines Holzschild auf einem Steinsockel markiert den Eingang zur Schule. EASTON ACADEMY GEGRÜNDET 1858 steht dort in verblasster Schrift. Das Schild wird vom untersten Ast einer Birke verdeckt, wie um auszudrücken, dass derjenige, der hierher gehört, den Weg ja kennt und allen anderen nicht unbedingt geholfen werden muss.

Mein Vater lenkte das Auto durch den Torbogen aus Backstein und Eisenbeschlägen und ich war verzaubert. Hin und weg. Rote Backsteingebäude mit Schindeldächern und Türmen, die mit sämtlichen ihrer angestaubten Winkel und Ecken Tradition und Stolz verströmten. Uralte, verwitterte, gewölbte Eingänge, dicke, an Eisenscharnieren befestigte Holztüren, Kopfsteinpflasterwege, die von hübschen Blumenbeeten gesäumt waren. Makellose Sportplätze mit hellgrünem Rasen und leuchtend weißen Markierungen. Alles um mich herum war perfekt. Nichts erinnerte mich an zu Hause.

»Reed, du musst mir den Weg sagen. Wo muss ich lang?«, fragte mein Vater.

Der Lageplan von Easton in meiner Hand war mittlerweile zu einem schweißnassen, bröckeligen Ball geworden. Ich breitete ihn flach auf meinem Oberschenkel aus, als hätte ich ihn nicht schon etliche Male auswendig gelernt. »Bieg bei dem Springbrunnen rechts ab«, wies ich meinen Vater an und versuchte, ruhiger zu klingen, als ich mich fühlte. »Die Zimmer der Zehntklässler-Mädchen befinden sich ganz am Ende des Platzes.«

Wir fuhren an zwei farblich aufeinander abgestimmten Mercedes Cabrios vorbei. Ein blondes Mädchen stand untätig daneben, während ein Mann – ihr Vater? Ihr Butler? – einen Riesenstapel Louis-Vuitton-Gepäck auf den Gehweg ablud. Mein Vater pfiff durch die Zähne.

»Die wissen, wie man es sich gut gehen lässt«, sagte er, und ich war von seiner Ehrfurcht sofort genervt, obwohl ich genauso beeindruckt war. Er duckte sich, damit er die Spitze des Turms sehen konnte, über den ich durch mein stundenlanges Blättern in der Easton-Broschüre bereits wusste, dass sich darin die alte Bibliothek befand.

Eigentlich wollte ich »Da-a-ad!« sagen, doch dann antwortete ich nur: »Ich weiß.«

Bald würde er wieder weg sein, und wenn ich ihn jetzt anmotzte, würde ich es später – allein an diesem fremden, bilderbuchartigen Ort – bereuen. Außerdem hatte ich das Gefühl, dass die Mädchen, die wir gerade gesehen hatten, so etwas wie »Da-a-ad!« nicht sagen würden.

Vor den drei imposanten Wohnheimgebäuden, die den Platz auf der Mitte des Hügels säumten, verabschiedeten sich Eltern mit Küssen und Umarmungen von ihren Kindern und vergewisserten sich, dass sie auch alles Nötige hatten. Jungs in Khakihosen und weißen Hemden spielten mit fleckigen roten Wangen Fußball und hatten ihre Blazer beiseitegeworfen. Zwei streng dreinblickende Lehrer standen neben dem ausgetrockneten steinernen Springbrunnen und nickten, während sie leise miteinander redeten. Mädchen mit glänzenden Haaren verglichen ihre Stundenpläne miteinander und lachten dabei, zeigten auf etwas und tuschelten hinter vorgehaltener Hand.

Ich beobachtete die Mädchen und fragte mich, ob ich sie morgen schon kennen würde. Fragte mich, ob eine von ihnen vielleicht meine Freundin werden würde. Ich hatte noch nie viele Freundinnen gehabt. Oder auch nur eine, um ehrlich zu sein. Ich war Einzelgängerin aus der Notwendigkeit heraus, Menschen von meinem Haus und meiner Mutter fernzuhalten und damit auch von mir selbst. Außerdem interessierte ich mich für andere Dinge als die meisten Mädchen, die sich nur für Kleidung, Tratsch und Promi-Zeitschriften begeistern konnten.

Zu Hause hatte ich mich immer mit Jungs am wohlsten gefühlt. Jungs hatten nicht so ein Bedürfnis danach, Fragen zu stellen, dein Zimmer und dein Haus genau unter die Lupe zu nehmen und all die intimen Details deines Lebens zu erfahren. Deshalb hing ich am häufigsten mit Scott und seinen Freunden ab, vor allem mit Adam Robinson, mit dem ich den ganzen Sommer lang zusammen war und der dieses Jahr an der Croton High seinen Abschluss machen würde. Ich schätze, die Tatsache, dass ich mit ihm Schluss gemacht hatte und hierhergekommen war und dadurch auf den Ruhm verzichtete, als erste Zehntklässlerin einen Freund im Abschlussjahrgang zu haben und mit ihm am ersten Schultag vorzufahren, wäre eine weitere Sache gewesen, die die Mädchen in meiner Stufe bestimmt nicht hätten nachvollziehen können.

Aber die kapierten so einiges nicht.

Ich hoffte, dass es hier anders sein würde. Ich *wusste*, es würde anders sein. Man brauchte sich doch nur umzusehen. Wie könnte es nicht so sein?

Mein Vater hielt am Straßenrand zwischen einem goldenen Landrover und einer schwarzen Limousine. Ich schaute die efeubedeckten Außenmauern von Bradwell hinauf, dem Wohnheim der Zehntklässler, der dieses Schuljahr mein Zuhause sein würde. Einige Fenster waren bereits geöffnet und Musik drang zu den Schülern und Eltern hinaus. In einem der Zimmer waren rosa Vorhänge angebracht worden und ein Mädchen mit pechschwarzen Locken bewegte sich darin geschäftig umher, räumte Dinge um und richtete sich ein.

»So, da wären wir«, verkündete mein Vater. Nach einer kleinen Pause fuhr er fort: »Und du bist dir bei der Sache auch ganz sicher, Kleines?«

Plötzlich konnte ich nicht mehr atmen. In all den Monaten, in denen sich meine Eltern wegen Easton gestritten hatten, war mein Vater der Einzige in der gesamten Familie gewesen, der nie auch nur den Funken eines Zweifels zum Ausdruck gebracht hatte. Selbst Scott, dessen Idee es ursprünglich gewesen war, dass ich Felicia an die Easton folgte – sie war für ihre letzten beiden Schuljahre hierhergekommen und hatte im Frühling ihren Abschluss gemacht, bevor sie sich nach Dartmouth und in eine ruhmreichere Zukunft aufmachte –, hatte gezögert, als er die wahnsinnig hohen Schulgebühren sah. Doch mein Vater war von Anfang an dafür gewesen. Er hatte die Videoaufnahmen von meinen Lacrosse- und Fußballspielen nach Easton geschickt. Und Stunden am Telefon verbracht, um finanzielle Unterstützung für mich zu organisieren. Und währenddessen hatte er mir immer wieder versichert, ich würde »es ihnen schon zeigen«.

Ich blickte in die Augen meines Vaters, die dasselbe Blau wie meine hatten, und ich wusste, er hatte keinen Zweifel daran, dass ich hier klarkommen würde. Er hatte nur Zweifel, ob *er* zu Hause klarkommen würde. Bilder von Tablettenfläschchen schossen mir in den Kopf. Kleine weiße und blaue Tabletten, die über einen mit Wasserrändern versehenen Nachttisch verteilt waren. Ein Abfalleimer voller leerer Schnapsflaschen und zerknüllter Taschentücher. Meine Mutter, blass und abgemagert, wie sie über ihre Schmerzen jammert und über all das Schlechte, das ihr zugestoßen ist, und behauptet, es sei uns allen egal. Wie sie mich runterzieht und wie sie Scott runterzieht und wie sie uns sagt, wie wertlos wir doch seien, damit wir uns genauso mies fühlten wie sie selbst. Scott war bereits geflohen – er hatte letzte Woche seine Sachen gepackt und war an die Pennsylvania State University gegangen. Nun wohnten nur noch mein Vater und meine Mutter in dem winzig kleinen Haus. Der Gedanke deprimierte mich.

»Ich muss nicht unbedingt hierher«, sagte ich, obwohl mir bei der Vorstellung, er könne mir recht geben, ganz schlecht wurde. Diesen Ort zu sehen, sich von ihm verzaubern zu lassen und ihn dann gleich wieder verlassen zu müssen, hätte mir den Todesstoß versetzt, da war ich mir sicher. »Wir können sofort umkehren. Du musst es nur sagen.«

Das Gesicht meines Vaters entspannte sich und er lächelte. »Ja, klar«, sagte er. »Als ob ich das machen würde. Aber ich weiß das Angebot zu schätzen.«

Ich lächelte traurig. »Kein Problem.«

»Ich hab dich lieb, mein Kleines«, sagte er. Das wusste ich bereits. Für mich einen Platz an dieser Schule zu ergattern und mich aus dem Höllenloch meines Zuhauses herauszuholen, war wohl das offensichtlichste Zeichen von Liebe, das ein Elternteil einem entgegenbringen kann. Er war mein Held.

»Ich hab dich auch lieb, Dad.«

Dann umarmte er mich, und ich weinte, und bevor ich mich's versah, verabschiedeten wir uns voneinander.

Einschüchterung

»Die Easton Academy ist eine der besten Schulen des Landes. Ich nehme an, das ist der Grund, warum Sie sich für sie entschieden haben. Viele Schüler, die zuvor öffentliche Schulen besucht haben, tun sich … etwas *schwer* damit, sich einzugewöhnen. Doch Sie werden nicht zu diesen Schülern gehören, habe ich recht, Miss Brennan?«

Meine Betreuerin, Ms Naylor, hatte graue Haare und Hängebacken. Sie zitterten, wenn sie sprach, und bei jedem ihrer Worte ging es eigentlich nur darum, dass ich mich niemals für Easton hätte bewerben sollen, weil es eine Nummer zu groß für mich sei und ich noch vor meiner ersten Unterrichtsstunde zu versagen drohte.

Zumindest ließ sie das durchblicken.

»Genau«, antwortete ich und zwang mich zu einem optimistischen Lächeln. Ms Naylor unternahm denselben halbherzigen Versuch. Ich hatte den Eindruck, sie lächelte grundsätzlich wenig.

Ihr Büro im Souterrain war dunkel und die gemauerten Wände waren mit Regalen voll staubiger, in Leder gebundener Bücher verkleidet. Es wurde nur von zwei Fenstern, die sich sehr hoch in der Wand befanden, beleuchtet. Ihr runder Körper war so nahtlos zwischen den Armlehnen ihres Stuhls eingekeilt, dass es wirkte, als würde sie dort festsitzen. Der Moschus- und Zwiebelgeruch konnte durchaus ein Zeichen dafür sein, dass sie tatsächlich niemals den Raum verließ. Und dass alles, was sie in diesen vier Wänden aß, ganz schön ranzig sein musste.

»Die Kurse in Easton sind äußerst anspruchsvoll. Die meisten Schüler in Ihrem Jahrgang besuchen Kurse, die dem Oberstufen-Niveau Ihrer alten Highschool entsprechen«, fuhr Ms Naylor fort und blickte dabei auf etwas, von dem ich annahm, dass es sich um meine Zeugnisse von der Croton High handelte. »Um mithalten zu können, werden Sie sehr viel mehr lernen müssen als bisher. Sind Sie dem gewachsen?«

»Ja, das hoffe ich doch«, sagte ich.

Sie sah mich an, als wäre sie irritiert. Hatte sie etwa erwartet, ich würde mit »Nein« antworten?

»Ich sehe, Sie bekommen ein Teilstipendium. Das ist gut«, sagte Ms Naylor. »Die meisten unserer Schüler, die Stipendien bekommen, haben dadurch eine gewisse Motivation, die ihnen hilft, ihre Ziele zu erreichen.«

Ms Naylor klappte ihren Ordner zu und beugte sich über ihren Schreibtisch zu mir rüber. Ein Lichtstrahl aus einem der Fenster enthüllte die deutlich sichtbare Linie zwischen dem Make-up auf ihrem Gesicht und den fleischigen Rollen ihres Halses.

»Wir erwarten herausragende Leistungen von jedem einzelnen unserer Schüler hier in Easton«, sagte sie. »Ich habe besonders hohe Erwartungen an die Schüler, die ich betreue, also werde ich auch Sie besonders im Auge haben, Miss Brennan. Enttäuschen Sie mich nicht.«

Es mag paranoid klingen, doch für mich klang diese Forderung eher wie eine Drohung. Wir schwiegen beide. Schließlich hatte ich das Gefühl, dass ich etwas sagen sollte, also meinte ich: »Okay.«

Sie kniff die Augen zusammen. »Ihr Stundenplan.«

Blitzschnell zog sie ein dünnes Blatt Papier hervor und hielt es mir über dem kleinen bronzenen Namensschild am Rande ihres Schreibtisches, das sie als Vertrauenslehrerin bezeichnete, entgegen. Auf mich wirkte es so, dass sie mich vertrauensvoll begleiten wollte – und zwar unterwürfig weinend zum nächsten Flughafen.

Ich nahm das Blatt und überflog es kurz, wobei mir Wörter wie »Kunstgeschichte«, »Zusatzarbeit im Labor« und »Französisch 3« ins Auge sprangen. Wie um alles in der Welt war ich in Französisch 3 gelandet?

»Danke«, sagte ich. Ich war froh zu hören, dass meine Stimme von dem Zittern, das von meinem Körper Besitz ergriffen hatte, nichts verriet.

»Und der Ehrenkodex.«

Sie reichte mir noch ein Blatt Papier; dicker, umfangreicher als das erste. Oben auf der Seite prangten das Wappen von Easton und die Worte »Ehrenkodex für Schüler der Easton Academy«, darunter »Tradition, Ehre, Excellence.«

»Lesen Sie es sich durch und unterschreiben Sie es dann«, forderte mich Ms Naylor auf.

Das tat ich. Der Ehrenkodex besagte hauptsächlich, dass ich nicht schummeln durfte und Klassenkameraden, die ich im Verdacht hatte, Derartiges zu tun, melden sollte. Sollte ich diesen Anforderungen nicht gerecht werden, würde ich unverzüglich der Schule verwiesen werden. An der Easton Academy hielt man nichts von zweiten Chancen. Doch da ich in meinem Leben noch nie geschummelt hatte und mir nicht vorstellen konnte, dass jemand, der diese Schule besuchte, so etwas nötig hätte, unterschrieb ich schnell und gab das Blatt zurück an Ms Naylor, die meine Unterschrift inspizierte.

»Sie sollten sich auf den Weg machen«, sagte sie dann. »In einer Viertelstunde beginnt die Hausversammlung und Sie sollten nicht gleich am ersten Tag einen schlechten Eindruck bei Ihrer Hausmutter hinterlassen.«

»Danke«, sagte ich und erhob mich.

»Ach, noch etwas, Miss Brennan«, sagte sie. Als ich sie ansah, war ihr Gesicht zu einem Lächeln verzerrt. Oder etwas, das einem Lächeln zumindest sehr nah kam. »Viel Glück.«

Ein *Sie werden es brauchen können* steckte da auf jeden Fall mit drin.

Voller Sehnsucht nach dem hoffnungsvollen Gefühl, das ich im Auto meines Vaters gespürt hatte, drehte ich an dem kalten Türknauf aus Messing und verließ den Raum.

Anziehungskraft

Meine Angewohnheit, mit gesenktem Kopf durch die Gegend zu laufen, hatte in der Vergangenheit Nachteile, aber auch Vorteile gehabt. Der größte Nachteil war, dass ich ständig mit jemandem zusammenstieß. Der Vorteil war, dass ich immer etwas fand: haufenweise Münzen, heruntergefallene Halsketten und Armbänder, heimliche Liebesbotschaften, die vermeintlich sicher in einer Heftmappe verstaut waren. Einmal hatte ich sogar ein Portemonnaie voller Bargeld gefunden und fünfzig Dollar Finderlohn bekommen, als ich es zurückgab. Allerdings hätte ich wissen müssen, dass es vielleicht nicht klug war, so auch in Easton herumzulaufen. Ich hatte den Hof hinter den Wohnheimen bereits zur Hälfte überquert, als ich jemanden »Achtung!« rufen hörte.

Anstatt mich zu ducken, schaute ich natürlich auf.

Ich ließ meinen Stundenplan fallen und erwischte den Football etwa eine Zehntelsekunde, bevor er mir die Nase gebrochen und mich in die Krankenstation befördert hätte. Das Herz schlug mir bis zum Hals.

»Nicht übel.«

Mitten auf dem Weg saß ein Junge. Hätte der Ball nicht beinahe mein Gesicht verunstaltet, wäre ich beim nächsten Schritt direkt über ihn gestolpert. Er steckte sein schickes Handy, auf dem er zuvor noch herumgetippt hatte, in die Tasche, befreite seine langen Beine aus dem Schneidersitz und hob beim Aufstehen meinen Stundenplan auf. Seine dunklen Haare fielen ihm unordentlich, und gleichzeitig total gewollt, in die Stirn, wobei eine Locke direkt über eines seiner strahlend blauen Augen hing. Ein grau meliertes T-Shirt schmiegte sich an seinen schlanken Körper. Er hatte ein markantes Gesicht und seine leicht gebräunte Haut war makellos.

»Eine Neue«, sagte er und musterte mich von oben bis unten.

Ich wurde rot. »Ist das so offensichtlich?«

»Ich kenne jeden hier auf der Schule«, sagte er.

»Jeden?«, fragte ich. Das war wohl kaum möglich.

»Es ist eine kleine Schule«, erwiderte er und sah mich an.

Für mich fühlte sich das nicht so an. Mir schien sie sogar verdammt groß zu sein. Aber es war ja auch mein erster Tag.

»Pearson! Hör mal auf zu flirten und wirf den Ball zurück!« Bis dahin hatte ich die Jungs in unserer Nähe nur *gespürt*. Nun streckte »Pearson« seine Hand nach dem Ball aus und ich sah zu seinen Freunden hinüber, es waren sechs, die zwanzig Meter entfernt schwitzend nach Luft rangen. Anstatt ihm den Ball zu geben, drehte ich mich um, nahm etwas Anlauf und schoss den Ball dem Typen zu, der am weitesten entfernt stand. Er landete direkt in seinen Händen. Einer der Spieler – ein großer, blonder, kräftiger Junge, dem das Wort »Großmaul« ins Gesicht geschrieben stand – zwinkerte mir anzüglich zu und joggte zurück zum Spiel.

»So, so. Reed Brennan, zehnte Klasse.«

Mein Herz setzte einen Moment aus. »Pearson« studierte meinen Stundenplan.

»Ich nehme das mal wieder«, sagte ich und streckte auffordernd meine Hand aus. Er drehte sich weg und hielt den Stundenplan mit beiden Händen in die Höhe. Ich durchforstete mein Gehirn, ob sich irgendetwas Peinliches oder zu Persönliches darauf befand. Stand da, dass ich ein Stipendium bekam? Stand da, woher ich kam?

»Hm … ganz schön harter Stundenplan. Wir haben es hier wohl mit einem Schlaufuchs zu tun.«

Er sagte es auf eine Art, dass ich nicht wusste, ob das gut oder schlecht war. »Nicht wirklich«, antwortete ich.

»Und auch noch bescheiden«, sagte er mit einem Blick zu mir. »So eine bist du also.«

Mittlerweile war ich knallrot. »Wie meinst du das?«

»Eines von den Mädchen, die klug sind, aber so tun, als wären sie es nicht. Eines von den Mädchen, die schön sind wie ein Model, aber ständig sagen, sie wären hässlich«, antwortete er.

Schön? *Schön?* Ich hasste Komplimente. Ich wusste nie, was ich mit ihnen anfangen sollte. Besonders dann, wenn ich den Verdacht hatte, dass sie nicht ganz ernst gemeint waren.

»Eines von den Mädchen, deren Existenz für die Mädchen um sie herum, die unter mangelndem Selbstbewusstsein leiden, die reine Qual ist.«

Ich riss ihm meinen Stundenplan aus der Hand und steckte ihn in meine Gesäßtasche.

»Ich schätze, dann gehörst du wohl zu diesen unausstehlichen Typen, die meinen, sie wüssten über alles Bescheid, und die so eingebildet sind, dass sie glauben, alle um sie herum wären an ihren wenig originellen Gedanken interessiert«, gab ich zurück.

Er grinste. »Du hast mich durchschaut.«

Er hatte nicht einmal den Anstand, *vorzutäuschen*, er wäre beleidigt. Er wirkte wie jemand, der wusste, wie cool er war, und der sich auch nicht darum scherte, was ich oder andere von ihm hielten. Darum beneidete ich ihn.

»Du bist also Reed Brennan, Studentin im zweiten Jahr, und ich bin Thomas Pearson, Student im letzten Jahr«, sagte er und streckte mir die Hand entgegen.

Niemand in meinem Alter hatte mir jemals die Hand schütteln wollen. Ich beäugte ihn skeptisch und erwiderte seinen Händedruck. Seine Handfläche war unglaublich warm und sein starker, selbstsicherer Griff schickte ein erwartungsvolles Kribbeln durch meinen Körper. Er sah mir in die Augen und sein Lächeln wurde langsam breiter. Fühlte er dasselbe, oder wusste er bloß, dass *ich* es fühlte?

Sein Handy klingelte. Er wandte sich ab und zog es aus seiner linken Tasche. Komisch, ich hatte gedacht, er hätte es in die andere gesteckt.

»Da muss ich rangehen«, sagte er und ließ das Telefon auf seiner rechten Handfläche kreisen wie ein Revolverheld in einem alten Western. »Arbeit kommt vor dem Vergnügen. Und glaub mir, es war *wirklich* ein Vergnügen, dich kennenzulernen, Reed Brennan.«

Ich öffnete den Mund, brachte aber keinen Ton heraus.

»Pearson«, meldete er sich am Handy.

Dann schlenderte er langsam davon, mit erhobenem Kopf und so selbstsicher, als würde ihm die ganze Schule gehören. Ich fragte mich, ob es nicht vielleicht wirklich so war.

Ein Witz von einer Unterkunft

Meine Mitbewohnerin gehörte definitiv zu der gesprächigeren Sorte. Sie hieß Constance Talbot und schien offensichtlich keinen Sauerstoff zu benötigen. In dem Augenblick, als ich nach der Begegnung mit Thomas Pearson das Zimmer betrat, begann sie zu reden und holte dann nicht ein einziges Mal mehr Luft. Während sie so vor sich hin plapperte, musterte ich die Poster von Rockbands und Rodin-Gemälden, die sie in meiner Abwesenheit aufgehängt hatte. Und betrachtete den Haufen Cardigans, T-Shirts und tiefsitzende Kordhosen auf dem Bett. Ich fragte mich, ob sie wegen anhaltender Ruhestörung von ihrer Schule in Manhattan geflogen war.

Ihr bevorzugtes Gesprächsthema? Sie selbst. Wie dumm von mir zu glauben, die Mädchen hier würden anders sein. In den ersten fünf Minuten erfuhr ich, dass sie Einzelkind war, dass sie, wie ich, neu in Easton war, dass sie eine Privatschule in Manhattan besucht hatte und auch dort hätte bleiben können, nur habe sie »ihren Horizont erweitern« wollen, dass ihr Hund bedauerlicherweise Pooky hieß und dass sie einen Freund auf der Upper East Side hatte, der Clint hieß, was noch mehr zu bedauern war.

»Clint und ich waren letzten Sommer auf einem U2-Konzert im Madison Square Garden. Niemand geht ja *freiwillig* in den Garden, aber sonst spielen U2 ja nirgends, oder? Mein Dad gibt uns also Backstage-Pässe, weil er das Konzert ja promotet, und – habe ich schon erwähnt, dass er Promoter ist?«

Hatte sie.

»Und er so: ›Die Band wird nicht da sein, aber ihr könnt sehen, wo sie sich umziehen und abhängen.‹ Aber dann gehen wir nach hinten, öffnen die Tür und rate mal, wer da steht? Rate!«

Nun war tatsächlich ich dran, was zu sagen.

»Bono?«, fragte ich.

»Bono!«, rief sie. »Direkt vor meiner Nase! Anderthalb Meter von mir entfernt. Und weißt du, was er gesagt hat? Er sagte, und ich zitiere: ›Es freut mich, dich kennenzulernen …‹«

Ihr irischer Akzent war grauenvoll.

»›Du hast die schönste irische Haut, die ich jemals gesehen habe.‹ Er wusste, dass ich Irin bin. Einfach aufgrund meines Aussehens!«

Tja, offensichtlich war Bono weder blind noch dumm. Schließlich hatte Constance die obligatorischen roten Haare. Dazu Sommersprossen. Und grüne Augen. Ich wäre nicht überrascht gewesen, wenn sie sich »Irland für immer« über ihren Hintern hätte tätowieren lassen.

Andererseits war sie zu naiv und fröhlich, um der Typ für ein Tattoo zu sein.

»Natürlich habe ich ihn um ein Foto mit mir gebeten und natürlich war er einverstanden. Meine Freundin Marni hat Hunderte gemacht.«

»Echt? Hast du sie hier?«, fragte ich – immerhin gab ich mir Mühe.

Darauf herrschte mindestens fünf Sekunden Stille, während Constance mir den Rücken zuwandte und ihre rosa Schmuckschatulle aus Satin durchkramte – langsam begann ich, mir Sorgen zu machen. »Oh nein. Ich habe sie nicht dabei. Ich wollte damit nicht, du weißt schon, angeben.«

Klar.

»Egal.« Sie hatte sich wieder zu mir gedreht, mitsamt ihrem strahlenden Lächeln, und legte eine Perlenkette an. »Bist du bereit?«

»Wofür?«

»Für die Hausversammlung!«, sagte sie und riss ihre unfassbar großen Augen auf. »Da lernen wir unsere Hausmutter kennen!«

»Ach, stimmt«, sagte ich und rutschte nervös auf meiner Steppdecke herum.

»Hört sich das nicht total nach 18. Jahrhundert an? Wir haben eine *Hausmutter*«, sagte Constance und lachte sich schlapp. »Ich kann es kaum erwarten, die anderen Mädchen von unserem Flur kennenzulernen.«

Sie sah mich erwartungsvoll an. »Ja, ich auch nicht«, entgegnete ich und zwang mich zu einem Lächeln.

Ich folgte ihr zur Tür hinaus und wünschte, ich wäre nur

halb so begeistert und selbstsicher wie sie. Leider hatte ich die Mädchen aus unserem Flur bereits gesehen. Ich hatte gesehen, wie sie mit ihren Handys telefonierten, ihre Zweihundert-Dollar-Jeans zusammenlegten und ihre Haarprodukte von Kerastase ins Bad schleppten. Da wusste ich schon, dass ich der Sache nicht gewachsen sein würde. Außerdem schien es so, als würden sie sich bereits alle untereinander kennen. Sie gingen ganz locker aufeinander zu und sprachen miteinander wie Freundinnen – als hätten sie alle schon gemeinsam ein Leben lang hier gewohnt und Insider-Witze kultiviert und einen bestimmten Stil entwickelt, an den ich nie herankommen würde, da ich erst so spät dazugestoßen war. In meinem Kleiderschrank gab es nicht ein Teil, mit dem ich mich nicht als Landei outen würde – als Stammkundin bei Wal-Mart.

Ich wusste nicht, wie ich das machen sollte. Ich wusste nicht, wie man sich unterhält, sich Geheimnisse erzählt und befreundet ist. Seit ich acht war, war keiner meiner Mitschüler bei mir zu Hause gewesen. Ich hatte keine Geburtstagspartys oder Pyjamapartys oder etwas in der Art gefeiert, was dazu führte, dass niemand an meiner Schule irgendwas über mich wusste. Genau das hatte ich gewollt. Ich hatte diese Entscheidung getroffen, als meine Mutter ihre lange, kontinuierliche Abwärtsspirale begonnen hatte. Um mich selbst zu beschützen. Um andere vor ihr zu beschützen. Und es hatte immer geklappt. Nicht ein Mensch außerhalb meines engeren Familienkreises kannte meine Geheimnisse.

Allerdings war mir nicht bewusst gewesen, dass ich durch meine Zurückgezogenheit völlig inkompetent geworden war. Nicht zu normalem Teenagerverhalten fähig. Ich war nur noch der traurige Abklatsch eines Mädchens. Und obwohl ich mir fest vorgenommen hatte, mich zu bessern, fragte ich mich allmählich, wie ich das ändern könnte. Ob es etwas gab, was ich tun konnte, damit andere Menschen sich mir annähern *wollten*. Besonders die Menschen hier. Ich war noch keine fünf Stunden in Easton und war mir bereits ziemlich sicher, dass mein Freundinnen-Mangel anhalten würde.

Yo! Das sind die Regeln

Die Versammlung wurde im Gemeinschaftsraum auf unserer Etage – viertes Stockwerk, Bradwell – abgehalten. Der u-förmige Flur unseres Wohnheims endete jeweils mit einer Tür zum Gemeinschaftsraum. Dahinter lagen die Aufzüge, die zum Foyer führten. Um in sein Zimmer auf seiner Seite des Gebäudes zu gelangen, musste man also durch den Gemeinschaftsraum und durch eine der beiden Türen gehen. Als ich bei meinem Einzug durch den Raum gekommen war, waren die abgesessenen Sofas und Stühle überall im Raum verteilt gewesen und hatten kleine Nischen zum Lernen gebildet sowie einen Bereich, in dem man Fernsehen schauen konnte. Nun waren die Sitzgelegenheiten zu einem breiten V zum Fernseher hin angeordnet. Dutzende von Mädchen drängten sich auf den Sofas und Stühlen und um sie herum, unterhielten sich und lachten. Der Raum war brechend voll und der Lärmpegel überwältigend. Ein benebelndes Gemisch aus Parfums –

und duftenden Haarprodukten und Bodylotions – sorgte für stickige Luft. Constance stürmte in den Raum und setzte sich auf eine Sofalehne. Das Mädchen hinter ihr, das nun eine perfekte Sicht auf Constances Hinterteil hatte, verdrehte die Augen und zog ihren Arm dicht zu sich ran. Ich blieb bei der Tür stehen. Dort schien die Luft besser zu sein.

Eine junge Frau stand in der Nähe des Fernsehers und notierte sich etwas auf ihrem Klemmbrett. Als Constance eingetreten war, hatte sie aufgeblickt und gelächelt. Ihre langen, glatten Haare wurden von einem karierten Haarreifen zurückgehalten. Wäre sie mir auf der Straße begegnet, hätte ich sie höchstens für siebzehn gehalten. Sie blickte auf ihre goldene Uhr und rümpfte flüchtig die Nase.

»Okay! Es ist Zeit! Fangen wir an«, sagte sie. »Kommen Sie rein. Los kommen Sie.« Sie winkte mir, einzutreten, worauf sich alle zu mir umdrehten. Weil ich nicht wusste, was ich sonst tun sollte, ging ich zum Ende des V, setzte mich in der Nähe von Constances Füßen auf den Boden und hoffte, dass die anderen bald aufhören würden, mich anzustarren.

»Hallo, alle zusammen. Willkommen in der Easton Academy. Ich bin Ms Ling, Ihre Hausmutter.« Sie machte eine Pause und lachte dabei. »Das hört sich so alt an. Sehe ich alt genug aus, um Ihre Mutter zu sein?«, fügte sie hinzu und versah das Ganze auch noch mit zwei imaginären Anführungszeichen, was mit Klemmbrett und Stift in den Händen ziemlich unbeholfen aussah.

Ein paar Mädchen lachten halbherzig. Aber die meisten verdrehten nur die Augen. Ms Ling schien das jedoch nicht zu bemerken. Sie schlug die Beine übereinander und presste das Klemmbrett an ihre Brust.

»Zunächst einmal kurz etwas über mich«, sagte sie mit einem Lächeln. »Ich habe vor sechs Jahren meinen Abschluss hier in Easton gemacht. Die ersten beiden Jahre habe ich genau in diesem Wohnheim gewohnt. Das war, bevor für die Neuntklässler ein eigenes Wohnheim gebaut wurde«, fügte sie mit einem anbiedernden Lächeln hinzu. Sie wollte, dass wir meinten, sie wäre eine von uns. Oder vielleicht wollte auch *sie* sich nur vormachen, immer noch eine von uns zu sein. »Nach meinem Abschluss ging ich für mein Bachelorstudium nach Yale und anschließend nach Harvard, wo ich letzten Frühling meinen Masterabschluss in *Ostasienwissenschaften* gemacht habe. Anschließend wurde ich von der Easton Highschool eingeladen, die erste Lehrerin für Chinesische Sprache und Kultur zu werden, worauf ich sehr stolz bin. Falls Sie also Interesse haben, es ist eine wunderschöne Sprache, und es ist noch nicht zu spät, um sich für den Einführungskurs anzumelden.«

Stille.

Ms Ling blinzelte. Es schien, als habe sie mit ein paar enthusiastischen Freiwilligen gerechnet. Das Fehlen jeglicher Reaktion unsererseits verwirrte sie. Sie richtete sich auf, räusperte sich und konsultierte ihr Klemmbrett.

»Okay, nun zu den Regeln. Ich weiß, manche von euch haben sie schon einmal gehört, aber habt bitte Nachsicht«, sagte Ms Ling. »Ich muss das alles mit euch noch mal durchgehen. Yo! Das sind die Regeln.«

Sie errötete, als wieder niemand lachte. War ihr denn

nicht klar, dass es so ziemlich das Schlimmste war, sich derart bei uns anzubiedern, wenn wir sie für cool halten sollten? Schließlich war sie doch angeblich vor sechs Jahren noch eine von uns gewesen. Vergisst man so schnell?

»Lassen Sie uns als Erstes über die Sperrstunde sprechen«, sagte sie und erntete ein Stöhnen, was sie tatsächlich aufzumuntern schien. Wir lebten noch!

Darauf folgte eine lange Litanei der Regeln und Vorschriften, die alle im Easton Handbuch aufgelistet waren, das in sämtlichen Zimmern auslag. Natürlich hatte ich zunächst angenommen, dass manche davon nur Show waren, damit die Eltern das Gefühl hatten, uns auf eine gute, strenge, seriöse Schule geschickt zu haben, doch nun stellte sich heraus, dass sie alle Wort für Wort so gemeint waren und die Schule sie auch sehr ernst nahm. Wir mussten uns tatsächlich jeden Abend vor zehn Uhr bei Ms Ling melden. Danach war es uns nicht mehr gestattet, ohne ihre ausdrückliche Erlaubnis unsere Flure zu verlassen. Jeden Abend von sechs bis neun war Ruhezeit und zwischen den Unterrichtsstunden durften wir uns nicht in Bradwell aufhalten. Jungs durften ausschließlich abends zwischen sechs und neun das Wohnheim betreten, und dann auch nur den Gemeinschaftsraum (diese Ansage wurde mit vereinzeltem Gelächter quittiert, am deutlichsten von einer Blondine mit Schweinegesicht und großer Oberweite, die in der Mitte des V saß). Als sie die drei Seiten lange Liste vorgelesen hatte, blickte Ms Ling auf und grinste.

»So, das war's! Falls Sie noch Fragen haben, können Sie gerne in meine Sprechstunde kommen. Ich habe ein gutes Gefühl, was diese Gruppe betrifft. Das wird ein tolles

Schuljahr! Ich freue mich darauf, jede Einzelne von Ihnen kennenzulernen!«

Den letzten Teil musste sie brüllen, weil alle bereits aufgestanden waren und sich auf den Weg in Richtung Ausgang machten.

Das Mädchen am Fenster

Da es an jenem Abend noch nichts für die Schule zu tun gab, wurden die Ruhezeiten aufgehoben, sodass jeder Flur eine kleine Kennenlern-Party veranstalten konnte. Ich war keine besonders gute Partygängerin, deshalb graute mir davor, obwohl mir auch klar war, dass ich einfach hingehen sollte. Wenn ich einen Neuanfang wollte, musste ich gegen meine Instinkte handeln und mich unter die Leute mischen. Allein der Gedanke verursachte mir schon Bauchschmerzen, also versuchte ich, mich abzulenken, und blätterte auf dem Bett liegend in meinem Easton Handbuch, während Constance sich fertig machte. Und redete.

»Und als wir dann *endlich* den Fuß des Berges erreicht hatten, war ich fast am Verdursten und voller Schlamm, und dieser Führer wartete dort auf uns, und er so: ›Habt ihr denn nicht den Pfad gefunden?‹ Und wir so: ›Welchen Pfad?‹«

Ich grinste, weil ich ihren Blick spürte und es sich anhörte, als würde sie eine Reaktion erwarten.

»Egal, bist du fertig?«

Der Augenblick der Wahrheit war gekommen. Ich legte das Buch weg. »Vielleicht komme ich später nach.« Mir war bis zu diesem Augenblick wirklich nicht klar gewesen, dass ich nicht hingehen würde. Aber nun hatte ich es gesagt.

»Du hast wohl einen schillernden Auftritt geplant, hm?«, scherzte sie.

Nicht im Traum.

»So ungefähr«, antwortete ich.

»Okay«, sagte sie achselzuckend. »Aber mach mich nicht dafür verantwortlich, wenn später die ganze gute Pizza weg ist!«

Ich werd's überleben.

»Nein, keine Sorge«, versicherte ich ihr.

Sobald die Tür ins Schloss gefallen war, begann das schlechte Gewissen an mir zu nagen, weil ich gekniffen hatte. Was stimmte nicht mit mir? Ich würde nie Freunde finden, wenn ich immer nur allein in meinem Zimmer saß. Das war mir klar. Trotzdem konnte ich mich nicht überwinden.

Ich stieß einen Seufzer aus, lehnte mich zurück gegen das Kissen, das mein Bruder mir gekauft hatte, und machte es mir in meinem selbst auferlegten Exil gemütlich. Das war also mein neues Zuhause. Diese quadratische cremefarbene Schachtel mit den knatschenden Holzdielen, Betten in Standardgröße, passenden Schreibtischen und Kleiderschränken mit fünf Schubladen, von denen meine

Kleidung nicht mal eine einzige füllte. Fünf Sekunden nachdem sie bemerkt hatte, dass meine Hälfte des Kleiderschranks halb leer war, fragte Constance: »Darf ich?« und stopfte drei Wollmäntel und einen schwarzen, übergroßen Parka hinein. Das alles trug zu meinem Gefühl bei, dass ich nicht hierher gehörte, oder besser gesagt, dass mir das Format für einen Ort wie diesen fehlte.

Durch das Fenster hörte ich Lachen und stand auf. Das große Erkerfenster mit seiner Fensterbank, die breit genug war, um darauf zu sitzen, war zweifellos das Beste an unserem Zimmer. Als Constance irgendwann vor der Party kurz rausgegangen war, um ein paar unserer Flur-Nachbarinnen kennenzulernen, war sie freudestrahlend zurückgekehrt und hatte berichtet, dass nur zwei Zimmer mit einem Fenster wie unserem ausgestattet waren. Sie meinte, wir hätten ein unglaubliches Glück gehabt, eines davon zu bekommen. Ich setzte mich auf die Fensterbank und starrte durch die unterste Scheibe. Erneut war ein lautes Lachen zu hören und ich wurde traurig. Was zum Teufel machte ich denn nur? Wie hatte ich das bloß für eine gute Idee halten können?

Ich lehnte meinen Kopf gegen die Scheibe und versuchte, nicht zu weinen. Ich konnte es nicht fassen. Sehnte ich mich nach Zuhause? Wonach denn? Nach meinem aufregenden Privatleben? Nach den Betonfluren meiner alten Highschool? Nach den *Einkaufszentren*? Ich musste an meinen Vater und an Adam denken, die immer gut zu mir gewesen waren. Ich sah meinen Hund Hershey vor mir, wie er mit dem Schwanz wedelte, wenn mein Vater nach Hause kam, und nach mir suchte. Ich sah die hässlich geblümte

Tapete vor mir, die meine Eltern in meinem Zimmer angebracht hatten, bevor ihnen klar wurde, wie wenig mädchenhaft ich war. Ich hatte diese Tapete immer gehasst, doch nun schien sie mir das perfekte Symbol für mein Zuhause zu sein. Ich dachte an das Lacrosse-Team und unser Gelübde, es dieses Jahr tatsächlich zu den State Championships zu schaffen. Wieso kam mir das plötzlich alles so bedeutsam vor? Gestern noch hatte ich nicht erwarten können, dort wegzukommen.

Eine Träne lief mir die Wange hinunter, was mich wieder zurück in die Gegenwart holte. Nein. So nicht. Ich war kein Weichei. Ich hatte meine Entscheidung getroffen. Ich würde meinen Vater nicht anrufen und ihn anflehen, mich wieder abzuholen. In Croton gab es nichts für mich. Zumindest nichts, wofür es sich zu bleiben lohnte. Das war mir klar. Und das musste ich mir einfach vor Augen halten. Ich blickte ins Dunkle, auf die Fenster der anderen Schlafsäle, hinter denen noch Licht brannte, und sagte mir, dass ich hierher gehörte. Versuchte, es mir einzureden.

Ich werde hier glücklich sein. Ich werde Freunde finden. Das ist der Anfang eines ganz neuen Lebens.

Und da sah ich sie. Ein Mädchen, das an einem Fenster wie meinem saß, genau gegenüber von mir. Sie war zierlich und sehr schlank, hatte feine Gesichtszüge, eine makellose Haut und hellblonde Haare, die ihr in leichten Wellen auf die schmalen Schultern fielen. Sie hatte fast schon etwas Ätherisches, als würde sie jeden Augenblick von einer leichten Brise davongeweht werden. Sie trug ein weißes Tanktop und eine kurze Pyjamahose und schien völlig von dem Buch gefesselt zu sein, das sie zwischen ihren angewinkelten Beinen und ihrem flachen Bauch balancierte. Ich wiederum war *von ihr* so gefesselt, dass ich nicht bemerkte, dass sich etwas in ihrem Zimmer bewegte, bis ein anderes Mädchen wie aus dem Nichts auftauchte und ihr das Buch aus der Hand riss. Ich setzte mich erschrocken auf, da ich kurz meinte, das Mädchen wäre in Gefahr. Doch dann sah ich, wie das größere, dunklere Mädchen die Lesende in das Zimmer und dann aufs Bett zog. Dort saßen bereits zwei weitere Mädchen mit lang ausgestreckten Beinen, die lachten und Pralinen aßen.

Ich drehte mich nun frontal zum Fenster zu und balancierte im Schneidersitz auf dem Fensterbrett. Dann wurde gegenüber das Licht ausgeschaltet und ich hielt den Atem an. Kurz darauf flackerte ein Licht auf. Dann noch eins. Und noch eins. Nach und nach erhellte sich der Raum und der Umriss des dunkelhaarigen Mädchens zeichnete sich zwischen den tanzenden Schatten ab, während sie Kerze für Kerze anzündete. Bald waren die vier Mädchen ganz in das warme Licht getaucht. Eine von ihnen stand auf und verteilte Gläser. Große, runde Gläser mit einem schlanken Stiel. Sie waren bereits mit einer dunkelroten Flüssigkeit gefüllt.

Wein. Sie tranken in ihrem Schlafsaal Wein. Sie lachten und unterhielten sich und nippten im Kerzenschein an ihren Gläsern.

In meinem gesamten Leben hatte ich noch keine Mädchen wie diese gesehen. Sie kamen mir so viel erwachsener vor, nicht nur älter als ich – was sie offensichtlich waren –, sondern überhaupt zu alt, um auf die Highschool zu gehen. Jede ihrer Bewegungen wirkte elegant und selbstbewusst. Ihre Gläser hielten sie mit einer Selbstverständlichkeit, als würden sie jeden Tag aus solch feinem Kristall trinken.

Das lachende Mädchen hatte seine braunen Haare mit zwei Stäbchen zu einem Dutt hochgesteckt. Sie war umwerfend schön mit ihrer dunklen, gebräunten Haut und der geschmeidigen, athletischen Figur. Nachdem sie die anderen aus schmalen Augen kurz gemustert hatte, blitzte ein wissendes Lächeln auf ihrem Gesicht auf. Sie trug einen roten, seidenen Morgenmantel über einem Tanktop und Boxer Shorts und hatte offensichtlich Spaß daran, andere zu necken. Das zweite Mädchen war sehr zierlich, hatte zerzauste dunkelblonde Locken und Wangen wie ein Porzellanpüppchen. Sie wirkte jünger als die anderen und hatte eine verspielte Art den anderen gegenüber: Sie schubste sie und schnitt lustige Grimassen und klatschte beim Lachen in die Hände. Doch es waren die Lesende und das dunkelhaarige Mädchen, die meinen Blick auf sich zogen.

Die Dunkelhaarige trug nichts als schwarze Unterwäsche und ein weites Nachthemd aus Seide, das einen Männerschnitt hatte und nur in der Mitte zugeknöpft war. Sie schüttelte ihre volle schwarze Mähne, nahm einen Schluck Wein und hielt den Roman in die Höhe, um ihren Freundinnen daraus vorzulesen. Dabei gestikulierte sie theatralisch mit ihrem Glas, ohne einen einzigen Tropfen zu verschütten. Alle drei saßen vor ihr, waren ganz versunken in ihre Darbietung und ich dachte mir: *Dieses Mädchen ist die Anführerin.* Beim Lesen setzte sie ihr Glas ab und hob den Arm des ätherischen Mädchens an. Wie auf ein Stichwort stand es auf und ein leichtes, abwesendes Lächeln umspielte seine Lippen. Die Dunkelhaarige hob die Hände über ihren Kopf, worauf der untere Teil ihres Hemds sich teilte und eine lange rote Narbe entblößte, die über ihren Bauch oberhalb des Hüftknochens verlief. Ich erschrak so sehr beim Anblick dieses hässlichen Makels an diesem sonst so perfekten Körper, dass ich fast weggesehen hätte. Doch dann trat sie ganz nah an eines der anderen Mädchen heran, die Narbe wurde verdeckt und sie tanzten. Sie bewegten sich im Gleichtakt und wirbelten durch die Schatten und das flackernde Licht der Kerzen. Das kleine Engelchen griff nach einer Docking-Station und durch den Hof schallte akustische Gitarrenmusik, von der ich eine Gänsehaut bekam.

Das ätherische Mädchen wirbelte aus den Armen seiner Freundin heraus in Richtung Fenster und hielt plötzlich inne. Mein Herz stockte vor Schreck wegen dieser abrupten Bewegung, und es dauerte einen Moment, bis ich begriff, dass sie mich ansah. Ich hatte ihren Blick als flüchtig und abwesend wahrgenommen, merkte aber nun, dass das genaue Gegenteil der Fall war. Sie sah direkt durch mich hindurch, durchschaute mich und alles um mich herum, nahm es in sich auf und kehrte mein Innerstes nach außen. Beschämt wandte ich schnell den Blick ab und tat so, als sei ich mit etwas in meinem Zimmer beschäftigt, doch das nützte nichts. Ich musste wieder zu ihr hinsehen. Und als ich es dann tat, hatte sie mit beiden Händen den Vorhang weit auseinandergezogen und sah immer noch zu mir herüber.

Mir stockte der Atem. Man hatte mich ertappt. Trotzdem konnte ich nicht wegsehen. Würde sie ihren Freundinnen davon erzählen? Würde sie mich melden? Könnte ich wegen so etwas von der Schule fliegen? Ich erwiderte ihren Blick in der Hoffnung, sie würde nachsichtig mit mir sein. In der Hoffnung, dass sie niemandem etwas sagen würde. Lange bewegte sich keine von uns.

Dann lächelte sie, ganz schwach nur, und zog mit einem Ruck den Vorhang zu.

Die Billings-Girls

»Das Billings-Haus? Das ist nur für Schüler der Abschlussklassen. Und selbst, wenn du Elft- oder Zwölftklässler bist, musst du bestimmte Voraussetzungen erfüllen, um da reinzukommen.«

»Was für Voraussetzungen?«

»Akademische und sportliche Leistungen oder irgendeine gemeinnützige Arbeit. Wenn du die Voraussetzungen erfüllst, bekommst du am Ende des Jahres eine Einladung von der Hausverwaltung. Die sind da sehr wählerisch. Du musst dich in der Gemeinschaft von Easton ausgezeichnet haben, um dort wohnen zu dürfen.«

Ihr Gesichtsausdruck sagte: *Du wirst niemals dort wohnen.*

Ich hatte Missy Thurber erst vor fünf Minuten kennengelernt und verspürte bereits das Bedürfnis, ihr den Hals umzudrehen. Sie war das Schweinegesicht, das bei der Versammlung gestern über die Keine-Jungs-Regel so gekichert hatte. Sie hatte blonde Haare mit Highlights, die zu einem französischen Zopf geflochten waren, und eine Himmelfahrtsnase, die sich so steil nach oben bog, dass man ihr beinahe in die Nase schauen konnte. Kaum zu glauben, dass ein Mädchen wie sie so arrogant auftrat, aber sie sah auf alle herab, die ihr unter die Nase kamen. Beim Gehen schob sie die Schultern so weit nach hinten, als sollten ihre großen Brüste gut fünfzehn Sekunden vor ihr den nächsten Raum betreten. Lächerlich. Ich hätte mir gar nicht erst die Mühe gemacht, mit ihr zu reden, hätte mir Constance nicht erzählt, dass ihre Eltern und ihre Geschwister allesamt in Easton gewesen waren und dass sie daher alles über die Schule wusste, was es zu wissen gab. Ich hatte in der Broschüre nach dem Wohnheim gegenüber von meinem Fenster gesucht, allerdings bis auf den Namen, Billings, keine Informationen darüber gefunden. Bei den anderen Wohnheimen stand »Bradwell. Zehntklässlerinnen« oder »Harden, nur für Jungs aus der elften und zwölften Klasse«. Billings hieß einfach »Billings-Haus«.

»Wir sollten uns am Ende des Jahres dafür bewerben. Wir *alle* sollten uns bewerben«, sagte Constance auf ihre enthusiastische Art, als wir mit unseren Tabletts voller Obst und Toast vom Frühstücksbüfett in die Mensa von Easton gingen. »Ich wette, wir würden auf jeden Fall reinkommen«, fügte Constance nur an mich gerichtet fort.

Bei der Mensa von Easton handelte es sich um einen höhlenartigen Raum mit einer gewölbten Decke, in deren Mitte sich ein kleines Dachfenster aus geschliffenem Glas befand, das einzelne Sonnenstrahlen auf den darunterliegenden Tischen und Stühlen tanzen ließ. Anders als auf der Croton High bestanden die Möbel hier nicht aus den üblichen Plastikschalen und Metallbeinen, sondern aus echtem, massivem Holz. Stühle mit Rohrlehne waren an den stabilen Tischen aufgestellt, und die Oberflächen glänzten alle, als wären sie eben erst gewachst worden. An den Wänden hingen Gemälde, die verschiedene Facetten des Lebens im historischen Neuengland zeigten: Bauernhäuser, überdachte Brücken, Schlittschuhläufer auf einem zugefrorenen Teich. Ein idyllischer und altmodischer Anblick. Und ein fast komischer Kontrast zu dem Kind mit dem MP3-Player, das ein anderes in den Schwitzkasten genommen hatte, um ihm seine tragbare Spielkonsole wegzunehmen. Oder zu den Mädchen, die ihre Sommer-Piercing-Horror-Stories austauschten und dabei ihre T-Shirts anhoben oder ihre Zungen herausstreckten, um den anderen ihre Kriegsverletzungen zu präsentieren.

An der Vorderseite des Raums befand sich ein großer Tisch mit etwas aufwendigeren Verzierungen. Dort saßen mehrere Lehrer, sie aßen, unterhielten sich leise oder lasen Zeitung. Ein paar ältere Herren saßen während ihrer Unterhaltung mit verschränkten Armen zurückgelehnt in ihren Stühlen und beobachteten aufmerksam den Raum, bereit aufzuspringen, sollte sich jemand danebenbenehmen.

»Du *bewirbst* dich da nicht. Du wirst eingeladen«, wiederholte Missy augenrollend. »Wie hat die es überhaupt geschafft, hier genommen zu werden?«, fragte sie, nicht gerade leise, Lorna, das unscheinbare Mädchen neben ihr. Lorna hatte ein kleines Gesicht und auffallend buschige Augenbrauen und die krausesten braunen Haare, die ich je gesehen hatte. Bisher hatte sie kaum ein Wort gesprochen, aber da sie den ganzen Vormittag nicht von Missys Seite gewichen war, ahnte ich, dass ich sie nicht mochte.

»Wie nett«, sagte ich.

Missy lachte und nahm am Kopfende des Tisches Platz, weshalb wir anderen uns zwischen ihr und dem Stuhl dahinter durchzwängen mussten.

»Egal. Der Punkt ist, nicht jeder kommt so einfach ins Billings-Haus. Du musst … besonders sein«, sagte Missy, während sie ordentlich ihre Serviette auseinanderfaltete und über den Schoß legte.

»Und wenn du einmal dort wohnst, bist du quasi unantastbar«, fügte Lorna hinzu. »Sie bekommen alle gute Noten.«

»Sogar, wenn deine Noten vorher total mies waren. Wahnsinn, oder?«, fügte Diana Waters, ein weiteres Mädchen von unserem Flur, hinzu. Sie war ein elfenartiges Wesen mit kurzen blonden Haaren und durchsichtiger Zahnspange. »Außerdem wohnen dort alle Kapitäne der Mannschaften und alle Vorsitzende der Clubs …«

»Sie sind alle unheimlich erfolgreich«, sagte Missy. »Frauen, die in Billings waren, sind später Senatorinnen, Filmstars, Nachrichtensprecherinnen und Romanautorinnen geworden.«

»Und über das College brauchen wir gar nicht erst zu sprechen«, fuhr Diana fort. »Sie bekommen von den Ehemaligen eine Empfehlung und landen damit alle auf einer Spitzenuni. Jeder Einzelne von ihnen.«

»Das ist doch nicht dein Ernst«, sagte ich.

»Kein Witz«, entgegnete Diana. »Ihre Erfolgsbilanz ist makellos.«

»Ja, das stimmt«, bestätigte Missy und schmierte fettarmen Streichkäse auf ihren Bagel. »Ich kann es gar nicht erwarten, nächstes Jahr eines dieser riesigen Zimmer zu bekommen. Diese Käfige, in denen sie uns jetzt halten, verstoßen doch gegen die Menschenrechte.«

»Wieso denkst du, dass du dort wohnen wirst? Ich dachte, man muss erst *eingeladen* werden«, sagte ich spitz.

»Das kommt noch. Das hat bei uns Tradition«, antwortete Missy. Wie konnte es auch anders sein? »Meine Mutter und meine Schwester haben beide in Billings gewohnt.«

Okay, nun hasste ich sie sogar noch mehr. Die Tatsache, dass jemandem wie ihr etwas wie Billings einfach so in den Schoß fiel, zeigte ganz gut, was alles mit der Welt nicht stimmte.

»Was praktisch bedeutet, dass sie gezwungen sind, sie zu nehmen«, fügte Lorna lachend hinzu.

Cool. Vielleicht war Lorna ja doch nicht komplett bescheuert.

Missy warf ihr daraufhin einen Blick zu, bei dem sie sofort ganz bleich wurde. »Nicht dass du nicht sowieso reinkommen würdest«, beeilte sie sich hinzuzufügen.

»Schau mal«, sagte Diana und hob den Kopf. »Wenn man vom Teufel spricht.«

Ich sah auf und da waren sie. Sie gingen jeweils zu zweit auf einen großen Tisch genau in der Mitte der Mensa zu. Angeführt wurde die Gruppe von dem dunkelhaarigen Mädchen mit der Narbe, die nun irgendwo unter einem makellosen weißen Leinenblazer und einem schwarzen T-Shirt versteckt lag. Ich wurde rot, als ich daran dachte. Ich wusste, dass sie da war, aber die Dunkelhaarige wusste nicht, dass ich es wusste. Sie war groß – noch größer als ich mit meinen knapp eins achtzig – und das in flachen Schuhen, wie mir auffiel. Sie sprach mit dem ätherischen Mädchen, das neben ihr ging und mit einem abwesenden Blick den Kopf zu ihrer Freundin geneigt hatte.

Hinter ihnen ging das freche Mädchen, dessen braune Haare wieder zu einem unordentlichen Dutt zusammengebunden waren. Sie ließ beim Gehen ihre Hüften schwingen, den Rücken gerade und das Kinn hocherhoben. Ein schlaksiger braunhaariger Junge gaffte sie an, als sie an ihm vorbeiging, und sie zwinkerte ihm verstohlen zu. Sein Kopf nahm eine erschreckend rote Farbe an, bevor er vor Scham in seinem Stuhl versank und sich hinter seinem Manga versteckte. Das Mädchen lachte triumphierend in sich hinein.

Bei ihr war das Engelchen, das mit hüpfenden blonden Locken hinter ihren Freundinnen hereilte. Sie war die Einzige der vier, die den Kopf gesenkt hielt, und ihre blasse Haut war vor Anstrengung, Freude oder Verlegenheit rosa gefleckt. Sie presste ihre Bücher an die Brust und schien angestrengt über etwas nachzudenken.

Sie waren wirklich da. Sie existierten also wirklich.

»Ich würde alles dafür geben, um Noelle Lange zu sein«, sagte Diana und stützte ihr Kinn in die Hand.

»Ja, klar. Träum weiter«, entgegnete Missy sarkastisch.

»Welche von ihnen ist Noelle?«, fragte Constance.

»Die mit dem weißen Blazer«, antwortete Lorna voller Neid.

»Angeblich sollen sich Harvard, Cornell und Yale um sie reißen.«

»Ich bitte dich. Sie wird dort hingehen, wo Dash McCafferty hingeht«, sagte Missy und blickte zu ihnen hinüber.

Der große blonde Typ, der gestern meinen Ball gefangen hatte, saß auf dem Tisch hinter Noelle und massierte ihr mit seinen riesigen Händen die Schultern. Sie legte den Kopf in den Nacken, sodass ihre langen Locken nach hinten fielen, und er beugte sich nach unten, um sie zu küssen.

»Eher geht er dahin, wo *sie* hingeht«, bemerkte Diana. »Ich bezweifle stark, dass Dash in ihrer Beziehung die Hosen anhat.«

»Wenn Noelle im Raum ist, ist sie so ziemlich die Einzige, die die Hosen anhat«, fügte Lorna hinzu.

»Stimmt. Ihr habt recht«, sagte Missy.

»Wer ist denn das Mädchen, das liest?«, wollte ich wissen, nachdem ich bemerkt hatte, dass das ätherische Mädchen schon wieder in ein Buch vertieft war.

»Das ist Adriana Osgood«, antwortete Missy. »Ihrer Familie gehören die halben Südstaaten. Deshalb verzeihen ihr die anderen Billings-Girls, aus dem rückständigen Süden zu sein.«

Diana, Constance und Lorna kicherten.

»Sie sind im Ölgeschäft«, fügte Missy hinzu. »Alles Zigarren rauchende, den Klimawandel leugnende Großkotze. Gott allein weiß, wie diese Familie so ein Mädchen hervorbringen konnte.«

»Sie ist Dichterin«, erkläre Diana. »In jedem Quartal schreibt sie die halbe Literaturzeitschrift voll. Sie ist richtig gut.«

»Die wie ein Model aussieht, heißt Kiran Hayes«, erklärte

Lorna. »Sie hat schon für Abercrombie, Ralph Lauren und andere gearbeitet.«

»O mein Gott, stimmt! Ihr Bild war auf der Werbetafel vor meinem Pilates-Studio!«, rief Constance aus.

»O mein Gott! Brüll nicht so, du Missgeburt!«, entgegnete Missy und äffte sie nach.

»Wartet mal, sie ist ein *richtiges* Model?«, fragte ich.

»Wie? Hast du etwa noch nie ein Model in natura gesehen?«, fragte Missy. »Die Hälfte der Mädchen zu Hause an meiner Schule waren bei den Modeschauen im Frühling dabei.«

Ich sah mich um und stellte fest, dass mindestens die Hälfte der Männer im Raum Kiran beobachteten, wobei fast alle sie anschmachteten.

»Und dann ist da noch Taylor Bell«, sagte Diana. »Allen Berichten nach das klügste Mädchen, das je in Easton war.«

Auf der anderen Seite lachte das engelshafte Mädchen und musste seine Hand vor den Mund halten, um nicht seinen Haferbrei auszuspucken. Auf mich wirkte sie nicht gerade wie ein Genie, andererseits kannte ich mich mit Genies genauso wenig aus wie mit Models.

»Die besten Unis. Die heißesten Freunde«, fuhr Diana fort. »Ja, es wäre sicher nicht schlecht, ein Billings-Girl zu sein.«

Ich sah die vier Mädchen an und die Jungs, die ihnen nicht von der Seite wichen, und mein Puls raste mit einer noch nie gekannten Erregung. Weitere Mädchen kamen dazu und setzten sich ans andere Ende des Tisches. Jede Einzelne von ihnen war schön und selbstsicher. Verglichen mit den vier vom Vorabend, schienen sie aber eher in der zweiten Liga zu spielen.

»Was ist mit den anderen?«, wollte ich wissen.

»Sie sind auch in Billings«, antwortete Diana mit einem abfälligen Wink ihrer Gabel.

Also hatte ich recht. Es waren Noelle und ihre Freundinnen, die hier das Sagen hatten. Noelle und ihre Freundinnen, die es sich zu kennen lohnte.

Mein Herz klopfte wie verrückt und ich presste meine verschwitzten Handflächen gegen meine Oberschenkel. Noch nie hatte ich mir etwas so gewünscht, wie an jenem Tisch zu sitzen. Wenn ich nur Einlass in dieses innere Heiligtum fände, würden mir alle Türen in Easton offen stehen. Ich würde mir nie wieder Sorgen darüber machen müssen, akzeptiert zu werden oder dazuzugehören. Ich würde mein mieses, deprimierendes Zuhause so weit hinter mir lassen, dass ich es vielleicht endlich ganz vergessen könnte.

Tradition

Die Easton High war keine konfessionsgebundene Schule, obwohl sie im frühen neunzehnten Jahrhundert von Presbyterianern gegründet wurde. Laut Broschüre wurden die Gebetsrunden in den neunziger Jahren des vergangenen Jahrhunderts abgeschafft, doch die morgendliche Versammlung aller Schüler wurde immer noch »Morgengottesdienst« genannt. Diese tägliche Zusammenkunft wurde in der alten Kapelle in der Mitte des Campus abgehalten, die von den Unterrichtsgebäuden, den Büros der Lehrer und Dekane, der Turnhalle, der Mensa und der Bibliothek umgeben war. Das alles wollte ich unbedingt erkunden. Hinter dieser kreisförmigen Anlage befanden sich die Wohnheime, dahinter wiederum die Sportplätze, Berge und Bäume und ein klarer blauer Himmel. Es war warm an diesem Morgen, ganz normal für Anfang September, doch als wir durch den Torbogen in die Kapelle kamen, war es, als würden wir eine Höhle betreten. Ich bekam am ganzen

Körper Gänsehaut, als die kühle Luft über meine Haut strich, und ich zitterte in meinem leichten T-Shirt. Plötzlich wurde mir klar, wieso die meisten Schüler Strickjacken oder Jacken dabeihatten. Die hohen Wände waren aus kaltem, modrigem, grauem Gestein und die dünnen Buntglasfenster ließen kaum Sonnenstrahlen durch.

Ich schlang vor Kälte die Arme um meinen Körper, als ich an den Billings-Girls vorbeiging. Ariana saß in der letzten Bank und las, während Kiran und Taylor eher in der Mitte der Kapelle saßen. Kiran prüfte ihr Gesicht in einem Taschenspiegel und Taylor schrieb etwas in ihr Notizbuch. Noelle war nirgends zu sehen. Es war ungewohnt, sie getrennt voneinander zu sehen. Für mich waren sie eine Einheit, die zusammengehörte. Ich setzte mich zu den Mädchen aus meinem Wohnheim in die mittlere Bankreihe.

»Wir sitzen nach Klassen geordnet. Jungs links, Mädchen rechts«, erklärte Diana, während wir Platz nahmen. Ihre Mitbewohnerin, ein Mädchen namens Kiki, das Dianas langhaarigerer Zwilling hätte sein können, setzte sich neben sie. Ich hatte Kiki noch nie ohne ihren iPod gesehen. Auch diesmal bewegte sich ihr Kopf im Takt der Musik.

»Da drüben sind die Neuntklässler, hinter uns die Elftklässler und dahinten die Zwölftklässler.«

Ich nickte. Kiran und Taylor waren also Elfklässlerinnen und Ariana Zwölftklässlerin. Noelle auch, nahm ich an. Doch wo steckte sie?

»Es hat so etwas Archaisches, uns nach Geschlechtern zu trennen«, kommentierte Missy mit einem Blick auf die Jungs. »Glauben sie etwa, dass wir übereinander herfallen könnten, während sie uns die morgendlichen Ankündigungen vorlesen?«

»Na ja, *du* vielleicht schon«, scherzte Lorna und blickte Missy nach diesem Witz vorsichtig an, ihre Reaktion abwartend.

Die schnaubte verächtlich, lächelte aber dabei. Lorna sah erleichtert aus.

Zwei Dutzend Erwachsene saßen auf den Bänken beim Rednerpult, unter ihnen Ms Naylor, Ms Ling und Dekan Marcus, den ich anhand seines Fotos in der Easton-Broschüre wiedererkannte. Die anderen waren offensichtlich Lehrer, Berater und Dekane. Die meisten von ihnen wirkten streng, kritisch, griesgrämig und uralt. Eine ernste Truppe.

Ich sah mich nach Thomas um, konnte ihn aber zwischen den Zwölftklässlern nicht entdecken. An den Wänden zwischen den Fenstern hingen lange schwarze Banner, jedes von ihnen mit dem Wappen von Easton und der Jahreszahl des Abschlussjahrgangs geschmückt. Unter den Jahreszahlen standen jeweils zwei Namen, ein weiblicher und ein männlicher. Ich wollte gerade fragen, was das zu bedeuten hatte, als die Flügeltür der Kirche geschlossen und der Raum noch dunkler wurde. Alle verstummten und blickten nach vorne, also machte ich es genauso. Eine ehrfurchtsvolle Stimmung legte sich über die Menge und eine erwartungsvolle Vorfreude regte sich in mir. Aus zwei gegenüberliegenden Türen im vorderen Teil der Kirche kamen zwei Jungen, dem Aussehen nach Neuntklässler. Sie hielten Kerzen in den Händen, mit denen sie die vier Windlichter am Rednerpult anzündeten. Die Windlichter verströmten ein erstaunlich helles Licht und hüllten die Anwesenden in einen warmen, gemütlichen Schein.

Sobald die Windlichter entzündet waren, klopfte es laut an der Tür. Dekan Marcus erhob sich und schritt mit gemessenen Schritten den Gang entlang. Erhaben blieb er vor der Flügeltür stehen.

»Wer begehrt Eintritt in diese heilige Stätte?«

Ich hätte bestimmt gelacht, wäre ich nicht so ehrfurchtsvoll gebannt gewesen. Und hätten die anderen das Geschehen nicht auch mit gespannter Aufmerksamkeit verfolgt.

»Kluge Köpfe auf der Suche nach Wissen«, kam die Antwort. Höhnisch sprach Missy stumm die Worte des unsichtbaren Sprechers mit, worauf Lorna sie mit einem strengen Blick ermahnte. Missy rollte mit den Augen.

»Dann seid willkommen«, sprach der Dekan.

»Das läuft nicht jeden Tag so«, flüsterte Diana mir zu. »Nur bei der ersten Messe.«

Die Türen flogen auf, und Noelle trat mit erhobenem Kopf ein, neben ihr ging ihr Freund Dash. Sein blondes Haar war glatt nach hinten gekämmt und sein Gesicht ganz ernst. Beide hielten große, alte Buchbände in den Armen und hatten routiniert den Blick nach vorne gerichtet, während sie durch den Gang und auf das Rednerpult zuschritten.

Noelle sah beinahe königlich aus und wirkte sehr beherrscht. Obwohl die Blicke Hunderter Menschen auf sie gerichtet waren, zitterte sie kein bisschen oder wurde rot. Sie war selbstbewusst, wunderschön und völlig cool.

Das Paar stellte die Bücher vorne auf den Tisch.

»Tradition, Ehre, Exzellenz«, sprachen sie im Einklang.

Dann wandten sie sich dem Raum zu und alle sprachen ihnen nach.

»Tradition, Ehre, Exzellenz.«

Ein eiskalter Schauder durchfuhr mich bei all den Stimmen im Einklang.

Noelle und Dash drehten sich um, verbeugten sich vor den Lehrern und nahmen ihre Plätze zu beiden Seiten des Altars ein: Noelle vor den Mädchen, Dash vor den Jungen.

Ich wusste nicht genau, was dieses Ritual zu bedeuten hatte, aber es gefiel mir. Es war so völlig anders als alles, was ich kannte. Ich war so hingerissen, dass ich die leichte Unruhe und das Lachen im hinteren Teil der Kapelle später als die meisten anderen bemerkte. Als ich mich schließlich auch umdrehte, schlüpfte Thomas Pearson herein, und der Dekan schloss die Tür. Thomas nahm in der letzten Bankreihe Platz, wo einer seiner Freunde ihm lachend die Ghettofaust gab. Eine Sonnenbrille verbarg seine Augen. Der Dekan warf ihm einen strafenden Blick zu, ging dann aber rasch zurück nach vorne. Ich wartete darauf, dass Thomas seine Sonnenbrille abnehmen würde, in der Hoffnung, dass er ebenso nach mir Ausschau hielt, doch stattdessen wurde er ernst und wandte seine Aufmerksamkeit dem Geschehen vorne am Pult zu.

Ich drehte mich wieder um und tat es ihm nach. Dabei musste ich mir auf die Lippe beißen, um nicht zu lachen. Ich wurde immer ganz übermütig, wenn Jungs so albern waren.

Der Dekan trat ans Rednerpult und bog das Mikrofon zu sich. »Willkommen in der Easton Academy, liebe Schüler.«

Sadist

»Guten Morgen! Bestimmt freuen Sie sich alle schon wahnsinnig auf meinen Unterricht.«

Der Lehrer schlug die Tür hinter sich zu, und diejenigen, die noch nicht auf ihren Plätzen waren, begaben sich nun schleunigst dorthin. Constance setzte sich neben mich, während der Lehrer seinen abgenutzten Aktenkoffer und eine silberne Thermoskanne auf den Schreibtisch stellte. Er hatte eine außergewöhnlich aufrechte Haltung und nahm mit seiner Autorität den gesamten Raum ein.

Einzelne graue Haare durchzogen seine schwarzen Locken und er trug ein blaues Sakko und eine gestreifte Krawatte zu einer hellbraunen Hose. Er schlug die Hände zusammen, rieb sie und ließ den Blick prüfend über das Klassenzimmer wandern. An den Gesichtern meiner Mitschüler war abzulesen, dass sie sich keinesfalls freuten, ihn wiederzusehen. Und der sarkastische Glanz in seinen Augen verriet, dass er sich dessen durchaus bewusst war.

»Für diejenigen unter Ihnen, die die hässlichen Gerüchte über mich nicht schon kennen, mein Name ist Mr Barber, und ich bin ein Mensch, der Regeln sehr ernst nimmt«, sagte er mit durchdringender Stimme. Beim Sprechen schraubte er den Verschluss seiner Thermoskanne ab und goss eine dampfende Flüssigkeit in eine Tasse. Der stechende Geruch schwarzen Kaffees erfüllte das Zimmer. »In diesem Kurs geht es um amerikanische Geschichte. In der Geschichtswissenschaft gibt es etwas, das sich Fakten nennt. Ich lehre hier Fakten. Wir werden uns in diesem Kurs nicht mit Meinungen oder Propaganda beschäftigen. Wir werden uns nicht dem Wehklagen eines jeden Dahergelaufenen aus sämtlichen sozioökonomischen Schichten auf diesem Planeten widmen. Diese Grauzonen überlasse ich Ihren Dozenten an der Uni. Und darauf werde ich Sie vorbereiten, indem ich Sie *Fakten* auswendig lernen lasse. Daten. Namen. Orte. Fakten.«

Noch nie war mir jemand begegnet, der so eine deutliche Aussprache hatte wie dieser Mann. Sein Kiefer musste mehr Muskelarbeit leisten als mein gesamter Körper. Das Wort *Fakten* klang bei ihm wie »Fak-t-en.« Er nahm einen Schluck Kaffee und stellte die Tasse auf seinem Schreibtisch ab.

»Dann wollen wir mal herausfinden, was Sie wissen.«

Schluck.

Er baute sich im Klassenzimmer auf und sah uns an. »Sie da. Wie heißen Sie?«

»B-Brian Marshall«, antwortete der flachsblonde Junge in der vordersten Reihe. Ich wunderte mich, dass er sich nicht in die Hose machte.

»Alles links von Mr Marshall ist Team A. Der Rest von Ihnen gehört zu Team B«, sagte Mr Barber mit einer abschätzigen Handbewegung. Er holte ein Notizbuch mit Ledereinband aus dem großen, massiven Schreibtisch hervor. »Das ist das Klassenbuch. Wenn ich Sie etwas frage, dann erwarte ich innerhalb von zehn Sekunden eine Antwort. Ist die Antwort richtig, erhält Ihr Team einen Punkt. Ist sie falsch, wird ein Punkt abgezogen«, erklärte er und musterte uns.

Manch einer grinste. Andere sahen verängstigt aus. Ich wusste nicht, *was* ich von diesem Auftritt halten sollte. Keiner meiner Lehrer hatte je so gesprochen. Der Typ hatte mehr Autorität in seinem kleinen Finger als die gesamte Lehrerschaft der Croton High zusammen.

»Dann fangen wir mal an«, sagte Mr Barber. Er besah sich die Klassenliste, während er sich der Tafel näherte. Jeder von uns betete, dass sein Name nicht genannt würde. »Miss ...«

Mist. Mist. Mist.

»Talbot.«

Ich spähte zu Constance hinüber. Sie war unter ihren Sommersprossen ganz blass geworden. Trotz meiner Erleichterung tat sie mir leid.

»Ja?«, sagte sie bemerkenswert ruhig.

Okay. Wenn ich die Antwort kannte, war alles in Ordnung.

»Welcher englische König erhielt einen Brief von den Lawyers, in dem 1776 die Unabhängigkeit des Landes erklärt wurde?«, fragte er.

Wa-has? Brief von den Lawyers? Seit wann wurde die

Unabhängigkeitserklärung als ein Brief von den Lawyers bezeichnet?

Warte. Wie lautete noch einmal die Frage?

»George III.«, antwortete Constance.

»Richtig.«

Constance strahlte. Jemand hinter mir sagte: »Das war leicht.« Richtig. George III. hatte die Unabhängigkeitserklärung erhalten. Ich wusste das. Ich musste mich nur konzentrieren. Ich holte tief Luft und war froh, nicht als erstes Opfer ausgewählt worden zu sein. Mr Barber schrieb mit hellgelber Kreide ein großes A und B auf die Tafel. Unter dem B vermerkte er einen Punkt.

»Nächster. Mr Simmons«, fuhr Mr Barber fort.

»Hier«, meldete sich ein stämmiger Typ aus der Nähe der Tür.

»Mr Simmons, wer war die erste Frau, die in den Vereinigten Staaten hingerichtet wurde, und was war der Grund dafür?«

Okay. Das weiß ich definitiv nicht.

Ich begann zu schwitzen.

»Äh … oh. Das weiß ich«, antwortete Simmons und umklammerte seinen Stift mit beiden Händen.

Das soll doch wohl ein Witz sein. Wirklich?

»Ähm …«

»Zehn Sekunden, Mr Simmons.« Mr Barber schien das zu genießen. »Und damit das klar ist, wir sagen in meinem Unterricht nicht *ähm*.«

»Es war Mary irgendwas«, sagte der kräftige Junge. »Mary … Surratt?«

Genau. Der Name kommt mir bekannt vor. Irgendwie.

»Ja. Und für welches Verbrechen wurde sie hingerichtet?«

»Wegen einer Verschwörung zur Ermordung Präsident Lincolns«, antwortete Mr Simmons jetzt schon viel selbstbewusster.

»Gut. Da haben Sie ja gerade noch die Kurve gekriegt, Mr Simmons«, sagte Mr Barber und fügte unter A einen Punkt hinzu. Ich sah auf die Uhr und fragte mich, ob ich hier rauskommen würde, ohne aufgerufen zu werden. Es fehlten noch dreiundfünfzig Minuten bis Unterrichtsende und es waren nur noch zwanzig Schüler übrig.

»Miss … Brennan.«

O Gott.

»Ja?«

Mein Mund war wie ausgetrocknet.

»Oh, Sie sind neu hier«, sagte er grinsend und sah dabei von seinem Buch auf. Alle im Raum drehten sich nach mir um. *Danke. Vielen Dank.*

»Ja«, schaffte ich es zu antworten.

»Dann bekommen Sie eine leichte Frage«, verkündete Mr Barber herablassend. Ich hätte ihn schlagen und küssen können, beides zugleich.

Fragen Sie mich etwas, das ich weiß. Bitte fragen Sie mich etwas, das ich weiß.

»Wie viele Amtszeiten war Franklin Delano Roosevelt Präsident der Vereinigten Staaten?«

Juhu!

»Vier«, antwortete ich freudestrahlend.

»Es tut mir leid. Die richtige Antwort lautet drei«, sagte Mr Barber.

Meine Augen und mein Gesicht brannten vor Scham,

obwohl mein Gehirn dagegen anzukämpfen versuchte. Es waren vier gewesen. Ich wusste das. Das hatte ich in der achten Klasse gelernt. Roosevelt war mein Lieblingspräsident. Ich mochte den New Deal und die ganzen Kurzschreibweisen, wie AAA für den Agricultural Adjustment Act. Ich habe sie mir alle gemerkt und hatte für den Test damals eine Eins bekommen. Roosevelt hat vier Amtszeiten lang regiert.

»FDR wurde zwar für eine vierte Amtszeit gewählt, verstarb jedoch, während er im Amt war. Infolgedessen waren es keine *vollen* vier Amtszeiten«, erklärte Mr Barber.

Mein gesamtes Team stöhnte, als er Constances Punkt wieder wegwischte. Ich kochte vor Wut.

»Das war eine Fangfrage«, platzte es aus mir heraus.

Mr Barber erstarrte mit dem Rücken zu uns. Die anderen Schüler holten hörbar Luft. Mir war auf einmal unerträglich heiß. Was hatte ich getan?

»Wie bitte?«, fragte Mr Barber und drehte sich zu mir.

Ich räusperte mich. »Das war eine Fangfrage«, wiederholte ich, nicht bereit, klein beizugeben. »Die Frage lautete ja nicht, wie viele volle Amtszeiten er regiert hat.«

Mr Barber war fassungslos. Er kam ein paar Schritte vor und verschränkte die Arme vor der Brust. »Ich bin durchaus der Meinung, dass die Frage völlig in Ordnung war, Miss Brennan.«

Ich wollte etwas erwidern, doch er unterbrach mich.

»Und wieso bin ich dieser Meinung? Weil ich von meinen Schülern erwarte, dass sie *mitdenken*, Miss Brennan«, erklärte er. »Ich erwarte von ihnen, dass sie kurz alle Möglichkeiten durchdenken, bevor sie einfach die erste Antwort, die ihnen in den Sinn kommt, herausrufen. Wir sind hier nicht bei *Jeopardy!*, Miss Brennan; das ist eine Schule. Sie sollten in Zukunft gewissenhafter sein. Ist das klar?«

O Mann. Ich war offiziell fertiggemacht worden. »J-ja«, stammelte ich mit trockenem Mund.

»Ich würde Ihnen gerne glauben, Miss Brennan, aber vielleicht sollten wir uns nach dem Unterricht noch einmal unterhalten, um ganz sicherzugehen«, entgegnete er.

Ich schluckte schwer. Tränen der Scham brannten mir in den Augen. Jeder Einzelne im Raum gaffte mich entweder an oder musste sich sichtlich bemühen, es *nicht* zu tun.

Er wollte nach dem Unterricht mit mir sprechen. Mein erster Lehrer am ersten Tag an meiner neuen Schule, die eigentlich mein Leben verändern sollte, wollte nach dem Unterricht mit mir sprechen. Na ja, das war ja jedenfalls schon mal eine Veränderung in meinem Leben. Noch nie war ich zuvor von einem Lehrer gerügt worden. Nie.

»Okay«, antwortete ich.

»Gut«, erwiderte er. »Da wir nun mehrere Minuten unserer kostbaren Unterrichtszeit verschwendet haben, erlauben Sie uns vielleicht fortzufahren.«

Mir war heiß, speiübel und ich kam mir so dumm vor. Ich nickte steif. Zu mehr war ich nicht mehr in der Lage.

Mr Barber wandte sich seinem nächsten Opfer zu und Constance schnalzte mitfühlend mit der Zunge.

Guter Start, Reed. Ein wirklich super Start.

Keine Ausnahmen

Ich stand neben Mr Barbers Schreibtisch, während er etwas auf ein weißes Blatt Papier kritzelte. Alle vermieden beim Hinausgehen den Blickkontakt mit mir, als sei ich eine Spinnerin, mit der man besser nichts zu tun hat. Nur eine Unterrichtsstunde und schon hatte ich meinen Ruf ruiniert.

»Mr Barber …«

»Ich weiß, dass Sie da sind. Lassen Sie mich das bitte noch zu Ende führen.«

Das verschlug mir die Sprache. Ich hasste ihn. Und gerade wollte ich ihn noch um eine zweite Chance bitten. Nicht eine der drei Fragen, die er mir bei seinem fiesen Spielchen gestellt hatte, hatte ich beantworten können, und sicherlich hielt er mich nun für eine Idiotin. Aber was für ein Mensch tat so etwas und nahm Schüler am ersten Schultag nach den Sommerferien so in die Mangel? Außerdem hatte er mich vor allen erniedrigt, obwohl er *wusste*, dass ich neu war.

Mr Barber legte seinen Stift zur Seite. Gemächlich nahm er einen großen Schluck von seinem Kaffee und stellte dann die Tasse vorsichtig ab. Er quälte mich. Er ließ mich mit Absicht hier warten und mir Sorgen machen. Endlich, endlich riss er das oberste Blatt von seinem Block und hielt es mir hin.

»Eine Leseliste für Sie«, sagte er und sah mich über den Rand seiner Brille hinweg an. »Ich erwarte, dass Sie bis zum Ende der Woche aufgeholt haben. Sie sollten wissen, dass ich kein Erbarmen mit Schülern habe, die Stipendien erhalten. Wenn Sie tatsächlich an die Easton gehören, dann müssen Sie hart arbeiten. Da mache ich keine Ausnahmen.«

Mit zitternder Hand nahm ich das Blatt entgegen. Darauf waren ganze acht Bücher aufgelistet. Ich wollte ihm sagen, dass ich das nicht alles lesen musste, um aufzuholen. Ich wollte ihm sagen, dass ich die Antworten zu vielen seiner Gameshow-Fragen wusste, aber nie gut war, wenn ich ins Rampenlicht gezerrt wurde. Dass die Frage zu Roosevelt großer Mist war und er sich dessen doch bewusst sein musste. Und vor allem wollte ich ihm sagen, dass für mich keine Ausnahme gemacht werden musste.

Ein Blick in seine wässerigen braunen Augen machte mir unmissverständlich klar, dass er keine erneuten Widerworte hinnehmen würde. Also sagte ich einfach »Danke«.

»Kann ich darauf vertrauen, dass Ihr heutiger Ausbruch der letzte dieser Art gewesen sein wird?«, fragte er.

»Ja, Sir«, antwortete ich.

»Gut. Sie dürfen gehen.«

Langsam drehte ich mich um. Als ich den Raum verließ, konnte ich seinen Blick auf mir spüren und fragte mich, was er wohl dachte. Ich hielt mich gerade. Auf keinen Fall durfte ich zulassen, dass er glaubte, mich gebrochen zu haben.

Im Gang standen ein paar Mädchen am Schwarzen Brett. Auf einem orangenen Flyer wurde eine Willkommen-zurück-Party angekündigt, die in ein paar Wochen stattfinden sollte. Ich sah ihn an und fragte mich, ob ich noch so lange hier sein würde.

Nein.

Schluss damit.

Keine Negativität. Kein Pessimismus. Ich würde in diesem Kurs besser werden. Ich würde in allen Fächern aufholen. Selbst wenn ich die ganze Nacht durcharbeiten müsste, würde ich alles dafür tun, um an der Easton zu bleiben. Die Alternative – als Versagerin nach Croton zurückzukehren und den Worten meiner Mutter recht zu geben – war undenkbar.

Stattdessen würde ich Mr Barber beweisen, dass er sich in mir geirrt hatte. Seine Unzufriedenheit würde mir als Motivation dienen.

Die erste Begegnung

Als ich in die Mensa zurückkehrte, nur fünf Stunden nach meinem ersten Ausflug dorthin, war meine Stimmung ins Gegenteil umgeschlagen. Am Morgen war ich hoffnungsvoll und entschlossen gewesen. Jetzt war ich erschöpft und überwältigt. Als ich mich zu den anderen Mädchen von meinem Flur an den Tisch setzte – denselben, den wir bereits heute Morgen in Beschlag genommen hatten –, wurde ich mir meines neuesten und vielleicht unverzeihlichsten Fehltritts an diesem super gelungenen Morgen bewusst. Auf meinem Tablett befanden sich ein großer Teller Makkaroni mit Käse, eine große Cola plus drei Kekse mit Schokosplittern. Und auf ihren Tabletts? Nichts außer Salat und Cola light. Constance hatte bereits ihren einzigen Keks in einem Akt der Selbsterhaltung unter der Serviette versteckt.

»Ist dir eigentlich klar, wie viele Fettkalorien das hat?«, fragte Missy mit Blick auf mein Essen.

Ich setzte mich auf den letzten Stuhl am Kopfende des Tisches und ließ meine Tasche voller Bücher laut auf den Boden fallen. Mir doch egal, was Missy Thurber über mein Essen dachte. Dafür war ich einfach zu hungrig. Außerdem war das ein Trostessen für mich. Und wenn es eine Sache gab, die ich jetzt brauchte, war es Trost.

»Gibt mir mal jemand den Ketchup rüber?«, fragte ich.

Missy stöhnte, als Kiki mir die Flasche reichte. »Ist ja dein Leben«, kommentierte Missy.

Constance holte ihren Keks hervor, biss hinein und lächelte Missy an. Missy rollte mit den Augen und drehte uns den Rücken zu, um mit ihren Ergebenen zu tratschen.

Langsam wuchs mir Constance ans Herz.

»Wie waren denn deine anderen Kurse?«, fragte sie teilnahmsvoll. Was übersetzt so viel hieß wie: »Ich weiß schon, dass es in Geschichte schlecht lief. Wurde es danach besser?« Antwort: Definitiv nicht.

»Gut«, antwortete ich mit einem schnellen Lächeln.

Obwohl der Französischunterricht komplett auf Französisch abgehalten worden und ich nicht mitgekommen war und keine kohärente Antwort außer »Je ne sais pas« zustande gebracht hatte. Obwohl mein Wahlfach Kunstgeschichte voll von jugendlichen Kuratoren war, die alle die Künstler, das Entstehungsjahr und das Medium jedes einzelnen an die Wand projizierten Kunstwerkes kannten. Ich konnte mir vorstellen, was im nächsten Kurs – Trigonometrie – passieren würde. Wahrscheinlich würden wir direkt zur Infinitesimalrechnung übergehen, da alle von Sinus und Cosinus gelangweilt sein würden.

»Ich weiß, das klingt vielleicht blöd oder so, aber wenn

du Hilfe brauchst, bin ich für dich da«, sagte Constance. »Die Schule, auf die ich in New York ging, war wirklich gut. Also so *richtig* gut.«

Okay. Bot sie mir ihre Hilfe an oder wollte sie nur angeben? Keines von beiden hob meine Stimmung. Es schien, als hätte jeder hier beschlossen, dass ich dumm war und Almosen brauchte oder so ähnlich. Dabei hatte ich das nicht nötig. Ich war eine Einserschülerin, verdammt. *Ich* war diejenige, die immer allen half. Was war mit mir los?

Die Mädchen an meinem Tisch tratschten über die Jungs in ihren Kursen und machten Pläne, am Wochenende in die Stadt zu fahren. Ich hörte Satzfetzen wie »vierfädiges Kaschmir«, »so angesagt«, »neue Kreditkarte«. Nichts bereitete ihnen Sorgen. Ich dagegen machte mich wegen tausend verschiedener Dinge verrückt.

Und dann sah ich sie. Die Billings-Girls kamen vom Mittagsbüfett nun durch den Gang auf uns zu. Noelle ging mit Kiran und Taylor vorneweg, Ariana folgte ihnen, tief in ihr Buch versunken. Zum ersten Mal konnte ich sie aus der Nähe sehen; ein Mädchen perfekter und schöner als das andere.

Gespannt hielt ich die Luft an, als Noelle an mir vorbeischlenderte. Als ihr Blick auf mich fiel, umspielte ein Lächeln ihre Lippen. Kiran und Taylor gingen plaudernd an mir vorbei und dann kam Ariana. Sie trug ein weißes Tanktop und einen wasserblauen Rock, der nach unten hin dunkler wurde. Um den Hals hatte sie ein hauchzartes violett- und lavendelfarbenes Tuch gewickelt, dessen Enden ihr fast bis zum Bauch reichten. Ich hätte in so einem Outfit lächerlich ausgesehen – wie ein Kind, das Verkleiden spielt –, aber diese Kleidung *gehörte* einfach zu ihr. Ihr haftete ein exotischer Duft an, der mir irgendwie bekannt vorkam. Gerade versuchte ich, ihn einzuordnen, als sie ihr Buch nach unten sinken ließ, mich direkt ansah und »Oh, hallo« sagte.

Ihre Freundinnen blieben ebenfalls stehen. Genau wie mein Herz.

»Das ist die, von der ich euch erzählt habe«, sagte Ariana. Sie sprach mit einem ganz leichten Südstaaten-Akzent, so dezent, als würde sie ihn ihren Worten hinterherschicken.

Mein leerer Magen rebellierte und ich konnte im Hals bereits die Galle schmecken. Ich spürte, wie die Mädchen von meinem Flur untereinander Blicke austauschten.

»Wirklich?« Noelle verschränkte die Arme über der Brust und ging mit großen Schritten auf mich zu, wobei sie mich von oben bis unten musterte. Ein paar weitere Billings-Mädchen, die aber nicht zu den vier gehörten, standen tatenlos da und blickten sich fragend an. »Bist du die Spannerin?«

Missy entfuhr ein Lachen.

»Ich hatte sie mir männlicher vorgestellt«, meinte Kiran. Taylor lachte, dann prustete sie und legte ihre Hand vor den Mund. Kiran rollte ihre großen, schönen, perfekt mit einem Kajalstift umrandeten Augen und lächelte. Mich an.

»Achte nicht auf sie. Wir arbeiten noch an ihren Macken«, sagte Noelle. »Wie heißt du?«

»Reed«, antwortete ich.

»Ich bin Noelle. Das sind Kiran, Taylor und Ariana«,

sagte sie. Sie machte sich nicht die Mühe, die anderen Mädchen aus ihrem Wohnheim vorzustellen. Also spielten sie tatsächlich nur in der zweiten Liga.

»Hi«, sagte ich. Sie lächelten mich an. Ich schwebte auf Wolke sieben.

»Jetzt, wo du weißt, wer wir sind, kannst du uns vielleicht etwas Respekt entgegenbringen und damit aufhören, hinter uns herzuschnüffeln.«

Um mich herum brach Gelächter aus und Noelle grinste über mein bleiches Gesicht. Die Billings-Girls lächelten überlegen und sahen mich mit geübter Herablassung an.

»Kommt, Leute«, drängte Noelle und wandte sich von mir ab. Kiran und Taylor schlossen sich ihr an und gemeinsam gingen sie davon. Alle anderen folgten ihnen, außer Ariana, die den Kopf entschuldigend auf die Seite legte, den Blick an mir vorbei in die Ferne gerichtet.

»Entschuldige«, sagte sie. »Noelle kann ganz schön direkt sein.«

»Ja«, brachte ich hervor.

Sie strich sich das feine Haar hinter das Ohr. Wie ich trug sie keinen Schmuck und kein Make-up, sah dabei aber viel eleganter aus, als ich es je könnte. Ihre Haut war blass, in einem günstigen Licht würde man vielleicht durch sie hindurchsehen können. Einen Augenblick lang sah sie mich an und lächelte, aber ich konnte deutlich erkennen, dass ihre blauen Augen traurig waren.

»Okay, man sieht sich«, sagte sie schließlich.

Dann wandte sie sich wieder ihrem Buch zu und ging ihren Freundinnen hinterher. Sofort fragte ich mich, ob ich mir ihren Kummer nur eingebildet hatte.

Sicher war es so. Worüber sollte ein Mädchen wie sie schon traurig sein?

»Gute Idee, die Billings-Girls gleich am ersten Tag gegen sich aufzubringen«, kommentierte Missy.

»Hast du sie wirklich heimlich beobachtet?«, fragte Constance.

»Nicht wirklich«, antwortete ich und verfluchte mich innerlich.

Was stimmte nicht mit mir? Seit ich hier war, hatte ich mir immer wieder selbst ein Bein gestellt. Bei den Lehrern und bei den Billings-Girls. Jetzt musste ich mich verdammt anstrengen, um da wieder rauszukommen.

Glück

»Hey, Neue.«

Als wir gerade die Mensa verließen, lehnte Thomas Pearson an der grauen Steinmauer. Er kam zu uns und ging neben mir her. Constance warf mir einen vielsagenden Blick zu. Bestimmt überlegte sie, wieso ich bereits an meinem zweiten Tag so einen heißen Typen kannte.

Weiß ich doch nicht!

»Hallo«, antwortete ich scheinbar gelassen. Doch mein Puls raste.

»Ich hab was für dich«, verkündete Thomas.

Er zog eine kleine Münze aus seiner Hosentasche. Sie war bronzefarben und hatte ein quadratisches Loch in der Mitte. Mit selbstzufriedener Miene hielt er sie mir zwischen Daumen und Zeigefinger hin.

»Was ist das?«, fragte ich und blieb stehen.

»Mein Glücksbringer. Ich möchte ihn dir geben, weil ich kein Glück mehr brauche. Ich stehe über dem Glück.«

Ich lächelte und versuchte, unbeeindruckt zu klingen. »Wie schön für dich.« Mein Herz schlug wie wahnsinnig.

»Ja, nicht wahr?«, entgegnete er.

Es fiel mir schwer, in seiner Gegenwart nicht dämlich zu grinsen. Das war so nervig.

»Aber jetzt mal im Ernst, was ist das?«, fragte ich.

»Das *war* mal eine Metromünze. Aus der Zeit vor den MetroCards«, erklärte Thomas mit hochgezogenen Augenbrauen.

Was zum Teufel war eine MetroCard?

»Ich war am Boden zerstört, als die abgeschafft wurden. Nenn mich ruhig altmodisch, aber es hat einfach was, etwas Hartes in einen kleinen Schlitz zu stecken, dieses befriedigende *Pling* zu hören und belohnt zu werden …«

Wehmütig schüttelte er den Kopf und sah mir direkt in die Augen. Ich wurde rot. Sehr rot. War die Metapher beabsichtigt? Wahrscheinlich schon. Hatte ich die Metapher bemerkt? Definitiv. War ich von ihm gefesselt und gleichzeitig peinlich berührt? Und ob.

»Wie auch immer«, fuhr er fort und weckte mich aus meiner Trance, »du hältst jedenfalls ein Relikt aus einer vergangenen Zeit in den Händen. Pass gut darauf auf.«

»Danke.«

Die Hände in den Hosentaschen und geheimnisvoll grinsend, ging er zurück Richtung Hof. Ich sah, wie mich einige Mädchen mit unverhohlenem Neid angafften. Herzen brachen überall auf dem Campus. Als Thomas sich abwandte, stießen zwei Jungs zu ihm. Mit gesenktem Kopf hörte er ihnen zu, während sie versuchten, mit ihm Schritt zu halten.

»Wer war *das* denn?«, fragte Constance in einem Tonfall, der einem Mann dieses Formats gebührte.

Ich grinste. »Das war Thomas Pearson.«

»Und was ist das für einer?«, fragte sie weiter und stellte sich auf ihre Zehenspitzen, um zu sehen, wie er und seine Kumpels im Gedränge der Schüler auf dem Weg zum Unterricht verschwanden.

»Keine Ahnung«, antwortete ich. »Kannst du mir mal sagen, was das hier ist?«

Constance lachte. »Damit hat man früher für die U-Bahn bezahlt. Jetzt gibt es elektronische Tickets, die MetroCards heißen. Mann, Reed. Warst du etwa noch nie in New York?«

Nein. Ich war nie irgendwo. Aber das musste sie ja nicht wissen.

Ich schaute auf den kleinen Glücksbringer und fühlte mich wahnsinnig glücklich, bis ich bemerkte, dass ich beobachtet wurde. Als ich aufsah, blickte ich direkt in Arianas hellblaue Augen. Sie stand etwa zehn Meter von mir entfernt bei den Steinbänken im Hof, doch ich spürte ihren bohrenden Blick so deutlich, als würde sie vor mir stehen. Ich erschrak und lächelte mechanisch – unsicher. Dann blinzelte sie, wandte sich ab, und ich fragte mich, ob ich das Ganze missverstanden hatte.

Verteidigungs-maßnahmen

An diesem Nachmittag war ich die Erste, die für das Fußballtraining auf die Tribüne kam. Da ich nicht zu spät kommen wollte, war ich nach der letzten Stunde zurück in mein Zimmer im Bradwell-Haus gerannt, um mich umzuziehen. Ich hatte nur kurz Thomas' Glücksbringer auf meine Silberkette gefädelt und sie umgelegt, bevor ich den ganzen Weg über die Hügel zu den Spielfeldern im Sprint zurückgelegt hatte. Als nun das restliche Team gemeinsam, mit Fußbällen und orangenen Hütchen ausgestattet, auf mich zukam, wurde mir klar, dass viel zu früh zu sein, genauso auffällig war, wie zu spät zu kommen. Vorneweg ging Noelle, die mich amüsiert musterte.

Ich machte mich ganz klein und blickte hinaus aufs Fußballfeld, um jeden Blickkontakt mit ihr zu vermeiden. Vielleicht, wenn ich so tat, als wäre ich *unsichtbar* …

»Na, Spannerin«, sagte sie. Die Metallstufen schepperten, als sie an mir vorbeiging. Sie setzte sich direkt hinter mich und ihre nackten Knie drückten mir in den Rücken. Die erbarmungslose Sonne brachte mich bereits zum Schwitzen, doch verstärkte Noelles Anwesenheit diesen Zustand noch.

»Spielst du? Oder verfolgst du mich nur?«

Ein paar der anderen Mädchen lachten. Mein Gesicht brannte. Das konnte ja ein Spaß werden.

»So, meine Damen! Alle herkommen!« Eine Frau mittleren Alters mit breiten Schultern und kräftigen Waden stand am Fuß der Tribüne. Das war wohl unser Coach. Sie hatte kurze blonde Haare, trug weder Make-up noch Schmuck, hatte dafür aber umso mehr Dreck unter den Fingernägeln. Ihr Blick fiel auf mich. »Ich nehme an, Sie sind Reed Brennan. Ich bin Coach Lisick.«

»Hallo«, sagte ich.

»Reed kommt aus Pennsylvania, wo sie die torgefährlichste Abwehrspielerin im Jahrgang der Neuntklässler war«, verkündete sie der Gruppe.

Toll. Jetzt wusste Noelle, dass ich aus dem guten alten, spießigen, langweiligen Pennsylvania kam. Ich fragte mich, ob ich lügen sollte und sagen, ich sei aus Philly? Eher nicht.

»Was bedeutet, Sie alle sollten dankbar sein, dass sie jetzt hier bei uns spielt«, fuhr der Coach fort. »Verstanden?«

Ein zustimmendes Murmeln ertönte.

»Die Spannerin hat wohl was drauf«, flüsterte Noelle, und ich spürte ihren Atem heiß an meinem Ohr. »Dann mal los, Spannerin.«

Sie klopfte mir zwei Mal fest auf die Schulter und ich versank tiefer in meinen Sitz. So blieb ich sitzen, die ganze Zeit ihren Blick im Nacken, bis der Coach das Spiel anpfiff und das Training begann. Ich rannte aufs Feld, erleichtert, Noelles bohrendem Blick zu entkommen. Hier draußen war ich zu allem imstande.

Wir stellten uns auf dem Spielfeld auf. Ich sollte das nördliche Tor verteidigen, Noelle war die Stürmerin der gegnerischen Mannschaft. Das bedeutete, wir würden im Spiel aufeinandertreffen, und meine Haut kribbelte bereits vor Vorfreude. *Zeig, was du draufhast.*

Die Pfeife ertönte und Noelle war in Ballbesitz. Natürlich. Sie passte ihn zu der Mitspielerin rechts von ihr, die den Angriff auf das gegnerische Tor vorantrieb. Ich war beeindruckt. Ich hätte Noelle für ballverliebter gehalten, also alle Anerkennung für sie, aber kein Teamwork. Offensichtlich hatte ich mich geirrt.

Noelle rannte auf mich zu, ich griff an, aber sie konnte an mir vorbeiziehen. Sie war ganz schön schnell. In dem Moment, als Noelle genügend Platz vor sich hatte, bekam sie das Zuspiel, und mein Herz machte einen Satz. So schnell ich konnte, rannte ich ihr hinterher. Sie sollte nicht auf die Idee kommen, dass ich kein Talent hätte. Auf keinen Fall durfte ich mich von ihr einschüchtern lassen. Nicht hier auf dem Spielfeld.

Ich holte sie ein, grätschte in ihre Beine und spielte den Ball quer über den Platz zu meiner Mitspielerin. Noelle schrie, stolperte über meinen Schienbeinschoner und stürzte Hals über Kopf zu Boden. Einen Augenblick lang waren unsere Beine ineinander verheddert, aber ich machte mich schnell los und stand auf.

»Gut verteidigt, Brennan!«, rief Coach Lisick vom Spielfeldrand.

Lächelnd streckte ich Noelle meine Hand entgegen. Doch als ich ihren Blick sah, erschrak ich. Sie spuckte auf den Boden und sah kochend vor Wut durch mich hindurch.

Ich hätte auf die andere Seite des Spielfelds laufen sollen, konnte mich aber nicht bewegen. Jubel ertönte vor dem gegnerischen Tor und die Trainerin pfiff zum Wiederanstoß. Noelle stand auf, und ich erwartete, dass sie mich umbringen würde. Vernichten. Für den Bruchteil einer Sekunde war in ihren Augen all die Bosheit zu erkennen, zu der sie imstande war, und aus irgendeinem Grund fiel mir in diesem Moment die Narbe unter ihrer Kleidung wieder ein, so brutal und rot. Auf einmal wirkte sie gar nicht mehr deplatziert an ihr.

Doch dann blickte sie mir ins Gesicht und lächelte. Ein ehrliches, fast schon stolzes Lächeln. Sie strich sich den Dreck von den Shorts.

»Wenn du so weitermachst, gewinnen wir dieses Jahr vielleicht mal.«

»Danke«, erwiderte ich und hoffte, dass sie meine Atemnot als Zeichen der Anstrengung und nicht der Angst interpretierte.

»Aber wenn du das noch mal mit *mir* machst, dann haben wir zwei ein Problem.«

Lachend rannte sie zurück zu ihrem Team. Ich stand da, versuchte, mich wieder zu beruhigen, und war mir nicht sicher, ob es voreilig wäre, jetzt schon erleichtert zu sein. War sie sauer oder beeindruckt von mir?

Irgendwie schwante mir, dass ich mir bei Noelle nie ganz sicher sein könnte.

Vertrau mir

Die anderen Zehntklässler im Team verschwanden direkt nach dem Training und so ging ich allein zurück nach Bradwell. Ich kapierte nicht ganz, weshalb meine Mitschülerinnen mich nicht mochten. Weil ich neu war? Weil der Coach mich herausgehoben hatte? Oder einfach nur so? Aber ich wunderte mich auch nicht. *Allein zu sein* war mein Normalzustand. Fürs Erste.

Mit der Sporttasche über der Schulter ging ich um das Gebäude zur Eingangstür. Als ich sie gerade erreicht hatte, trat Ariana aus einer Nische hervor und erschreckte mich fast zu Tode.

»Na«, sagte sie. Sie umklammerte ein paar Notizhefte und drückte sie an ihre Brust.

»Hi.«

Hatte sie auf mich gewartet?

»Wie war das Training?«

»Gut.« Irgendwie war das eine komische Situation. Ich

wusste nicht, was ich tun oder sagen sollte, und durchforstete mein Gehirn, wobei ich auf folgende originelle Frage kam: »Was spielst du eigentlich?«

In Easton musste jeder mindestens eine Sportart betreiben. Wegen der Pflicht zur körperlichen Fitness. Ich hatte mir keine Gedanken darüber gemacht, weil ich ohnehin Sport treiben wollte, Pflicht hin oder her.

»Gar nichts«, antwortete sie. Auf meine verwirrte Miene hin ergänzte sie: »Aus gesundheitlichen Gründen.«

»Ah.«

Sie führte das nicht weiter aus, und ich hatte auch nicht den Eindruck, dass ich nachfragen durfte. Eine Sache mehr, über die ich mir den Kopf zerbrechen konnte. Was könnte Ariana nur haben, das sie daran hinderte, ihre Pflicht zur körperlichen Fitness zu erfüllen?

»Und ... hast du schon Freunde gefunden?«

»Ich denke schon«, erwiderte ich.

»Wie ist dein Flur so?«

»Ganz ... okay.« Constance schien ja in Ordnung zu sein und Diana war auch ganz nett.

»Wie sieht's mit Jungs aus?«

Sofort kam mir Thomas in den Sinn und ich spürte das kühle Metall seiner Metromarke auf meiner verschwitzten Haut. Ein Mädchen, das an ihrem ersten Tag in Easton die Aufmerksamkeit eines so heißen Zwölftklässlers auf sich zog, mussten die Billings-Girls doch respektieren, oder?

»Na ja, ich hab da diesen Typen kennengelernt ...«

»Thomas Pearson«, sagte sie mit ausdrucksloser Miene.

Erstaunt blinzelte ich. Ihr Tonfall war eisig.

»Ich habe gesehen, wie ihr euch unterhalten habt«,

erklärte sie. Dann trat sie von der Tür weg und näher an mich heran, als ein paar Mädchen vom Hockey-Training kamen und lachend über ihr Spiel sprachen. Ich spürte, wie ich neidisch wurde.

»Reed.«

»Tut mir leid.« Wie konnte ich ausgerechnet dem einzigen Menschen, der heute nett zu mir gewesen war, gegenüber unaufmerksam sein? Dem Menschen, für dessen Aufmerksamkeit ich alles tun würde.

»Magst du ihn?«, wollte Ariana wissen.

»Das habe ich noch nicht entschieden«, antwortete ich, obwohl mein Puls schneller schlug, sobald ich nur an ihn dachte. Thomas war umwerfend, keine Frage. Und faszinierend und lustig. Aber er war offensichtlich auch ein Aufreißer. Und ich war mir nicht ganz sicher, ob ich mich zu diesem Zeitpunkt auf so jemanden einlassen wollte. Flirten? Okay. Mit ihm etwas anfangen? Das war eine andere Frage.

Ariana kniff die Augen zusammen. »Die meisten Mädchen können einem Typen wie Thomas Pearson nicht widerstehen«, sagte sie. »Er hat so was …«

Sexuell Anziehendes?

»Gefährliches«, beendete sie ihren Satz.

Sie sah mich aufmerksam an, als würde sie meine Reaktion auf diese Einschätzung abwägen.

»Ja, das habe ich auch bemerkt«, entgegnete ich beiläufig. Schön, reich und schlau, eingebildet und lasziv? Ja. Das war eine gefährliche Mischung. »Wenn man darauf steht …«, fügte ich noch hinzu. »Was ich nicht tue.«

Normalerweise.

Doch selbst wenn ich mit dem Gedanken spielte, musste sie das ja nicht wissen. Vor allem wenn sie aus irgendeinem Grund ein Problem mit Thomas hatte. Außerdem wollte ich auf keinen Fall, dass alle dachten, ich wäre verrückt nach Jungs. Ich wollte cool rüberkommen. Niveauvoll und selbstsicher. Über allem stehend. So wie sie.

Langsam breitete sich ein Lächeln auf Arianas Gesicht aus und sie schien von innen heraus zu strahlen. »Setz dich doch morgen beim Frühstück an unseren Tisch«, lud sie mich ein.

Mein Herz setzte gute fünf Sekunden lang aus.

»Wirklich?«, fragte ich und klang dabei etwas zu begeistert.

»Ich würde dich gerne besser kennenlernen. Wir alle wollen das.«

Also hatten sie über mich gesprochen. Über mich diskutiert. Hinter meinem Rücken.

Der Gedanke daran war beunruhigend. Obwohl ich erst so kurz an der Schule war, sprachen die Leute bereits über mich.

Aber was … kümmerte mich das? Das könnte ein Anfang sein – der Anfang dazu, alles zu bekommen, was ich mir erträumt hatte. Sie hatten über mich gesprochen – schön! Offensichtlich gab es etwas, das sie an mir mochten. Auch wenn ich keine Vorstellung hatte, was das sein könnte.

»Also gut«, sagte ich schließlich und musste mich zusammenreißen, um nicht vor Freude zu platzen. »Ich werde da sein.«

Frühstück mit den Billings-Girls

Als ich am nächsten Morgen in der Mensa eintrudelte, saß Ariana allein am Tisch. Sie trug ein weißes Sommerkleid und ein blaues Tuch. Mir war nicht klar, ob sie wegen mir so früh gekommen war, ich war jedoch erleichtert, sie zu sehen. Schließlich war es deutlich leichter für mich, sie ohne die anderen anzusprechen. Ich wartete darauf, dass sie von ihrem Buch aufschaute, aber das tat sie nicht. Schließlich stand ich peinlich berührt vor ihrem Tisch. War es doch nur ein Scherz gewesen? Oder vielleicht hatte sie mich vergessen. War es tatsächlich möglich, dass sie den Schatten nicht bemerkte, den ich auf ihr Buch warf?

»Äh … Ariana?«, sagte ich mit heißen Wangen.

Sie blickte verwundert auf. Sie hatte es tatsächlich vergessen. Sie sah aus, als wüsste sie nicht mal, wer ich war.

»Tut mir leid«, sagte ich automatisch.

Ich wollte schon gehen, da kam sie endlich zu sich und lächelte. »Hallo, Reed. Setz dich doch.«

Sie bot mir den Stuhl neben sich an. Erleichterung stieg in mir auf. Ich ging um sie herum, stellte mein Tablett auf den Tisch und hängte meine Tasche über den Stuhl.

»Keinen Hunger?«, fragte sie mit Blick auf mein spärliches Frühstück, bestehend aus einer trockenen Scheibe Toast und Kaffee.

Doch, und wie! Ich war mir nur nicht sicher gewesen, was am Billings-Tisch als akzeptables Frühstück galt, also war ich auf Nummer sicher gegangen. Auf Arianas Tablett befand sich ein halb aufgegessener Obstsalat, zwei Scheiben Toast und eine Schüssel trockener Cornflakes mit Marshmallows. Mein Magen knurrte bei diesem Anblick – zum Glück lautlos.

»Ich bin keine große Frühstückerin«, log ich. Dafür hätte ich mich selbst ohrfeigen können, schließlich müsste ich beim nächsten Mal ja wieder so verfahren.

»Ich liebe es, zu frühstücken«, sagte Ariana und nahm sich ein lilafarbenes, hufeisenförmiges Marshmallow und steckte es sich in den Mund. »Wenn ich könnte, würde ich das dreimal am Tag machen.«

Ich lächelte. Ihre Fröhlichkeit hatte eine beruhigende Wirkung auf mich. »Hier ist es aber ruhig morgens«, kommentierte ich und beobachtete die verschlafen aussehenden Schüler, die durch die Flügeltür hereintrotteten.

»Deswegen mag ich es ja«, erklärte Ariana. »So kann man viel besser lesen.« In diesem Augenblick kamen zwei Mädchen und setzten sich auf zwei gegenüberstehende Stühle am anderen Ende des Tisches. Ich wusste noch vom ersten Morgen, dass sie auch in Billings waren. Eine hatte dunkle Haut, pechschwarze Haare und einen Körper unter der Jeans und dem weißem T-Shirt, der eines Victoria's-Secret-Models würdig gewesen wäre. Die andere hatte glattes blondes Haar, das ihr bis auf den Rücken reichte. Ihr Outfit war ein bisschen *zu* trendy, als hätte sie zu viel Zeit damit verbracht, den perfekten Gürtel passend zur perfekten Tasche und zu den perfekten Schuhen zu finden. Die beiden warfen mir verwunderte Blicke zu.

»Hi«, sagte das eine Mädchen und zog eine Zeitschrift aus der Tasche. *The National Review*, eine konservative politische Zeitschrift. Auf der Titelseite war der Esel der Demokraten mit einem Galgenstrick um den Hals abgebildet. Niemand, den ich kannte, las politische Magazine. Nicht einmal die Erwachsenen. »Wer bist du?«

»Das ist Reed«, antwortete Ariana, bevor ich es konnte. »Reed, das sind Natasha Crenshaw und Leanne Shore.«

»Hi«, sagte ich mit einem nervösen Lächeln.

»Weiß Noelle, dass du hier sitzt?«, fragte Leanne mit einem höhnischen Grinsen.

Mein Lächeln erstarrte.

»Das wird sie gleich«, entgegnete Ariana kühl.

In diesem Augenblick kam Noelle vom Frühstücksbüfett an unseren Tisch, gefolgt von Taylor, Kiran und Dash. Sie lächelte uns hungrig an und mein Magen krampfte sich zusammen. Was hatte ich mir nur dabei gedacht?

»Guten Morgen, Spannerin!«, sagte Noelle und knallte ihr Tablett gegenüber von Ariana auf den Tisch.

Mein Gesicht wurde sofort rot. *Schlechte Idee. Ganz schlechte Idee.*

»Spannerin?«, fragte Leanne. »Ach ja! Du bist die *Lesbe*!«, rief sie mit rauchiger Stimme. Natasha schlug schmunzelnd ihre Zeitschrift auf und Leanne lachte über ihren eigenen Witz.

Ariana ließ ihr Buch sinken und sah nicht Leanne, sondern Noelle wütend an. Erstaunlicherweise wurde auch Noelle rot. Ariana konnte Noelle zum Erröten bringen. Gut zu wissen.

»Tut mir leid!«, sagte Noelle und verdrehte die Augen. »Hi, Reed«, sagte sie demonstrativ. Dann setzte sie sich und schnaubte höhnisch. »Ganz schön empfindlich.« Genervt hängte sie ihre Tasche über den Stuhl. »Mein Gott, Leanne, kannst du das mal lassen?«

Leannes Kiefer klappte zu und ihr Lachen verstummte. Unter ihrem Make-up wurde sie rot wie eine Tomate.

Ariana nahm ihr Buch und las weiter. Ich musste mir ein Grinsen verkneifen. Kiran zog sich einen Stuhl heran und klappte ihr Handy auf. Der große Diamantanhänger, den sie um den Hals trug, funkelte so strahlend im Sonnenlicht, dass ich fast erblindete. Sie trug einen winzigen, zitronengelben Pulli, einen schwarzen Rock und Schuhe mit Pfennigabsätzen. Alles sah sehr teuer aus. Für den Preis dieses Outfits hätte sie sich locker unser Haus leisten können. Wenn dein Körper auf einer Plakatwand in New York zu sehen ist, wird wohl ein nettes Sümmchen dabei herausspringen.

Taylor – deutlich legerer in einer Jeans und einem schicken Polohemd – warf mir einen neugierigen Blick zu und schlüpfte auf den Stuhl zu meiner Rechten. Auch sie trug große Diamantohrringe.

»Hi«, begrüßte sie mich. »Ich bin Taylor.«

»Das *weiß* sie doch«, sagte Noelle ungeduldig.

Taylors Wangen erröteten.

»Ich bin Reed«, sagte ich, um ihr entgegenzukommen.

»Auch das ist ihr klar. Sind wir hier alle geistig behindert, oder was?«, fragte Noelle.

Natasha seufzte und sah von ihrer Zeitschrift auf. »Noelle, benutz bitte dieses Wort nicht. Wenigstens wenn ich dabei bin.«

»Tut mir leid, du Königin der Political Correctness. Möchtest du mir zur Strafe einen Klaps geben?«, fragte Noelle und streckte ihren Arm aus. Sie verdeckte damit Kirans Handy, worauf diese genervt mit der Zunge schnalzte und sich zurücklehnte, damit sie etwas sehen konnte.

»Das ist nicht nötig«, erwiderte Natasha schmunzelnd.

»Natasha hält sich für das moralische Zentrum von Easton«, erklärte Noelle.

»Na ja, von euch ist ja auch keiner scharf auf den Job«, gab Natasha zuckersüß zurück.

Noelle steckte sich demonstrativ den Finger in den Hals.

Alles klar.

»Und, Reed, gefällt es dir hier?«, wollte Taylor wissen.

»Ja, auf jeden Fall«, antwortete ich.

»Du bist aus Pennsylvania, oder?«, fragte sie mit fröhlicher Stimme. »Ist es hier so ähnlich wie in deiner alten Schule?«

Ich sah zu Noelle. Hatte sie den anderen erzählt, woher ich kam?

»Taylor kann schon alle Schulbücher auswendig, deshalb hat sie mit den Jahrbüchern und den Listen mit den neuen Schülern weitergemacht«, erklärte Noelle.

»Wusstest du, dass weniger als zwei Prozent aller Schüler der Easton, inklusive der Ehemaligen, aus Pennsylvania kommen? Ist das nicht verrückt?«, fragte Taylor. »Ich meine, wenn man bedenkt, dass es so ein großer Bundesstaat ist.«

Ich musste schlucken. Weniger als zwei Prozent? Also war ich *wirklich* eine Ausnahme.

»Was hältst du von den Lehrern?«, fuhr Taylor neugierig fort. »Was hast du für Kurse? Hast du Trigonometrie bei Corcoran?«

»Ich …«

»Taylor, du musst sie nicht ins Kreuzverhör nehmen«, ermahnte Ariana sanft.

Taylor errötete. »Tut mir leid.«

»Sie will immer alles wissen«, erklärte Noelle.

»Als ob sie das nicht schon täte«, fügte Natasha flüsternd hinzu.

Taylor senkte den Kopf, um sich hinter ihren Locken zu verstecken. Sie tat mir leid. Auch wenn ich froh war, dass ich nicht länger im Zentrum der Aufmerksamkeit stand.

In diesem Augenblick ließ sich Dash auf den Stuhl mir gegenüber plumpsen und schüttelte sich mit einer Kopfbewegung eine Haarsträhne aus dem Gesicht. Aus der Nähe konnte ich sehen, dass er sogar noch besser aussah, als ich gedacht hatte. Mit seinem kantigen Unterkiefer, den warmen braunen Augen und der perfekten Haut sah er wie eine zum Leben erwachte Werbung von Abercrombie aus.

»Dash McCafferty«, sagte er zur Begrüßung. »Du bist doch das Mädchen mit den begnadeten Füßen.«

Noelle sah mich misstrauisch an.

»Du hättest neulich mal ihren Schuss sehen sollen«,

berichtete er Noelle. »Sie könnte dir Konkurrenz machen, Süße.«

»Wow, schade, dass ich das verpasst habe«, sagte Noelle ausdruckslos.

Leanne lachte erneut los, bis Noelle sie mit einem Blick zum Schweigen brachte.

Zwei weitere Jungs kamen und begrüßten Dash mit Handschlag. Einer setzte sich auf den Tisch hinter ihm, der andere nahm einen Stuhl und rückte so eng neben Dash, als würde zu große Distanz zu Sauerstoffmangel führen. Ich erkannte beide vom Footballspiel und fragte mich, ob Thomas auch noch kommen würde.

»Das ist Josh«, sagte Dash und zeigte über seine Schulter hinweg auf einen süßen blonden Typen mit Babyface.

»Hey«, sagte Josh mit einem Nicken und lächelte dabei.

»Und dieser Loser da ist Gage.«

Der große, modische Typ schnaubte. Dash boxte ihn gegen den Arm – hart, wie Gages schmerzverzerrtes Gesicht zeigte – und das war's.

Die Flügeltür ging auf und ich sah automatisch hinüber. Constance und Diana betraten gemeinsam mit Missy, Lorna und den anderen die Mensa. Constance suchte den Raum ab, und mir war klar, dass sie nach mir schaute und sich fragte, wieso ich so früh und ohne sie das Zimmer verlassen hatte. Schuldgefühle überkamen mich, als sie mich schließlich entdeckte und zwei Mal hingucken musste. Ich lächelte entschuldigend, als sie verblüfft an mir vorbeiging. Missy und Lorna tuschelten, und Missys Nasenlöcher blähten sich noch weiter auf als sonst, falls das überhaupt möglich war. Offensichtlich waren sie neidisch.

Ein super Morgen bisher.

»Machst du viel Sport, Reed?«, fragte Taylor wie aus dem Nichts.

Ging das schon wieder los! Mein Blick löste sich von Missy. Taylor weidete systematisch ihren Bagel aus und türmte den Teig auf ihrem Tablett zu einem Berg.

»Nur Fußball und Lacrosse«, antwortete ich.

»Genau wie du, Süße«, sagte Dash und legte seinen Arm auf die Lehne von Noelles Stuhl.

Noelle fixierte mich. »Und wieder kann ich nur ›wow‹ sagen.«

Meine Güte. Ich schätze, der Respekt, den ich mir auf dem Fußballplatz verschafft habe, hatte wohl nicht auf die echte Welt abgefärbt.

Leanne lachte schon wieder und Natasha krümmte sich auf ihrem Stuhl.

»Leanne, wärst du so nett und würdest aufhören, mir auf den Zeiger zu gehen? Das nervt langsam«, schnauzte Noelle sie an.

Diesmal sah Leanne aus, als ob sie gleich in Tränen ausbrechen würde. Sie stand auf, schwang sich ihren Rucksack über die Schulter und bedachte mich mit einem vernichtenden Blick, bevor sie ging.

»Na toll, Noelle«, sagte Natasha und stand ebenfalls auf. »Sie will doch nur, dass du sie magst.«

Ihre Direktheit verblüffte mich.

»Es tut mir leid, Natasha«, entgegnete Noelle unschuldig. »Aber ich fürchte, da kann sie lange warten.«

Natasha rollte mit den Augen und folgte Leanne durch die Flügeltür hinaus. Also ging es doch nicht so harmonisch zu in Billings. Diese Erkenntnis machte es irgendwie noch faszinierender für mich.

Jemand hielt eine der Türen fest, bevor sie sich hinter Natasha wieder schließen konnte, und mein Herz tat einen Satz, da ich hoffte, es wäre Thomas. Aber ich sah nur ein paar Jungs, die ich aus den gestrigen Kursen wiedererkannte. Ich lehnte mich zurück in meinen Stuhl und sah instinktiv zu Ariana. Tatsächlich hatte sie ihr Buch wieder in den Schoß sinken lassen und musterte mich unverhohlen.

»Was?«, fragte ich und errötete leicht.

»Dash, kommt Thomas eigentlich zum Frühstück?«, fragte Ariana.

Vor Schreck blieb mir das Herz stehen. Konnte sie etwa Gedanken lesen? Sie sah mich vielsagend an, und ich war mir sicher, dass sie diese Frage meinetwegen gestellt hatte.

»Mein Gott, Ariana. Du hast es doch nicht etwa auf ihn abgesehen?«, fragte Noelle.

»Wieso? Was stimmt denn nicht mit Pearson?«, wollte Dash wissen.

»Man sollte besser fragen, *was* mit ihm stimmt«, antwortete Noelle.

»Ich habe nur eine Frage gestellt«, sagte Ariana kühl. »Kommt er oder kommt er nicht?«

Lachend schaufelte sich Dash eine Ladung Eier in den Mund. »Kommt er denn überhaupt mal?« Er sah mich an. »Pearson ist ein Morgenmuffel. Da kannst du Josh fragen.«

Ich hatte keine Ahnung, wieso er diesen Kommentar an mich gerichtet hatte. Hatte Thomas mich erwähnt? Oder hatte auch Dash meine Gedanken gelesen und durchschaut, nach wem ich Ausschau hielt?

»Er ist mein Mitbewohner. Ich kann das bezeugen«, sagte Josh und hob eine Hand. »Der Mann braucht seinen Schlaf.«

Ariana legte ihr Buch beiseite, nahm sich ein Stück Toast von ihrem Teller und knabberte daran. Während sie kaute, lächelte sie mich an. Peinlich berührt erwiderte ich ihr Lächeln und dankte ihr insgeheim, dass sie diese Frage gestellt hatte. Ich hätte mich das niemals getraut.

»Ah!«, ächzte Kiran, klappte ihr Handy zu und warf es auf den Tisch.

Sie legte ihren Arm auf die Stuhllehne und schaute in die andere Richtung, ohne dabei ihre elegante Haltung auch nur einen Augenblick zu vernachlässigen. Ihr Profil war markant, ihre Wangenknochen stark ausgeprägt. Sie hatte einen leicht schimmernden Lidschatten aufgetragen, aber so dezent, dass er nur in einem bestimmten Licht zu sehen war.

»Hat dein Gerät dich geärgert?«, fragte Gage sie.

»Fang niemals was mit einem Typen aus Barcelona an«, sagte Kiran und drehte sich mit einem leichten Kopfschütteln wieder zu uns. Jede Bewegung dieses Mädchens war elegant und anmutig. Sie griff nach einer Apfelspalte, hielt sie grazil zwischen ihren Fingerspitzen und nahm einen kleinen Bissen. »Sie sehen zwar gut aus, sind aber *so* ichbezogen.« Sie sah mich mit ihren atemberaubend schönen goldbraunen Augen an und blinzelte. »Wo kommst *du* denn her?«

Einen Moment herrschte Stille, dann lachten sich alle schlapp.

»Was? Ich frage doch nur«, sagte Kiran.

»Sie lebt in ihrer eigenen kleinen Welt«, erklärte Ariana.

»Das sagt gerade die Richtige«, fauchte Kiran. Sie musterte mich und lehnte sich zurück, während sie die Apfelspalte wieder auf ihren Teller legte. »Weißt du, der Apfel ist ein bisschen sauer. Ich hätte gerne einen neuen«, sagte sie und sah mir dabei direkt in die Augen.

Einen Augenblick lang war es ganz still. Alle starrten mich an. Auffordernd.

»Was ist?«

»Sie hat gesagt, dass sie gerne einen neuen Apfel hätte«, meinte Noelle. »Und wenn du schon dabei bist, kannst du mir auch gleich einen Kaffee mitbringen.«

»Und einen Schokoladendonut«, fügte Kiran hinzu. »Einen von denen mit Zuckerstreuseln drauf. Ich feiere das Ende der Badeanzug-Saison.«

»Oh, ich will auch einen«, ergänzte Taylor.

Meine Wangen glühten. War das ihr Ernst? Sie befahlen mir tatsächlich, aufzustehen und ihnen Essen zu holen. Dash steckte sich schnell ein Stück Bagel in den Mund und betrachtete mich mit einem amüsierten Kichern.

»Kannst du dir das merken oder brauchst du einen Notizblock und einen Stift?«, fragte Noelle.

Ich blickte zu Ariana. Sie holte tief Luft und las weiter.

Ich war also auf mich allein gestellt. Und ich hatte das deutliche Gefühl, dass ich keine Wahl hatte.

»In Ordnung. Dann geh ich mal.«

»Gute Entscheidung«, bemerkte Noelle.

Meine Beine zitterten beim Aufstehen.

»Willst du nicht Ariana fragen, ob sie auch etwas haben möchte?«, fragte Kiran unschuldig.

Stirb, stirb, stirb.

Ich zögerte. »Ariana? Möchtest du auch etwas?«, fragte ich und versuchte, dabei so freundlich wie möglich zu klingen.

»Nein danke, Reed«, antwortete sie fröhlich. Sie nahm dabei nicht ein einziges Mal den Blick von ihrem Buch.

Also war das abgesprochen. Sie hatte mich nicht an ihren Tisch gebeten, damit ihre Freundinnen und sie mich kennenlernen konnten. Sie brauchten nur ein neues Mädchen, um es herumzuschubsen. Na gut. Wenn es sein musste, würde ich es tun.

Ich drehte mich um und machte mich auf den Weg zum Frühstücksbüfett. Ich fühlte mich beobachtet, gekränkt und erniedrigt, als sie mir alle dabei zusahen, wie ich tat, was sie mir aufgetragen hatten. Aber vor allem hoffte ich, dass ich es nicht vermasseln würde. Ich wiederholte im Geiste immer und immer wieder die Bestellung. Kaffee, zwei Donuts und einen Apfel.

Moment. War Kirans Apfel rot, gelb oder grün? Ich hielt inne und blickte über meine Schulter zurück an den Tisch, um das zu überprüfen. Grün. Okay. Ich ahnte, dass, wenn ich es vermasselte, ich nie wieder an ihrem Tisch sitzen durfte. Und ich musste einfach wieder zurück an ihren Tisch. Ich musste einfach. Ich würde jeden Morgen das Frühstück für sie holen und würde die tägliche Erniedrigung über mich ergehen lassen, wenn sie mich nur wieder zu sich an den Tisch einluden.

Dreck

Noch in derselben Woche traf ich mich vor dem Abendessen mit Ms Naylor. Sie wollte wissen, wie es in meinen Kursen lief – ob es etwas gab, das zu »anspruchsvoll« für mich war. Mich beschäftigte allerdings nur die Tatsache, dass ich nach dem einen Frühstück mit den Billings-Girls nicht wieder an ihren Tisch eingeladen worden war. Sie wollte wissen, was anspruchsvoll war? Nun, zum Beispiel die Frage, wie ich es in den Kreis der Billings-Girls zurückschaffen konnte. Doch so wichtig mein Sozialleben auch für mich war, Ms Naylor war es völlig egal, das wusste ich. Als sie mich auffordernd ansah, fragte ich mich, ob Mr Barber ihr von meiner ersten Stunde erzählt hatte. Ich stellte mir vor, wie sie im Lehrerzimmer, oder wo auch immer sich Erwachsene an einem Ort wie diesem herumtrieben, tuschelten und Wetten darüber abschlossen, wie lange ich wohl durchhalten würde. Ich lächelte sie verhalten an, versicherte ihr, dass alles gut lief, und beschloss für mich, anschließend direkt in die Bibliothek zu gehen, um Barbers Bücherliste in Angriff zu nehmen.

Ich würde nicht kampflos aufgeben.

Es war heiß an diesem Tag. Dicke graue Wolken verdeckten den Himmel, und die Luft fühlte sich so schwer an, als würde sie von allen Seiten gegen mich gedrückt.

Wie immer ging ich mit gesenktem Kopf, Schweiß rann mir am Hals hinunter und unter den Saum meines T-Shirts. Ich merkte, wie ich mich beeilte, dabei war es eigentlich kein Wetter, um sich zu hetzen. Ich atmete tief ein und mäßigte meine Schritte, als ich am Drake-Haus vorbeikam, einem Wohnheim für Jungs aus der elften und zwölften Klasse, das von allen nur »Dreck« genannt wurde, weil dort scheinbar sämtliche hässlichen Jungs der Schule untergebracht waren.

Alles würde gut werden. Ich musste mich einfach locker machen und mir vergegenwärtigen, weshalb ich hier war und von zu Hause weggewollt hatte. Ich musste einfach –

Ich bog um die Ecke von Dreck und hörte, wie sich ein Fenster öffnete, und dann ein Kichern. Ich sah auf und blieb wie angewurzelt stehen. Kiran Hayes kletterte aus einem Kellerfenster ins Gebüsch hinaus, gestützt von einer riesigen Hand auf ihrem Hintern. Sie rappelte sich auf, strich sich lachend den Rock glatt und wischte sich den Dreck von den bloßen Knien. Wenige Sekunden später kletterte ein Junge aus dem Fenster und küsste sie leidenschaftlich. Kiran schob ihn erst von sich, stöhnte dann jedoch leise und erwiderte seinen Kuss.

Kiran Hayes machte mit einem Dreck-Jungen rum. Seine Hände wanderten über ihr Tanktop zu ihren Brüsten.

Okay. Also das musste ich nicht unbedingt mit ansehen.

Rasch drehte ich mich um, aber Kiran schien die Bewegung bemerkt zu haben.

»Warte! Stehen bleiben«, schrie sie sofort.

Ich kniff die Augen zu und drehte mich mit rasendem Puls wieder zu ihr.

»Mein Gott, du bist ja wirklich eine Spannerin!«, höhnte sie.

»Nein!« Ich öffnete zögernd ein Auge und sah, wie Kirans Typ seine Tasche schnappte und um das Gebäude herum Richtung Haupteingang flüchtete. Es war der große, schlaksige Junge, dem sie neulich zugezwinkert hatte. Was tat das Supermodel Kiran mit einem Manga-lesenden Loser wie ihm? Ich dachte, sie hätte einen Freund in Barcelona. »Ich wollte nur eine Abkürzung zur Bibliothek nehmen«, erklärte ich ihr. »Ich habe nichts gesehen.«

Kirans Haare waren am Hinterkopf, wo sie gegen die rauen Ziegel gepresst worden waren, ganz verstrubbelt. Ihr Rock hing schief, ihr Lippenstift war weggeküsst und es waren nur noch ihre vollen rosa Lippen zu sehen. Ich hatte sie noch nie so zerzaust gesehen und sie sah immer noch absolut umwerfend aus.

»Ja, klar«, sagte sie ironisch und ging einen Schritt auf mich zu. »Du erzählst keinem was davon, kapiert?«

»Nein«, antwortete ich. »Nein, natürlich nicht.«

»Du ahnst ja nicht, was ich dir sonst antun könnte«, sagte sie.

Wow. Das Mädchen wusste wirklich, wie man jemandem drohte. Ihre sonst so schönen Augen blitzten gehässig. Doch trotz meines eingeschüchterten Zustands begriff ich, dass ich diesen Augenblick auch zu meinem Vorteil ausspielen konnte. Ich konnte Kiran zeigen, dass sie sich auf mich verlassen konnte. Eine neue Gelegenheit, mich zu beweisen.

»Keine Sorge«, versicherte ich ihr. »Dein Geheimnis ist gut bei mir aufgehoben.«

Da sah ich zu meiner Überraschung Erleichterung in ihrem Gesicht. Sie schien wirklich Angst zu haben, dass die Leute davon erfuhren. Wieso? Der Junge war vielleicht ein Loser, aber Kiran gehörte schließlich zu diesen mächtigen, beliebten Mädchen, die mit jedem rummachen konnten, weil sie über all dem Gekicher und den Gerüchten standen. Wieso war es ihr so wichtig, dass diese kleine Affäre geheim blieb?

»Gut«, sagte Kiran schließlich. »Und jetzt verschwinde.«

Definitiv nicht der Zeitpunkt für Fragen. Aber ich hätte mich sowieso nicht getraut. Ich machte kehrt und ging, so schnell ich konnte, davon.

Unter Zwang

Eine Zeit lang hatte ich keinen weiteren Kontakt mit den Billings-Girls, bis auf das Training mit Noelle, bei dem sie mich meistens ignorierte. In der dritten Schulwoche verlor ich allmählich die Hoffnung und fragte mich, was ich wohl falsch gemacht hatte. Hatte Kiran sie aufgefordert, mich zu ignorieren, damit ich keine Gelegenheit bekam, ihr Geheimnis zu verraten? Jedes Mal wenn ich sie sah, wollte ich mit ihr sprechen und ihr versichern, dass ich den Mund halten würde. Doch sie war immer in Gesellschaft von Noelle oder Taylor oder Ariana, sodass ich sie unmöglich ansprechen konnte.

Unaufgefordert mit ihnen Kontakt aufzunehmen, kam nicht infrage.

In der Zwischenzeit schien es, als wären die Billings-Girls einfach überall. Während des Morgengottesdienstes verkündete Dekan Marcus, dass ein ganz besonderer Gast und ehemaliger Schüler der Easton eine Ankündigung machen wollte, und stellte uns Lance Hallgren vor, Superstar und Oscar-Gewinner und dazu noch ein Pate des US-Raumfahrtprogramms, aus Gründen, die ich nicht wirklich nachvollziehen konnte.

Alle klatschten und murmelten, als Lance mit breitem Lächeln und zurückgegelten Haaren auf dem Podium stand und uns mitteilte, er sei nicht der einzige Star an diesem Tag. Er beehre uns nur deshalb mit seiner Anwesenheit, um Taylor Bell eine akademische Auszeichnung der Regierung für herausragende Leistungen in der wissenschaftlichen Forschung zu überreichen. Unter tosendem Applaus holte er sie nach vorne und überreichte ihr eine Plakette und einen Scheck über fünftausend Dollar. Teil des Preises war auch eine Reise nach Washington, wo Taylor ihre Forschungsergebnisse bei dem Bankett einer bedeutenden Forschungs- und Bildungseinrichtung präsentieren und an Lance Hallgrens Tisch sitzen würde.

Die einzige akademische Auszeichnung, die ich jemals bekommen hatte, hatte mir eine steife blaue Schärpe und einen Fünfundzwanzig-Dollar-Gutschein für ein Steakhaus eingebracht.

Noch am selben Tag bekam Kiran während der Mittagspause einen Strauß aus zwei Dutzend weißer Lilien. Da sie die dazugehörige Karte herumreichte, ging ich davon aus, dass sie nicht von ihrem heimlichen Dreck-Liebhaber stammte, der ein paar Tische weiter mit kläglicher Miene zusah. Kurz darauf kamen die beiden Lieferanten zurück und rollten eine lindgrüne Vespa mitten in die Mensa. Das zog alle Aufmerksamkeit auf sich, auch die der Lehrer, die gleich aufsprangen, um die Lieferanten zu befragen. Sofort standen alle auf und stellten Vermutungen an. Wie hatten sie die Vespa durch das Tor bekommen? Hatten sie den Sicherheitsdienst bestochen? Auf dem Schulgelände waren Kraftfahrzeuge verboten. Würde Kiran sie behalten dürfen? Als könnte man Kiran Hayes etwas wegnehmen. In der Zwischenzeit hatte sich Kiran bereits rittlings auf die Vespa geschwungen, den schicken weißen Helm aufgesetzt und begutachtete gemeinsam mit Dash, Gage und Josh die Ausstattung. Sie merkten gar nicht, dass sie im Mittelpunkt der Aufmerksamkeit standen.

Ein paar Tage später wurde eines von Arianas Gedichten im *Chronicle*, der Schul-Zeitung, veröffentlicht, mit der Anmerkung, dass es bald im *New Yorker* erscheinen würde und unter tausenden Einsendungen von Dichtern aller Altersgruppen und Karrierestufen ausgewählt wurde. Kurz darauf wurde der Wahlzettel für die Wahl des beliebtesten Schülers in den Abschlussklassen veröffentlicht und Noelles Name war überall zu lesen. Sie war in sämtlichen Kategorien nominiert: Schönste Schülerin, Schülerin mit den besten Karrierechancen, Schönstes Paar und Bester Humor.

Nun, *Letzteres* muss sich erst noch zeigen.

An einem regnerischen Dienstagnachmittag kam ich mit Diana und Constance vom Mittagsbüfett und schaute zum Billings-Tisch hinüber. Ohne das Sonnenlicht, das sonst durch das Dachfenster fiel, wirkte die Mensa dunkel und klamm. Wenigstens erhellten die Billings-Girls den Raum.

»Hast du schon einen Künstler für dein Kunstgeschichte-Projekt?«, wollte Diana von mir wissen, als wir am Kopfende unseres Tisches Platz nahmen.

»Machst du Witze? Unser ganzes Zimmer ist zugestellt mit riesigen Kunstbänden, die sie sich aus der Bibliothek besorgt hat«, mischte sich Constance ein. »Sie arbeitet wie verrückt daran.«

Meinte sie wirklich, es wäre okay, einfach herumzuerzählen, was ich privat in meinem Zimmer tat?

»Ich will keinen nehmen, den schon jemand hatte«, erklärte ich schulterzuckend. »Ich möchte was Originelles machen.«

»Schlechte Neuigkeiten: Mrs Treacle ist vierzehntausend Jahre alt«, sagte Diana. »Du wirst keinen Künstler finden, den bei ihr noch keiner vorgestellt hat.«

Constance lachte. »Zum Glück habe ich mich für Journalismus entschieden. Für den *Chronicle* zu berichten macht viel mehr Spaß, als irgendwelche langweiligen Bilder zu analysieren. Außerdem kennt meine Mutter Mr Ascher, da bekomme ich bestimmt eine Titelstory.«

Wie schön für dich. Jedes Mal wenn ich anfing, Constance zu mögen, sagte sie etwas, das mich wieder daran erinnerte, wie nervig sie sein konnte.

Seufzend sah ich hinüber zum Billings-Tisch und fragte mich, wie ich es aushalten sollte, ein ganzes Jahr lang drei Mahlzeiten mit diesen Mädchen zu verbringen, nachdem ich einmal erleben durfte, wie es dort drüben war. Als hätte sie meinen Blick gespürt, hob Noelle den Kopf und sah mir in die Augen. Sie seufzte, schüttelte den Kopf und stand auf. Ihr Stuhl quietschte nervenzerfetzend.

»Was macht sie?«, fragte Constance.

Noelle marschierte direkt auf unseren Tisch zu. Das Herz schlug mir bis zum Hals.

»Keine Ahnung.«

Noelle blieb vor uns stehen, nahm mein Tablett und trug es wortlos an ihren Tisch. Sie stellte es auf den Platz neben Kiran und sah mich fragend an. Kiran lachte und winkte mich zu sich. Taylor versteckte ihr Gesicht hinter ihren Locken und wurde rot. Ariana ließ zum ersten Mal an diesem Nachmittag ihr Buch sinken und blickte sich verwirrt um. Am anderen Ende des Tisches zog Natasha eine saure Miene, Leanne dagegen wirkte nur erstaunt.

»Äh, ich glaube, sie will, dass du zu ihnen rübergehst«, sagte Diana.

Da musste ich ihr recht geben. Völlig perplex stand ich auf und nahm meinen Rucksack. Noelle hatte eine ziemliche Show abgezogen und alle Blicke waren nun auf mich gerichtet. Als ich an Dash und Kiran vorbeiging, rechnete ich jeden Moment damit, dass mir jemand ein Bein stellen und ich auf dem Boden landen würde. Aber nichts dergleichen geschah und schließlich saß ich an meinem Platz.

»Wenn du hier sitzen möchtest, dann mach das einfach. Niemand wird dich daran hindern«, sagte Noelle.

Das war wahrscheinlich die beste Einladung, die ich jemals kriegen würde. Ich versuchte, mir meine Begeisterung nicht anmerken zu lassen.

»Hi, Reed«, sagte Taylor mit rosigen Wangen.

»Hi«, antwortete ich. Ariana lächelte mir zu und widmete sich wieder ihrem Buch. Natasha und Leanne ignorierten mich, aber das war mir egal.

»Also. Es gibt da etwas, das du für uns tun musst«, verkündete Noelle.

Mein Herz pochte und mein Gesicht wurde heiß vor

Scham. Natürlich. Sie hatte mich bloß geholt, damit ich wieder etwas für sie erledigte. Was wollte sie diesmal? Eine neue Scheibe Toast für ihr Truthahn-Sandwich?

»Okay«, sagte ich langsam.

»Du musst für Kiran mit diesem Dreck-Jungen Schluss machen.«

Kiran wurde bleich und mein Herzschlag stockte. Panisch sah ich in ihre anklagenden, weit aufgerissenen Augen.

»Ich habe es ihr nicht erzählt«, platzte es aus mir heraus.

Noelle grinste fröhlich. »Oh! Du wusstest davon?« fragte sie und blickte von mir zu Kiran. »Das ist ja interessant. Seid ihr zwei jetzt Vertraute, oder was?«

»Noelle, ich ...«, begann Kiran.

»Keine Sorge. Die Spannerin hat dich nicht verpetzt«, sagte Noelle. »Der kleine Streber hat einen Blog. Wusstest du das? Und er stellt sich nicht gerade besonders clever mit seinen Pseudonymen an. Einer der Jungs ist darauf gestoßen und hat es in der letzten Stunde an die ganze Schule gemailt.«

Kiran sah aus, als würde sie sich jeden Augenblick übergeben. Und dann umkippen und sterben. Ich fühlte mit ihr.

»Ein Dreck-Junge, Kiran, also wirklich«, sagte Ariana fast schon mitleidig. »Hast du wirklich gedacht, wir kriegen das nicht mit?«

Auf fast mütterliche Weise griff sie nach Kirans Hand. Einen Augenblick ließ Kiran sie gewähren, dann zog sie ihre Hand weg. Sie schluckte schwer, warf ihr Haar zurück und gab sich betont lässig. Den Kopf auf ihren Ellbogen gestützt, nahm sie sich einen Möhrenstift von ihrem Teller.

»Ach, was weiß ich. Wir haben nur ein bisschen rumgemacht«, sagte sie. »Es ist nicht so, als würde mir das was bedeuten.«

Sie log. Wir alle wussten das. Aber das spielte keine Rolle.

»Gut, denn wir wissen alle, dass es für ein Billings-Girl völlig inakzeptabel ist, mit einem Dreck-Jungen zusammen zu sein«, sagte Noelle. »Das gehört sich einfach nicht. Und da ein Billings-Girl nicht mit einem Dreck-Jungen zusammen sein kann, ist es logisch, dass sie auch nicht mit einem Schluss machen kann. Und da kommst du ins Spiel, Reed.«

»Das wird lustig«, bemerkte Leanne.

»Sag ihm klipp und klar, dass es aus ist«, verlangte Noelle und starrte mich an, bis ich den Blick abwandte. »Sag ihm, dass Kiran nichts mehr mit ihm zu tun haben will. Sag ihm, dass sie ihn für einen bleichen Loser mit einem winzigen, schrumpeligen kleinen *Ding* hält und nie wieder ein Wort mit ihm reden will.«

Niemand rührte sich. Ich sah Kiran an und wusste, dass es sie innerlich zerriss. Gleichzeitig hatte ich das Gefühl, dass Noelles Wortwahl mit Absicht so hart gewesen war, um ihre Freundin zu bestrafen. Das Herz klopfte mir bis zu den Ohren, den Augen, den Schläfen.

»Das soll ich ihm ausrichten?«

»Wort für Wort.«

Ich schluckte. »Jetzt sofort?«

»Nein, nächsten Mittwoch«, antwortete Noelle sarkastisch. »Ja, jetzt sofort!«

»Äh … okay.« Ich sah Kiran an. »Wie heißt er denn?«

»Als wäre das wichtig«, warf Noelle ein.

»James«, antwortete Kiran. Sie warf mir einen kurzen Blick zu und ich erkannte die Verzweiflung darin. Ihr lag wirklich etwas an diesem Jungen. Wieso ließ sie zu, dass ihre Freundinnen mich zu so etwas nötigten? Nur weil es ihrem bescheuerten Image schaden könnte? Wieso stand sie nicht für sich ein? Für ihn?

Ich räusperte mich und stand auf. »Ich bin … gleich wieder da.«

Langsam ging ich zu James' Tisch. Über mir prasselte der Regen gegen die Dachfenster und ein Blitz erhellte kurz den Raum. Die ganze Mensa starrte mich an. Auf mehreren Tischen lagen Blätter, vermutlich die Ausdrucke aus James' Blog. Als ich den Dreck-Tisch erreichte, blickten alle Jungs zu mir auf. Alle außer James, der mich offensichtlich bewusst ignorierte. Die roten Flecken auf seinem Gesicht verrieten mir, dass er sich meiner Anwesenheit bewusst war, aber er tat weiterhin so, als sei er in sein Manga vertieft.

»Ähm … James?«, sagte ich und rieb die Hände an meiner Jeans.

»Wer bist du?«, fragte er mich, ohne aufzusehen.

»Ich bin Reed«, antwortete ich. »No… äh … Kiran schickt mich.«

Ein paar Jungs kicherten und grinsten. James sah mich an. Eigentlich sah er ganz gut aus, auf eine blasse, streberhafte Art. Warme braune Augen schauten aus einem gutmütigen, wenn auch etwas rundlichem Gesicht.

»Was ist?«, fragte er mit zusammengezogenen Augenbrauen.

Im Kopf wiederholte ich noch einmal, was Noelle gesagt hatte. Eigentlich wollte ich dem armen Kerl etwas Derartiges nicht vor seinen Freunden ausrichten, aber ich hatte keine Wahl. Wenn Noelle herausbekäme, dass ich von ihrem Skript abgewichen war, hätte sie mir das sehr übel genommen.

»Sie sagt, es ist aus.« Ich presste die Lippen aufeinander. »Sie sagt, sie will nichts mehr mit dir zu tun haben.«

James verspannte sich sichtlich. »*Was?*«

Ich atmete tief ein und fuhr folgsam fort. »Sie sagt ... sie sagt, du bist ein blasser Loser mit einem winzigen, schrumpeligen kleinen Ding und sie will nie wieder ein Wort mit dir reden«, sagte ich hastig.

»Hey! Das stimmt doch gar nicht!«, rief einer der Jungs am Tisch. Ein paar andere lachten, aber die meisten sahen so angeekelt aus, wie ich mich selbst fühlte.

James rückte den Stuhl vom Tisch und stieß gegen einen leeren Stuhl hinter ihm.

»Wo gehst du hin?«, fragte ich panisch. Am Billings-Tisch starrte Noelle wütend zu uns herüber.

»Was glaubst du denn?«, fragte er wütend. »Wenn sie das denkt, soll sie es mir ins Gesicht sagen.«

Erschrocken packte ich seinen Arm, um ihn zurückzuhalten. Irgendwie war mir klar, dass ich nicht zulassen durfte, dass James, ein Dreck-Junge, Kiran vor der gesamten Schule erniedrigte. Ich wusste, dass meine Mission sonst gescheitert wäre. Und das durfte nicht geschehen. Nicht jetzt. Nicht, nachdem ich gerade erst eine zweite Chance bekommen hatte.

»Hey, reiß dich mal zusammen«, sagte ich nachdrücklich. »Ich sagte doch, dass sie nicht mit dir reden will. Du warst nur ein Ausrutscher, okay? Eine momentane Geistesverwirrung.« Ich schaute kurz zurück zu unserem Tisch, beugte mich zu ihm und senkte meine Stimme zu einem leisen Flüstern. »Wenn du da rübergehst, werden sie uns beide den Kopf abreißen. Lass es sein.«

Ich warf Noelle einen Blick zu. Sie sah mich erwartungsvoll an.

Bitte, bitte, bitte tu es nicht, James.

Endlich atmete er tief durch.

»Kannst du ihr sagen … kannst du ihr sagen, dass es mir leidtut?«, fragte er leise.

Es tut ihm leid? Es tut *ihm* leid? War das ein Witz?

»Aber sag ihr das nicht, wenn ihre Freundinnen dabei sind. Warte, bis ihr allein seid.«

Er begriff, was los war. Das war offensichtlich.

»Klar«, flüsterte ich. Tränen brannten in meinen Augen, so überwältigt war ich von meinem eigenen unmoralischen Verhalten. Und so erniedrigt durch seine reife Reaktion darauf. Zwar wusste ich nicht, wann ich Kiran je allein antreffen würde – außer dieses eine Mal mit James hatte ich sie nie ohne mindestens eine ihrer Freundinnen gesehen –, aber ich würde es versuchen. Das war ich ihm schuldig.

James nahm seine Sachen und verließ den Raum, ganz zur Schadenfreude der Zuschauer. Es wunderte mich beinahe, dass sie nicht noch klatschten.

Langsam kehrte ich an den Billings-Tisch zurück und unterdrückte einen Seufzer der Erleichterung. Doch beim Anblick ihrer amüsierten Mienen sowie den kaum verhohlenen Kummer auf Kirans Gesicht merkte ich, dass ich dringend an die frische Luft musste. Ich marschierte an ihnen vorbei zur Tür hinaus und blieb unter der mit Regenwasser gefüllten Dachrinne stehen. Über mir donnerte es, und ich musste mich zusammenreißen, um nicht zu weinen. Was hatte ich nur getan?

»Glaubst du, dass sich das auszahlen wird?«

Meine Hand flog vor Schreck in die Höhe, als Thomas von der Mauer auf mich zutrat. Seine dunkle Jacke war regendurchtränkt und Wasser tropfte von seinem Haar.

»Was soll das? Wieso lauerst du mir immer irgendwo auf?«, fragte ich zu Tode erschrocken.

Thomas lächelte und beugte sich zu mir. Obwohl ich so aufgewühlt war, besaß mein Herz die Dreistigkeit, sich zu ihm hingezogen zu fühlen.

»Übernimm dich nicht, neues Mädchen«, riet er mir und musterte mich von Kopf bis Fuß. Das Verlangen in seinen Augen schmeichelte mir und verunsicherte mich gleichzeitig. Als würde er denken, dass ich irgendwie ihm gehörte. »Das könnte ich nicht ertragen.«

Für einen kurzen Moment kam er mir so nah, dass ich seinen Atem auf meinem Gesicht spüren konnte. Ich war fest davon überzeugt, dass er mich nun küssen würde. Stattdessen lächelte er, drehte sich um und ging durch den Regen davon.

Alles Lügen

Es zeigte sich, dass es doch nicht so schwer war, Kiran allein anzutreffen. Als ich am nächsten Morgen mit Constance und den anderen Bradwell verließ, wartete sie auf einer Steinbank im Hof. Sie wirkte nervös.

»Wir sehen uns im Unterricht«, sagte ich zu Constance und ging zu Kiran.

Seufzend stand Kiran auf. Als ich bei ihr ankam, war jegliche Unsicherheit aus ihrem Gesicht verschwunden und sie hatte wieder ihre herrische, blasierte Miene aufgesetzt.

»Hi«, begrüßte ich sie. Jetzt war ich es, die unsicher war.

»Was hat er zu dir gesagt?«, fragte sie geradeheraus. »Nicht dass es mir wichtig wäre, ich will nur sichergehen, dass er es verstanden hat.«

Lügen. Alles Lügen.

»Er hat's verstanden«, versicherte ich ihr. »Keine Sorge.«

Sie starrte mich an. Die goldenen Flecken in ihren Augen schienen zu pulsieren. »Und? Was hat er *gesagt?*«

Ich räusperte mich. »Er hat gesagt, es tut ihm leid«, antwortete ich. »Er hat gesagt, dass ich mit dir allein reden und dir sagen soll, dass es ihm leidtut.«

Kiran blinzelte. »Das hat er gesagt?«

»Ja«, sagte ich und die Neugier fraß mich fast auf. »Wieso sagt er das, nach allem, was du ihm angetan hast?«

»Ich weiß es nicht«, sagte Kiran kopfschüttelnd und mied meinen Blick. Sie lächelte ganz leicht. »So ist James eben.«

Ich lächelte ebenfalls. Und auf einmal war da etwas zwischen uns. Ein richtig intimer Augenblick. Kiran zeigte mir eine Seite von sich, die sie Noelle und den anderen niemals zeigen würde. Da war ich mir sicher. Ihre großen Augen füllten sich plötzlich mit Tränen.

»Hey, alles okay?«, fragte ich sie.

Sofort riss sie sich zusammen. Und als sie mich ansah, war sie wieder ganz die Alte. »Dieses Gespräch hat nie stattgefunden!«

Mein Herz raste. »Wo, glauben sie, bist du?«

»Das geht dich nichts an«, entgegnete sie und verdrehte genervt die Augen, als sie sah, wie ich zusammenzuckte. »Hör zu, ich weiß, dass du ihnen nichts von James erzählt hast, und das weiß ich zu schätzen, okay?«, sagte sie leise, als hätte sie Angst, die anderen könnten uns zuhören. »Aber das hier muss auch unser Geheimnis bleiben. Diese Unterhaltung hat nie stattgefunden. Du nimmst sie mit ins Grab.«

Wovor hast du solche Angst? Wovor hast du solche Angst?

»Okay«, sagte ich.

»Gut.« Sie nickte energisch und setzte ihre dunkle Sonnenbrille auf. Und bevor sie davonging, hätte ich schwören können, ein Danke von ihr gehört zu haben.

Die Herde

»Und isst du auch genug?«, fragte mich mein Vater.

»Ja. Das Essen hier ist gut.«

Das stimmte sogar halbwegs. Zumindest war es besser als das Essen in meiner alten Highschool. Ich stellte meine Füße auf die schmale Ablage unter dem öffentlichen Telefon. Mein Hintern schmerzte bereits nach zwei Minuten auf der kleinen Holzbank. Es gab keinen Telefonanschluss in den Zimmern, deshalb mussten alle von meinem Flur dieses öffentliche Telefon benutzen. Allerdings hatten alle hier ein Handy. Ich war die Einzige, die es benutzte.

»Ich vermisse dich, Kleines«, sagte mein Vater.

Mit ihm zu telefonieren, war komisch. Abgesehen von kurzen Anrufen, damit er mich irgendwo abholte, hatte ich früher nie mit ihm telefoniert. Ich stellte mir vor, wie er am Küchentisch saß, den Sportteil vor sich ausgebreitet. Dieses Bild machte mich traurig. Mit dem Finger fuhr ich die in die Wand gekratzten Worte »Slayer ist geil!« nach.

»Ich vermisse dich auch, Dad.«

»Ich freue mich schon auf das Eltern-Wochenende«, sagte er. »Wir beide freuen uns.«

Ich bekam einen Schreck. In der Easton-Broschüre hatte etwas über das Eltern-Wochenende gestanden, aber das hatte ich verdrängt. Ich konnte mir meine Eltern eher auf dem Mars vorstellen als hier in Easton. Genauso wenig konnte ich mir ihre Fahrt hierher vorstellen, ohne dass meine Mutter während der gesamten Zeit meckerte und jammerte. Ich hatte keinen Schimmer, weshalb mein Vater das für eine gute Idee hielt.

»Ich mach besser mal Schluss«, verkündete er. »Mom möchte zu Abend essen.«

»Okay«, antwortete ich. Nun stellte ich mir sie ebenfalls am Tisch sitzend vor, wie sie über einen grauen Hackbraten hinweg meinen Vater finster anstarrte.

»Sie lässt dich grüßen«, sagte mein Vater.

Nein, tat sie nicht.

»Danke. Tschüss, Dad.«

»Ich hab dich lieb, Reed.«

»Ich dich auch.«

Ich legte den Hörer auf und brauchte einen Moment, um mich wieder zu fassen. Es war verrückt, wie leicht mich die Telefonate jedes Mal in die Vergangenheit zurückversetzten. Zurück zu der Traurigkeit, der Angst, der Düsternis. Wenn ich mit meinem Vater gesprochen hatte, brauchte ich danach immer einen Augenblick, um mich zu fangen. Mir bewusst zu machen, dass ich nicht mehr dort lebte. Und dann lächelte ich so wie an jedem Morgen, an dem ich nicht vom Geschrei meiner Mutter geweckt wurde, die mir von ihrem Zimmer aus befahl, aufzustehen und ihr die morgendlichen Tabletten zu bringen. Ich bestimmte jetzt selbst über mein Leben. Daran musste ich mich noch gewöhnen.

Ein Klopfen gegen die Glastür der Kabine schreckte mich auf. Constances ungeduldiges Gesicht blickte durch das trübe Glas auf mich herab.

»Komm schon! Du verpasst es sonst!« Wie eine Wahnsinnige winkte sie mir, ihr zu folgen, und rannte los. Seufzend stand ich auf.

Es war Sonntagabend und alle Mädchen von meinem Flur hatten sich im Gemeinschaftsraum versammelt, um sich irgendeine Reality-Show anzusehen. Den ganzen Tag schon hatten sie von nichts anderem gesprochen. Ich kannte die Sendung nicht, was nach dem Abendessen für eine mindestens halbstündige Unterhaltung sorgte. Nun würde ich endlich sehen, was die ganze Aufregung sollte.

Ich konnte es kaum erwarten. Echt.

Ich ließ mich auf das kleine Sofa neben Constance fallen, die mir den Platz frei gehalten hatte. Sobald der erste Werbespot lief, drehte sich Lorna, die am Boden saß, zu mir um. Sie kauerte auf einem rosafarbenen Seidenkissen, das sie sich aus ihrem Zimmer mitgebracht hatte.

»Was machst du denn sonst immer Sonntagabends?«, wollte sie von mir wissen. Sie hatte irgendeine übel riechende blaue Maske auf ihr Gesicht geschmiert und sich ihre Locken zu zwei Knoten auf dem Kopf zusammengebunden. In diesem Aufputz ähnelte sie einem Bösewicht aus einem Comic. Der Blaue Schrecken.

»Hauptsächlich lesen«, antwortete ich.

Missy schnaubte verächtlich und Lorna rollte mit den Augen. Das waren ihre beiden bevorzugten Ausdrucksmittel. Diese Affektiertheiten konnte man bei den beiden ständig beobachten.

Während der Werbespots klärte mich Constance über die Hintergrundgeschichte auf, aber ich hörte nur halb hin. Eigentlich sollte ich in meinem Zimmer oder in der Bibliothek sein und die restlichen Geschichtsbücher lesen. Oder meine Französischaussprache üben. Oder Trigonometrie-Aufgaben lösen. So ziemlich der einzige Kurs, der mich nicht stresste, war Literatur, und das auch nur, weil ich sonntags bis in die Nacht dafür lernte. Doch trotz der vielen Arbeit wollte ich mich auch um mein soziales Leben kümmern. Das musste sein.

Natürlich hätte ich die Zeit lieber mit den Billings-Girls verbracht, aber das war unmöglich. Von dem Tag an, an dem Noelle sich mein Tablett genommen hatte, hatte ich meine Mahlzeiten immer an ihrem Tisch eingenommen, ihnen ihr Essen geholt und andere Besorgungen für sie erledigt, die ihnen gerade in den Sinn kamen. Doch außerhalb der Mensa hatte ich noch keine Zeit mit ihnen verbracht.

»Geht ihr auf den Ball am Sonntag?«, fragte Diana, als das Bild erst schwarz wurde und dann zu einer Autowerbung wechselte. Kiki saß neben ihr und nickte mit dem Kopf zu der Musik aus ihren Kopfhörern, während sie durch die neueste Ausgabe der *In Touch* blätterte.

»Klar«, antwortete Missy. Sie stand vom Boden auf, wo sie sich ihre Zehennägel lackiert hatte, setzte sich auf die Couch und drehte das Nagellackfläschchen zu. »Ich muss mir doch einen Freund aussuchen.«

Als würde es um den Kauf von Socken gehen.

»In meiner alten Schule gab es keine Bälle«, erklärte Constance. »Na ja, außer man zählt die Wohltätigkeitsveranstaltungen dazu, aber da waren ja immer Eltern dabei. Bei dem werden doch keine Eltern dabei sein, oder?«

Was Missy mit einem weiteren Augenrollen quittierte.

»Das soll wohl *nein* heißen«, bemerkte ich.

»Dann bin ich auf jeden Fall dabei«, sagte Constance. »Wie sieht's bei dir aus, Reed?«

Bei der bloßen Vorstellung, an einem Schulball teilzunehmen, wurde ich bereits rot. Auf meiner alten Highschool hatte ich mich nie bei so was blicken lassen. Dort gingen nur die Cheerleader und die Sportler hin, und im Lauf des Abends verschafften sich jedes Mal Randalierer Zutritt, sodass er vorzeitig von der Polizei aufgelöst wurde. Irgendwann wurde der Ball dann nicht mehr viermal jährlich veranstaltet, sondern fand lediglich ein Mal im Jahr als Abschlussball für die Elft- und Zwölftklässler statt. Aus diesem Grund hatte ich noch nie mit einem Jungen getanzt. Kein einziges Mal.

»Mal sehen«, antwortete ich. »Ich habe eigentlich ziemlich viel zu tun.«

»Sonntags liest du und am Samstagabend machst du Hausaufgaben?«, fragte Lorna. Ihre Maske bekam wegen ihres ungläubigen Gesichts Risse. »Achtung, Ladies – wir haben hier eine echte Partymaus!«

»Mit psychologischen Tricks kommst du bei der nicht weiter, Lorna. Die wird auf keinen Fall hingehen«, sagte Missy und bearbeitete ihre Nägel mit einer Nagelhautschere.

»Was soll das denn heißen?«, wollte ich wissen.

»Das heißt, dass du ein Schaf bist«, entgegnete sie und sah mir in die Augen. Ich musste mich zwingen, nicht in die tiefen Höhlen ihrer Nasenlöcher zu starren. Würde ich ihr schwarzes Herz erkennen können, wenn ich nur lang genug hinstarrte? »Die *Billings*-Girls werden auf keinen Fall hingehen, weil sie es für unter ihrer Würde halten, Schulveranstaltungen zu besuchen, und wir wissen ja, dass du ihnen alles nachmachst. Machen das Schafe nicht so? Der Herde folgen?«

Lorna und ihre Freundinnen kicherten. Constance biss sich auf die Lippe und blickte besorgt in meine Richtung, ob ich jetzt ausflippen würde.

Mir wären tausend Dinge eingefallen, die ich hätte sagen können. Ich hätte sie darauf hinweisen können, dass sie bloß eifersüchtig war, weil die Billings-Girls mich bemerkt hatten. Ich hätte sie daran erinnern können, dass sie diejenige war, die nächstes Jahr unbedingt ein Billings-Girl werden wollte. Und wieso ging *sie* überhaupt zum Ball? Aber was auch immer ich sagte, es würde als defensives Geschwafel interpretiert werden.

Diese Genugtuung gönnte ich Missy Thurber nicht. Obwohl mein Blut heiß genug kochte, um Lava zu spucken, stand ich einfach wortlos auf, ging mit ruhigen Schritten zurück auf mein Zimmer und fragte mich, wieso ich überhaupt mit anderen Mädchen befreundet sein wollte.

Lügner

»Wirst du ihn ansprechen?«, fragte mich Constance völlig außer Atem.

Ich lehnte an der Wand des großen Saals, in dem offensichtlich alle Schulveranstaltungen stattfanden, von Benefizveranstaltungen bis zu Blutspendeaktionen, und schaute durch den Raum zu Thomas, der von anderen Schülern umringt war. Hauptsächlich von Neunt- und Zehntklässlern, da die meisten aus der elften und zwölften Klasse den Schulball gemieden hatten. Was – wie vorhergesagt – auch für die Billings-Girls galt. Missy hatte recht. Veranstaltungen wie diese waren unter ihrer Würde. Sie waren viel zu anspruchsvoll, zu cool und zu sehr mit interessanten Dingen beschäftigt. Ich war aus genau drei Gründen hierhergekommen: Erstens, weil Constance mich darum gebeten hatte, zweitens, weil Missy vor allen gesagt hatte, dass ich nicht kommen würde, und drittens, weil mich sonst nichts weiter davon abhielt als ein Riesenberg Hausaufgaben.

Was ich nicht begriff, war, was Thomas hier machte. Wenn die Billings-Girls zu cool waren, um hier zu sein, dann musste das für ihn doch auch gelten.

»Vielleicht«, antwortete ich.

Wenn er nicht anderweitig beschäftigt wäre.

Mit einem Anflug von Eifersucht sah ich, wie eine hübsche, kleine Brünette auf seine Worte hin lachte. Seitdem mich Thomas vor der Mensa so bewundernd angesehen hatte, musste ich ununterbrochen an ihn denken. Obwohl ich wusste, dass er wahrscheinlich nur Schwierigkeiten bringen würde, fühlte ich mich zu ihm hingezogen. Zwischen uns schien eine seltsam starke Verbindung zu bestehen, zumal wir erst wenige Male miteinander gesprochen hatten. Aber mein Herz hatte nun mal seinen eigenen Kopf. Und heute Abend wollte es Thomas.

Überall im Saal lehnten die Leute an der Wand, unterhielten sich, lachten oder blickten auf die leere Tanzfläche, während der DJ wahllos irgendwelche Hits der letzten zehn Jahre auflegte. Ein paar Lehrer streiften umher, beäugten die Anwesenden kritisch und sahen überhaupt ziemlich übellaunig aus. Offenbar waren ausschließlich die strengsten Lehrer von Easton zur Beaufsichtigung der Veranstaltung ausgewählt worden, und ich fragte mich, ob ohne diese Spaßpolizei nicht vielleicht jemand tanzen und sich wenigstens ein bisschen amüsieren würde. Wahrscheinlich wäre es trotzdem der ödeste Ball gewesen, auf dem ich je war. Wäre ich vorher schon mal auf einem gewesen.

»Geh doch zu ihm und frag, ob er mit dir tanzen will«, schlug Constance vor.

»Es tanzt doch sonst niemand«, antwortete ich.

»Na gut. Dann sag ihm wenigstens Hallo. Los. Wir brauchen dringend ein bisschen Romantik, und ich kann leider nicht damit dienen, weil ich ja Clint habe. Du musst stellvertretend für mich etwas erleben.«

»Hör zu, ich hab nicht einmal gesagt, dass ich den Typ mag«, warf ich ein.

Sie schnaubte verächtlich. »Ja klar. Das ist doch *so* offensichtlich.«

O Gott. War es das? Wie peinlich.

»Ich verstehe nicht, wieso du eine so große Sache daraus machst«, mischte sich Missy in unser Gespräch ein. »Geh zu ihm. Er ist auch nur ein Mensch.«

Klar. Als ob du dich das trauen würdest.

»Ein Mensch, der gerade auf uns zukommt«, fügte Constance flüsternd hinzu.

Was? Ich blickte auf. Thomas ging langsam durch den Raum auf uns zu und schaute mir lächelnd in die Augen.

Direkt vor mir blieb er stehen. »Wo ist dein Gefolge?«, fragte er verwirrt.

»Mein Gefolge?«

»Die Billings-Girls. Ich dachte, du kommst nicht ohne sie.«

Hinter mir prustete Missy los. War er deshalb zu mir gekommen? Um sich über mich lustig zu machen?

»Ich mache, was ich will«, entgegnete ich und hob den Kopf.

»Gut so. Du brauchst sie auch nicht.«

Doch, das tat ich. Und falls ihm das nicht klar war, dann hatte er deutlich weniger Ahnung von seiner Schule, als ihm bewusst war.

»Jemand sollte mal tanzen«, begann er. »Und ich finde, dieser Jemand sollte Reed Brennan heißen.« Er lächelte und hielt mir beide Hände hin.

Verdammt.

»Aber … es tanzt doch sonst niemand«, warf ich ein.

»Was ist los? Hast du etwa Angst?«, fragte er.

Ich kniff die Augen zusammen. »Von wegen.«

Ich nahm seine Hand. Er führte mich rückwärts auf die Tanzfläche und sah mir dabei tief in die Augen. Jeder im Saal gaffte uns an. Die Lehrer wirkten fast empört darüber, dass jemand die Frechheit besaß, auf diesem Ball tatsächlich zu tanzen. Die Jungs schauten interessiert, aber die Mädchen waren unübersehbar eifersüchtig. Der heißeste Typ im Raum, und der Einzige, der sich zu tanzen traute, hatte mich gewählt.

Thomas blieb stehen. Ich spüre mein Herz in allen Fasern meines Körpers pochen. Wortlos nahm er meine Arme und legte sie um seinen Hals, dann glitten seine Arme um meine Taille und er legte die Hände auf meinen Rücken. Seine Augen blickten immerzu in meine. Als wir begannen, uns hin und her zu wiegen, wurde mein Atem schneller. Alles in mir wollte ihn berühren. Arme und Hände waren nicht genug.

»Woran denkst du?«, wollte er wissen und seine Stimme vibrierte in meiner Brust.

Ich errötete. »An nichts.«

Thomas grinste und ein kleines Grübchen kam zum Vorschein. »Doch. Du hast sicher an etwas Unanständiges gedacht.« Meine Haut kribbelte. Er legte seine Wange an meine und seine Stoppeln kratzen auf meiner Haut. Sein

Atem wehte heiß an mein Ohr. »Erzähl mir von deinen unanständigen Gedanken, Reed Brennan.«

O Gott. Meine Handflächen schwitzten. Mir wurde schwindelig. Mein ganzer Körper pulsierte.

»Mach ich dich nervös?«, fragte er.

Ich schüttelte den Kopf.

Er trat leicht zurück, sah mir in die Augen und lächelte. »Lügnerin.«

Und dann küsste er mich.

Gefährlich?

Ich hatte gehofft, dass Thomas diesmal pünktlich zum Morgengottesdienst erscheinen würde und ein ebenso starkes Bedürfnis hätte, mich zu sehen, wie ich ihn. Doch wie immer schlich er mit zehnminütiger Verspätung herein und kauerte sich in seine Bank, die Sonnenbrille auf. Das Resultat? Kein Blickkontakt möglich. Wieso man ihm das durchgehen ließ, wusste ich nicht, aber niemand schien ihn deswegen zu behelligen. So war er eben.

Ich hatte den Vormittag damit verbracht, mit Constance draußen im Hof in der Sonne »zu lernen«. Meine nicht gerade glänzenden akademischen Leistungen mussten dringend verbessert werden. Als ich am Freitagmorgen mein Kunstgeschichte-Projekt vorgestellt hatte – ich hatte mich schließlich für Frida Kahlo entschieden –, wurde es von Mrs Treacle, genau wie die Projekte meiner Mitschüler, scharf kritisiert. Sie bezeichnete es als langweilig und zu wenig ausgearbeitet (das wiederum war anders als bei den anderen). Sie gab mir eine Drei und forderte mich auf, mich beim nächsten Mal mehr anzustrengen. Mein Referat in Französisch lief nicht viel besser. Zwar hatte sich meine Aussprache verbessert, doch Miss Krantz kritisierte, dass ich noch zu zögerlich war und man mein fehlendes Selbstvertrauen zu deutlich spüre. Und schließlich war da noch der Geschichtstest. An die vielen unbeantworteten Fragen auf meinem Blatt mochte ich gar nicht denken.

Nun hatte ich vor, mich richtig ins Zeug zu legen. Das wollte ich wirklich. Aber im Hof verbrachte ich die Zeit nur damit, alles nach Thomas abzusuchen. Der Kuss war das Einzige, an das ich denken konnte. Daran, wie er mit seinen Fingerspitzen mein Gesicht berührt hat. Ich war noch nie so geküsst worden. Und ich wollte mehr davon. Und zwar sofort.

»Du denkst an ihn, stimmt's?«, fragte Constance, während ich vor mich hin träumte.

»Nein, ich versuche nur … diese Gleichung zu verstehen«, erwiderte ich errötend mit dem Blick auf mein Trigonometrie-Buch.

»Ja, klar. Du bist so verliebt, dass du gar nicht mehr aufhörst zu lächeln.«

»Ich bin nicht verliebt«, behauptete ich bestimmt.

»Doch, bist du!«, hänselte sie mich.

»Lass uns einfach lernen«, schlug ich vor.

Constance zog ein langes Gesicht und machte sich wortlos wieder an die Arbeit. Sofort hatte ich ein schlechtes Gewissen, aber ich wusste nicht, was ich sagen sollte. Wann würde ich endlich mal dazulernen?

Ich atmete tief ein und versuchte, mich zu konzentrieren. Das tat ich wirklich. Aber fünf Sekunden später waren meine Gedanken wieder bei Thomas. Ich war verknallt und zwar richtig.

Ich sehnte die Mittagspause herbei. Thomas erschien immer zum Mittagessen, wenn auch nur kurz. Ich konnte es kaum erwarten, ihn endlich wiederzusehen.

Unsicher wie immer ging ich zum Billings-Tisch und wartete darauf, dass sie mir sagten, es sei alles nur ein Scherz gewesen und ich solle wieder gehen. Als ich mich ohne einen besonderen Vorfall auf meinen Stuhl setzte, atmete ich erleichtert aus. Ariana sah kurz von ihrem Buch auf und lächelte mich matt an.

»Hi, Reed!«, sagte Taylor. Sie war die Einzige der vier, die sich tatsächlich zu freuen schien, mich zu sehen.

»Hi«, antwortete ich.

Ich sah Kiran an. Sie ignorierte mich, als wäre nie etwas Besonderes zwischen uns vorgefallen.

»Wie läuft's bei dir? Wie laufen deine Kurse?«, wollte Taylor wissen. »Hast du gestern irgendwas Interessantes gemacht?«

»Gut und gut und nein. Nicht wirklich«, sagte ich nur. Ich gewöhnte mich langsam an Taylors Fragen und lernte, sie so allgemein wie möglich zu beantworten.

»Ja, klar. Ich habe gehört, dass du und Thomas Pearson gestern Abend ganz schön rangegangen seid«, sagte Noelle amüsiert.

Mein Mund öffnete sich, aber es kam kein Ton heraus. Wieso musste sie immer alles wissen?

»Thomas Pearson?«, fragte Kiran und zog eine ihrer perfekten Augenbrauen hoch.

»*Gute* Wahl.«

Klar. Als ob dein Dreck-Junge eine gute Wahl gewesen wäre.

»Wusstest du, dass die Pearsons der Schule jedes Jahr zweihundertfünfzigtausend Dollar spenden? Zusätzlich zu den Schulgebühren«, warf Taylor ein.

Zweihundertfünfzigtausend Dollar? *Zweihundertfünfzigtausend Dollar*?! Wie reich *waren* diese Leute?

»Taylor, also wirklich«, schimpfte Ariana. Als gehöre es sich nicht, über Geld zu sprechen.

Und wie immer erwiderte Taylor nichts.

In diesem Augenblick ging die Flügeltür auf und Thomas kam zusammen mit Dash, Gage und Josh herein. Mein Herz machte einen Satz und begann sofort zu rasen. Ich hatte erwartet, ihm erst in den letzten zehn Minuten der Pause zu begegnen, wenn er wie immer auftauchte, sich mit Essen versorgte und dann wieder verschwand. Aber hier war er, gefolgt von seinen Freunden. Und pünktlich.

»Hallo, Neue«, sagte er und glitt auf den Stuhl neben mir. Er strich mir mit den Fingern die Haare aus dem Gesicht und küsste mich direkt auf die Lippen. »Ich schätze, ich sollte dich jetzt Reed nennen.«

Jetzt. Wie »Jetzt, weil alles anders ist. Jetzt, da du meine Freundin bist.« *Wow.*

»Hey, Josh, gehst du zum Büfett?«, fragte er, seinen Arm über meinen Stuhl gelegt. Ich war wie elektrisiert.

Josh blieb zögernd im Gang stehen, während Gage und Dash weitergingen. »Ja.«

»Bringst du mir ein Sandwich mit? Ich bin am Verhungern«, sagte Thomas. Dann kam er mir ganz nah und küsste mich erneut. Ich konnte *fühlen*, wie Kiran und Taylor auf der anderen Seite des Tisches tuschelten.

»Sehe ich etwa aus wie dein Butler?«, beschwerte sich Josh.

Thomas löste sich von mir und fuhr ihn an. »Ja, tust du.«

Josh errötete leicht und ging augenrollend davon.

»Na, Pearson, wieder ein neues Opfer gefunden?«, fragte Noelle.

Mir stockte der Atem. Was sollte das denn heißen?

»Irgendwie ironisch, dass das gerade von dir kommt«, entgegnete er.

Noelle wurde rot. »Es überrascht mich, dass du überhaupt weißt, was Ironie bedeutet.«

»Halt die Klappe, Lange«, schnappte Thomas.

»Hey, lass das, Mann«, sagte Dash, der an den Tisch zurückkehrte.

Thomas sah ihn einen Augenblick böse an, dann lachte er abfällig und küsste meine Wange. Was sollte das?

»Was ist das denn für eine miserable Auswahl heute?«, fragte Dash. »Es gibt überhaupt kein warmes Essen.«

»Vielleicht liegt es daran, dass es draußen fünfunddreißig Grad sind?«, gab Kiran zu bedenken, die ihr Spiegelbild im obligatorischen Taschenspiegel begutachtete.

»Achtung«, rief Josh.

Ich duckte mich, als ein zellophanumwickeltes Baguette an meinem Gesicht vorbeisauste. Thomas fing es lässig auf.

»Ein Fertigbaguette? Da können wir uns ja glücklich schätzen, dass wir so privilegiert sind«, spottete er.

Ich spürte ein leichtes Ziehen im Magen und fragte

mich, ob er wohl wusste, dass ich nicht zu dieser Gruppe von Privilegierten gehörte. Ob irgendeiner von ihnen das wusste. Und ob es ihnen etwas ausmachen würde.

»Ich *freue* mich schon so aufs Eltern-Wochenende«, verkündete Gage und machte sich über sein Sandwich her.

Thomas stieß einen Seufzer aus und lehnte sich in seinem Stuhl zurück. Seine Stimmung war plötzlich gekippt.

»Wieso? Was ist so toll am Eltern-Wochenende?«, wollte ich wissen. Ich war neugierig, wie es ablaufen würde, und fragte mich, ob es irgendwie möglich wäre, dass meine Eltern nicht zu sehr auffielen. Und ob ich es schaffen könnte, ihnen in der gesamten Zeit aus dem Weg zu gehen.

»Gage meint damit, dass es an dem Wochenende das beste Essen des Jahres gibt«, erklärte Noelle. »Bei ihm dreht sich alles nur um seinen Bauch.«

»Und um die Gegend südlich davon«, fügte Gage hinzu. Er lachte mit offenem Mund und gewährte uns einen schönen Blick auf sein halb zerkautes Essen.

»Ich freu mich schon auf meine Mom«, meinte Ariana.

»Meine Damen und Herren, darf ich vorstellen: Das einzige Mädchen, das es schlimm findet, weg von seinen Eltern zu sein«, verkündete Noelle.

Alle außer Thomas lachten. »Können wir bitte über etwas weniger Langweiliges reden?«, schlug er vor.

»Ganz schön empfindlich«, kommentierte Kiran und betrachtete sich von allen Seiten im Spiegel.

»Ihr hört euch einfach wie ein Haufen Versager an«, murrte Thomas. »Es ist ein blöder Brauch. Ich weiß nicht, wieso es ihn überhaupt noch gibt. Wenn uns unsere Eltern irgendwelches Zeug schicken wollen, können sie das doch per Internet machen. Wieso muss ein ganzes Wochenende dafür draufgehen?«

»Alter, beruhig dich. Wir können nichts dafür, dass deine Eltern Arschlöcher sind.«

»Du kannst mich mal, du Idiot«, schnappte Thomas.

Und damit war auch der letzte Rest der guten Stimmung verflogen. Ich war richtig betroffen. Offensichtlich hatte Thomas Probleme mit seinen Eltern. An seinem Hals hatten sich auf einmal rote Flecken gebildet, und er wirkte so nervös, als würde er bei dem ersten lauten Geräusch vor Schreck die Flucht ergreifen.

»Alles okay?«, fragte ich ihn.

»Mir geht's gut«, sagte er und nahm meine Hand. Er sah mich flehend an. »Lass uns abhauen.«

Ich wollte eigentlich nicht gehen. Das Mittagessen mit den Billings-Girls war normalerweise der beste Teil des Tages. Aber er sah so verzweifelt aus, sein Fuß wippte nervös unter dem Tisch, und er wollte, dass ich ihn begleitete. Ich.

»Klar«, sagte ich.

Er sprang auf und zog mich so schnell mit sich mit, dass ich kaum Zeit hatte, Tschüss zu rufen.

Nur allzu bekannt

Thomas zog mich aus der Mensa, stürmte zum nächsten Baum und schlug seine Faust gegen die Rinde.

»Thomas!«, rief ich.

Er schien mich nicht zu hören. Er trat einen Schritt zurück und schlug erneut mit der Faust gegen den Baumstamm. Immer und immer wieder.

»Hör auf damit!«, schrie ich und ergriff seinen Arm.

Zunächst wehrte er sich, doch als er bemerkte, dass ich Angst bekam, hörte er auf.

»Was ist los mit dir?«, wollte ich wissen.

Dumme Frage. Aber mein Herz klopfte und ich war fast wahnsinnig vor Angst und Sorge. Irgendwas musste ich sagen.

Thomas atmete tief aus und ließ sich auf eine Steinbank gegenüber von der Mensa fallen. Er warf seinen Rucksack auf den Boden. Wolken trieben über den Himmel und eine kalte Brise ließ mich frösteln.

»Tut mir leid. Tut mir leid«, sagte Thomas und versteckte seine verletzte Hand unter seinem Arm.

»Ist schon gut«, versicherte ich ihm. Schließlich war das nicht der erste Ausraster, den ich miterlebt hatte. »Atme einfach tief durch.«

Dankbar tat er, wie ihm geheißen, und wandte dann den Blick ab. Er musste sich offensichtlich sehr zusammenreißen. Was auch immer der Grund für seinen Ausraster gewesen sein mochte, brodelte noch in ihm.

»Verdammt«, sagte Thomas leise.

Ich legte die Hand auf seinen Rücken, doch er rückte von mir weg. Mein Gesicht glühte. Wollte er, dass ich ging? *Sollte* ich lieber gehen? Ich wollte ihn nicht allein lassen. Schließlich konnte man nie wissen. Während ich noch mit mir haderte, hörte ich einen Pfiff.

Na toll. Ein älterer Lehrer schlenderte geradewegs auf uns zu. Ich stieß einen leisen Fluch aus.

»Sag nichts«, bat Thomas und klang wie ein kleiner Junge, der Angst hatte, Ärger zu kriegen. Er tat mir leid.

»Keine Sorge.«

Der Lehrer blieb stehen und blickte auf uns hinab. Er trug eine Fliege und eine Tweedjacke mit einer frisch gepflückten Wildblume im Knopfloch des Revers. Sein weißer Schnurrbart zuckte. »Ist alles in Ordnung bei Ihnen, Mr Pearson?«, erkundigte er sich.

»Alles bestens, Mr Cross«, antwortete Thomas.

»Sollten Sie nicht lieber zu Mittag essen, Mr Pearson?«, fragte er.

»Meiner Freundin hier ist ein bisschen übel geworden, deshalb habe ich sie nach draußen begleitet«, sagte Thomas.

So gelassen, dass niemand vermutet hätte, dass er noch zwei Sekunden vorher völlig ausgerastet war. »Das ist Reed Brennan, Mr Cross. Sie geht in die zehnte Klasse.«

»Es freut mich, Sie kennenzulernen, Miss Brennan«, sagte der Mann und nickte mir zu. »Bleiben Sie nicht zu lange hier draußen.«

»Machen wir nicht«, antwortete ich.

Als er endlich davonging, atmeten Thomas und ich auf.

»Mann, manchmal hasse ich sie richtig«, sagte Thomas.

»Wen? Die Lehrer?«, fragte ich.

»Nein. Die da drin«, entgegnete er und zeigte mit seiner zerschrammten Hand in Richtung Mensa. »Noelle und Dash, diese Idioten. Für wen hält er sich eigentlich?«

»Ich weiß auch nicht. Ich …« Was sollte ich dazu sagen? Außer meiner Mutter hatte ich noch nie jemanden so ausrasten sehen. Und nie hatten meine Worte irgendetwas bewirken können. »Alles okay?«, fragte ich und besah mir seine Hand. Seine Knöchel waren ganz rot.

»Ja, es geht schon«, antwortete er. Sein Atem schien ruhiger zu werden und er stützte seinen Ellbogen auf die Lehne der Bank. »Es tut mir leid«, sagte er bekümmert. »Manchmal werde ich so wütend.«

Ich lächelte flüchtig. »Das Gefühl kenne ich.«

»Wirklich?« Er klang hoffnungsvoll.

»Ja. Ich lasse das allerdings meistens an meinem *Kissen* aus, aber …«

Thomas sah mich an. »Worüber bist du denn wütend?« Sein Gesichtsausdruck war nun weicher.

Nervosität stieg in mir auf. Noch nie hatte ich jemandem von meiner Mutter erzählt. Nicht einem Menschen. Nicht ein einziges Wort. Aber er sah mich so lieb und besorgt an, dass ich ihm fast schon von ihr erzählen wollte.

»Du erzählst mir deinen Grund, dann erzähl ich dir meinen«, schlug ich zögernd vor.

Thomas lächelte schwach. Traurig. »Na gut, wenn du es wirklich wissen willst.« Er blickte auf die Außenmauer der Mensa. »Wo soll ich nur anfangen? Dad ist ein schlimmer Alkoholiker und Mom ist noch schlimmere Alkoholikerin. Er wird laut und unausstehlich, sie wird still und gereizt, und gemeinsam vermasseln sie alles«, berichtete er, und man merkte, dass er gerne darüber sprach, als würde er es genießen, sich alles von der Seele zu reden. »Ich meine Geburtstage, Urlaube, Weihnachten. Bei meiner Abschlussfeier der achten Klasse ist mein Vater mit der Videokamera in der Hand eingeschlafen und von seinem Stuhl gekippt. Hinterher hat er dem Schulleiter wegen der angeblich kaputten Stühle eine Szene gemacht. Das Ganze hätte erstklassiges Material für einen nostalgischen Familienfilm gegeben. Und mit meiner Mutter fang ich besser gar nicht erst an.«

Mein Herz zog sich zusammen. Ich kannte diesen Tonfall. Genervt. Traurig. Enttäuscht. Beschämt.

»Sie kommen jedes Jahr her, und die ganze Schule kriecht ihnen in den Hintern, weil sie so reich sind. Zwei Tage lang dürfen sie sich dann wichtigmachen, mich herumkommandieren und so tun, als seien sie die perfekten Eltern, und das kotzt mich so an«, erzählte Thomas und hatte Mühe, die Tränen zurückzuhalten. Er hob den Kopf und atmete tief durch. »Das ist mein Zuhause, weißt du. Und dann kommen sie und … machen mir das kaputt.«

Er seufzte und schaute gedankenverloren an mir vorbei.

Einen Augenblick lang saß ich still da und bedauerte ihn. Bedauerte mich.

»Jetzt du«, sagte er.

O Gott. Ich sah ihm in die Augen. Hoffte, dass ich ihm vertrauen konnte. Und los.

»Bei mir ist es nur meine Mutter«, sagte ich und konnte nicht fassen, dass ich das wirklich gesagt hatte. »Zu ihrem Bourbon hat sie gern ein paar Pillen. Verschreibungspflichtige. Alle möglichen. Jeden Tag hat sie entweder einen psychotischen Anfall oder sie liegt völlig ausgeknockt da, je nachdem welche Farbe die Pille hatte, die sie sich an dem Tag reingeschmissen hat. Außerdem hasst sie mich.«

»Das glaube ich nicht«, sagte Thomas automatisch.

»Doch«, entgegnete ich und versuchte, möglichst unbeteiligt zu klingen.

»Sie hasst mich dafür, dass ich hier bin, ein Leben habe, jung bin, gesund bin. Als ich acht war, hatte sie einen Autounfall, der ihren Rücken völlig ruinierte. Irreparabel. Damit hat alles angefangen. Einmal, als sie ganz besonders betrunken war, hat sie mir das alles gesagt. Wie sehr sie mich verachtet.«

Thomas sah mir in die Augen, dann nickte er. Und dieses Nicken sagte mehr als tausend Worte. Seine Augen sahen traurig aus, aber nicht, weil ich ihm leidtat.

Er hatte verstanden.

Nachdem ich es so lange für mich behalten hatte, hatte ich es nun endlich jemandem erzählt. Erleichterung durchflutete mich.

»Und dein Dad?«

»Ich liebe meinen Dad. Er ist der Beste«, sagte ich. »Aber meine Mom kannst du vergessen. Wenn sie am Eltern-Wochenende kommt, wird sie mich vor allen blamieren. Das wird schrecklich.«

»Dann lad sie nicht ein«, sagte er einfach.

Ich lachte. »Lad *du* doch deine Eltern nicht ein.«

»Touché.« Thomas lächelte schwach. Dann griff er mit seiner unverletzten Hand nach meiner. »Wir sind ganz schön verkorkst, hm?«

»Wir sind ein gutes Paar«, entgegnete ich.

»Habe ich dir eigentlich schon gesagt, dass ich froh bin, dass du hierhergekommen bist?«

»Nein«, antwortete ich und spürte, wie ich lächeln musste.

»Das bin ich wirklich. Und ich finde, wir sollten jetzt immer zusammen essen. Nur du und ich.«

Ein bisschen drehte sich mir der Magen. »Aber was ist mit …«

»Den Billings-Girls?«, fragte er. »Kann mir bitte jemand mal erklären, was an den verdammten Billings-Girls so toll sein soll?«

Ich zog eine Augenbraue hoch.

»Ich versuche nur, Freunde zu finden«, sagte ich leise.

»Dann sei mit mir befreundet«, sagte er und kam näher. Er gab mir einen kurzen Kuss auf die Lippen und mein ganzer Körper kribbelte. »Wofür brauchst du sie, wenn du mich hast?«

Weil sie alles haben, was ich immer wollte. Weil sie mir beibringen können, wie sie zu sein. Weil ich eine Zukunft habe, wenn ich zu ihnen gehöre.

»Mädchen brauchen Freundinnen«, sagte ich nur.

Er wich etwas zurück. »Du glaubst, dass *das* deine Freundinnen sind?«, fragte er ungläubig.

Ich wand mich. »Sie sind immer nett zu mir gewesen.«

Er schnaubte verächtlich. »Ja, klar.«

»Doch, sind sie!«, log ich. »Die Mädchen auf meinem Flur sind viel schlimmer, ehrlich.«

»Ich kann nicht glauben, dass du diese Tussis mir vorziehst«, scherzte er kopfschüttelnd. »Du enttäuschst mich, Reed Brennan.«

»Komm schon«, sagte ich und stieß ihn mit dem Bein an. »Ich werde mit euch allen fertig.«

»Wie du meinst«, entgegnete er mit einem gut gelaunten Achselzucken. Dann sah er mich an und wurde ernst. »Ich will nur nicht, dass dir jemand wehtut.«

Gerührt lächelte ich. Was glaubte er, was mir zustoßen könnte? »Danke. Aber mir passiert schon nichts.«

Thomas erwiderte mein Lächeln. »Ich sollte das mal verarzten gehen«, sagte er und hob die Hand.

»Soll ich dich zur Krankenstation begleiten?«, fragte ich.

»Da kann ich nicht hin. Die Krankenschwester muss die Eltern über so was informieren und das kann ich jetzt nicht gebrauchen«, erklärte er und stand auf. »Geh du rein. Geh zu deinen tollen ›Freundinnen‹«, sagte er und formte mit einer Hand imaginäre Gänsefüßchen.

Lachend schüttelte ich den Kopf. Aber in Wirklichkeit begann ich, mir Sorgen zu machen. Durfte ich mit Thomas zusammen sein, wenn die Billings-Girls ihn nicht mochten? Durfte ich meine Zeit mit den Billings-Girls verbringen, wenn Thomas nichts von ihnen hielt? Wieso konnten die beiden wichtigsten Dinge in meinem Leben hier in Easton nicht miteinander vereinbar sein?

Ich sah Thomas an. Ich wollte nichts lieber, als ihn umarmen, ihn beschützen und, natürlich, ihn küssen. Sehr sogar. Wann immer es menschenmöglich wäre. Unter keinen Umständen wollte ich ihn aufgeben. Nicht jetzt. Endlich hatte ich jemanden gefunden, der mich verstand.

Aber mir war auch klar, dass ich so eine Szene wie heute nicht noch einmal ertragen konnte. Noch so ein verkrampftes Mittagessen. Noch eine Schlägerei mit einem Baumstamm. Ich musste einfach versuchen, beide voneinander getrennt zu halten. Man musste gewisse Opfer bringen, wenn man alles haben wollte.

»Wir sehen uns nachher?«, fragte ich.

»Ganz bestimmt«, antwortete er. Dann beugte er sich zu mir, gab mir einen Kuss auf die Stirn und war verschwunden.

Drei ist die neue Sechs

Am Montagmorgen gab uns Mr Barber am Ende der Stunde die Tests vom vergangenen Freitag zurück. Er ging den Gang auf und ab und knallte die Blätter mit der beschriebenen Seite nach unten auf die Tische.

»Wie Sie vielleicht wissen, arbeite ich mit einem sogenannten unorthodoxen Notensystem«, sagte er, während die Schüler ihre Tests begutachteten und anschließend entweder stöhnten oder grinsten. »In meinem Kurs gibt es keine Drei. Auch keine Vier. Es gibt nur eine Eins für sehr gut, eine Zwei für befriedigend und eine Sechs. Das heißt, dass viele von Ihnen den Test bestanden haben, einige aber durchgefallen sind«, fügte er hinzu. Er blieb an meinem Platz stehen und der stechende Geruch von abgestandenem Kaffee umhüllte mich. Mit einer schwungvollen Bewegung überreichte er mir mein Blatt, sodass die ganze Klasse es sehen konnte. Überall waren rote Markierungen, die von einer dicken, fetten Sechs gekrönt wurden.

Ich nahm ihm das Blatt ab, Tränen brannten mir in den Augen. Scheinbar angewidert wandte er sich von mir ab. »Diejenigen von Ihnen, die durchgefallen sind, sollten diese Woche vielleicht ein wenig mehr Zeit in der Bibliothek verbringen. Der Test am Freitag wird doppelt so viele Fragen enthalten.«

Mr Barber setzte sich an seinen Schreibtisch und vermerkte etwas in seinem Notizbuch. »Guten Tag«, sagte er und griff nach seinem Kaffee. Und wie auf ein Stichwort klingelte es.

Ich stand auf, blickte erstaunt auf das Blatt und rechnete schnell nach. Siebenunddreißig von fünfzig Fragen waren richtig. Also vierundsiebzig Prozent. Für vierundsiebzig Prozent hatte ich eine Sechs bekommen? In was für einen Psycho-Laden war ich da geraten? Wie konnte der Dekan ihm so etwas nur durchgehen lassen?

Missy schnaubte verächtlich, als sie an mir vorbeiging. »Ich schätze, das Niveau hier ist anders als auf einer öffentlichen Schule, was?«

Eines Tages würde ich ihr die Nasenlöcher zustopfen. Ernsthaft.

»Oooh, tut mir echt leid«, sagte Constance bedauernd, als sie mich an der Tür einholte. »Sollen wir das nächste Mal zusammen lernen? Ich habe eine Karteikarten-Methode, die echt funktioniert.«

Während sie mich aus dem Zimmer scheuchte, sah ich zu Mr Barber und fragte mich, was für ein trauriger und armseliger Mensch man sein musste, um unschuldige Kinder auf diese Weise zu quälen. Er musste meinen Blick gespürt haben. Die lodernde Wut in meinem Blick. Trotzdem hob er den Blick nicht von seinem Buch. Dass er sich weigerte, mich zur Kenntnis zu nehmen, vergrößerte meinen Hass auf ihn nur noch.

Am Ende des Schultages begann ich mich allerdings zu fragen, ob Mr Barber mir nicht zu Recht eine Sechs gegeben hatte. Mehrere Lehrer gaben uns die Tests aus der vergangenen Woche zurück, und mit jedem wurde ich niedergeschlagener. Offensichtlich war ich hier in Easton keine Einserschülerin mehr. Doch wenigstens waren die anderen Lehrer so nett gewesen und hatten sich an das normale Notensystem gehalten.

Neben meiner Drei in der mündlichen Kunstgeschichts-Prüfung hatte ich eine Drei minus in Französisch, eine Zwei minus in Trigonometrie und eine Drei in einem Literatur-Aufsatz, den ich über Upton Sinclair verfasst hatte. Offensichtlich würde mich nicht einmal ein Aufsatz über einen meiner Lieblingsautoren in einem meiner Lieblingskurse retten können. Meine einzige Eins bekam ich für einen Laborversuch in Biologie, den ich während des Kurses zusammen mit drei Partnern durchgeführt hatte. Leider konnte ich nicht gerade behaupten, allzu viel dazu beigetragen zu haben, da ich in der Nacht lange aufgewesen war und mich flüsternd mit Thomas am Telefon in der Halle unterhalten hatte. Deshalb war ich nicht allzu überrascht, als ich am Nachmittag eine Nachricht von Ms Naylor in meiner Post fand, in der sie mich aufforderte, bei ihr vorbeizukommen.

Offenbar war es an der Zeit, die Koffer zu packen.

Zufallsbegegnung

Vor dem Abendessen machte ich mich auf den Weg zu Ms Naylor und hastete an Gwendolyn Hall vorbei, dem alten Schulgebäude, das vor zehn Jahren wegen »Mängeln an der Bausubstanz« geschlossen werden musste. Ich war überrascht, als hinter dem Gebäude drei Jungs auftauchten und in Richtung Hof davoneilten, ging aber weiter. Bis ich seine Stimme hörte.

»Hey.«

Mir stockte das Herz vor Schreck. Es war Thomas. Er lehnte an der Mauer, ein Knie angewinkelt und den Fuß gegen den Stein gepresst, und streckte seine Hand nach mir aus.

»Komm her.«

Eine Welle der Wärme durchfuhr mich. Ich blickte über meine Schulter zur Hale Hall, von den Schülern auch Höllenhalle genannt, weil dort die Vertrauenslehrer und das Lehrpersonal ihre Büros hatten. Wenn ich mich zu lange aufhielt, würde ich zu spät kommen. Aber nicht einmal die Angst vor Ms Naylor schaffte es, mich von Thomas' neckischem und sehnsüchtigem Blick zu lösen.

Ich nahm seine Hand.

»Wo gehen wir hin?«, fragte ich.

Er antwortete nicht und zog mich um eine Ecke, ein paar bröckelnde Stufen hinauf, zu einem gemauerten Durchgang. Dahinter befand sich ein Atrium, das fast etwas Höhlenartiges hatte, da die Wände nass vom Tau waren. Ein rhythmisches Tropfen war zu hören. Thomas setzte sich auf eine der Bänke, die sich an einer der Seitenwände befanden, und zog mich auf seinen Schoß. Bevor ich wieder zu Atem kommen konnte, fuhr er mir mit der Hand durchs Haar und erstickte mich fast mit einem Kuss.

»Thomas«, stieß ich hervor und löste mich von ihm. »Ich muss …«

Sofort schüttelte er den Kopf und zog mich wieder zu sich. Mein Herz schlug wie verrückt. Meine Finger berührten sein Gesicht, seinen Hals, ich umfasste seine Schultern. Seine Hände strichen über meinen Rücken, über meinen Bauch, streiften meine Brüste und dann wieder mein Gesicht. Mir war heiß, Lust überkam mich. Ich presste mich enger und enger an ihn, die ganze Zeit von der Sorge erfüllt, wir könnten jeden Augenblick erwischt werden, ich könnte zu spät zu meinem Termin kommen und dass das keine gute Idee war.

»Ich kann an nichts anderes mehr denken«, sagte Thomas ganz außer Atem und löste sich nur für den Bruchteil einer Sekunde von mir.

»Geht mir genauso«, sagte ich und rang nach Atem. »Aber ich muss los.«

»Als ich dich um die Ecke biegen sah, dachte ich schon, ich hätte Halluzinationen«, sagte er und suchte meinen Blick. »Aber du warst es tatsächlich.«

Ich kicherte. »Ja, ich war es tatsächlich. Aber jetzt muss ich wirklich los.«

Thomas küsste mich wieder, und ich spürte, wie sehr er wollte, dass ich blieb. Trotzdem befreite ich mich irgendwie von ihm und tastete auf dem feuchten Boden nach meiner Tasche.

»Wir müssen das wiederholen«, sagte Thomas und schaute mich schwer atmend an.

»Ja, das müssen wir auf jeden Fall.«

Angst

»Miss Brennan, als wir uns zum ersten Mal trafen, hatte ich Ihnen angekündigt, ich würde ein Auge auf Sie haben. Klang das für Sie nach einem Scherz?«

Ich versuchte, nicht zu lächeln. Ich versuchte es wirklich. Aber nach der Begegnung mit Thomas war das einfach unmöglich.

»Nein.«

»Also gut. Ich nehme an, Sie waren sich nicht darüber im Klaren, dass ich wöchentlich von jedem Ihrer Lehrer einen Bericht erhalte?«, sagte Ms Naylor und ihre Hängebacken wabbelten. Sie streiften den hohen Kragen ihrer lila Seidenbluse und hinterließen einen hässlichen Fleck aus Make-up-Resten.

»Ja.« Ich blinzelte, rutschte unruhig auf meinem Stuhl hin und her und presste die Lippen zusammen. Ernst. Die Lage war ernst. »Ich meine, ich wusste das nicht. Nein.«

Ms Naylor kniff die Augen zusammen und betrachtete

mich argwöhnisch. Sie schnalzte mit der Zunge, nahm ein Blatt Papier von ihrem Schreibtisch und hielt es in das trübe Licht. »Unbefriedigend«, las sie vor. Sie nahm ein weiteres Blatt und hielt es in derselben Weise. »Minimaler Einsatz wurde gezeigt.« Und noch eins. »Wenig bis keine Vorbereitung auf den Unterricht und die Tests.«

Bei jedem Kommentar, den sie vorlas, wurde mir heißer, bis schließlich mein Hochgefühl verschwunden war. Ich überlegte krampfhaft, welcher Lehrer was gesagt haben könnte und wen ich am wenigsten leiden konnte. Mir wurde klar, dass jeder Kommentar hätte von jedem stammen können. Sie hatten alle recht. Ich war zu einer miserablen Schülerin geworden.

»Noch so eine Woche und Sie werden in eine akademische Probezeit zurückgestuft werden. Ihr Stipendium wird überprüft und die Schulverwaltung wird sich fragen, ob es nicht ein Fehler war, Sie aufgenommen zu haben«, sagte sie und hob gebieterisch ihr Kinn. »Glauben Sie mir, wenn ich Ihnen sage, dass die Verwaltung es gar nicht gern sieht, gezeigt zu bekommen, dass sie sich geirrt hat.«

Es war eigenartig, wie sie über die Schulverwaltung sprach. Es ließ mich an einen Supercomputer denken, der von oben herab, hinter grünen Vorhängen hervor, Urteilssprüche verhängte. Allerdings war es überaus wirksam. Ich hatte es nun ganz offiziell mit der Angst zu tun bekommen.

»Und? Was unternehmen wir nun dagegen, Miss Brennan?«, fragte Ms Naylor, legte die Blätter wieder auf den Tisch und faltete ihre wulstigen Hände.

Ich schluckte. »Fleißiger lernen?«, schlug ich vor.

Sie starrte mich an, als warte sie darauf, dass ich ihr sagte, das sei bloß ein Witz gewesen.

»Ich schlage vor, dass Sie weniger Zeit mit den Mädchen aus dem Billings-Haus verbringen und sich schleunigst in die Bibliothek begeben«, sagte sie schließlich. Mir klappte die Kinnlade herunter. Ihr Mund zuckte, und es war deutlich zu sehen, wie sehr sie sich freute, mich getroffen zu haben. Sie klopfte mit der Fingerspitze gegen die Schläfe, dicht neben ihrem stark geschminkten Auge. »Ich sagte Ihnen doch, dass ich ein Auge auf Sie haben würde. Sie sollten mich und Ihre Ausbildung langsam ernst nehmen.«

Verstörend. Äußerst verstörend.

»Wenn Sie keine Schülerin der Easton mehr sind, werden Sie mit Ihren neuen Freundinnen oder diesem Thomas Pearson ohnehin keine Zeit mehr verbringen können, nicht wahr?«

O *Gott*. Hatte sie uns etwa gesehen? Wieso schaute sie mich so an?

»Also, werden Sie Ihre Schulausbildung von jetzt an ernst nehmen?«, fragte sie und ihre Augen leuchteten triumphierend.

»Ja … werde ich«, antwortete ich und fragte mich, wo die Schule wohl die Überwachungskameras versteckt hatte. Abgesehen vom Morgengottesdienst hatte ich Ms Naylor noch nie außerhalb ihrer Höhle gesehen. Woher wusste sie, mit wem ich befreundet war?

»Sehr gut. Sie dürfen gehen.«

Ich stand auf und verließ unter ihrem bohrenden Blick das Büro. Sobald ich draußen war, atmete ich tief durch und rekapitulierte noch einmal, was sie gesagt hatte. Sie war vielleicht unheimlich und ein bisschen voyeuristisch, aber sie hatte nicht ganz unrecht. Wenn meine Noten sich nicht verbesserten, würde ich fliegen, und dann hätte ich weder die Billings-Girls noch Thomas, um mich abzulenken. Ich würde in einem Bus zurück nach Croton sitzen, schneller als man »Loser« auch nur aussprechen konnte.

Genie im Haus

Draußen war es warm und sonnig und auf meinem Weg zum Mittagessen sah ich Noelle, Ariana, Taylor und Kiran ausgestreckt auf der Wiese im Hof liegen und Sonne tanken. Kiran hatte ihr T-Shirt nach oben geschoben und ihren Bauch entblößt und ihr Gesicht zeigte zum Himmel. Noelle stützte sich auf ihre Ellbogen und diskutierte mit Taylor, die an den Grashalmen zupfte. Ariana lag rücklings auf der Wiese, hatte die Füße auf eine Bank gelegt und hielt sich ein Buch vor das Gesicht. Sie war von Anna Karenina zu Die Brüder Karamasow übergegangen.

Die anderen Schüler, die auf dem Weg in die Mensa waren, musterten sie verstohlen. An Schultagen durften wir nirgends herumliegen, es sei denn, wir waren krank, und dann mussten wir in die Krankenstation. Schwer seufzend ging ich an ihnen vorbei.

»Gibt es ein Problem, Spannerin?«, fragte Noelle.

Ich blieb unsicher in ein paar Schritten Entfernung stehen und umklammerte den Griff meiner Tasche mit beiden Händen. Es war schon lange her, dass eines der Mädchen mich außerhalb der Mensa angesprochen hatte. »Nein, alles gut«, sagte ich.

»Stimmt nicht. Du kommst gerade aus Ms Naylors Büro«, sagte Ariana, ohne von ihrem Buch aufzuschauen. Woher *wusste* sie das? Gemächlich blätterte sie die Seite um und las weiter.

Kiran schob ihre Designer-Sonnenbrille nach vorne und musterte mich über den Rand hinweg. »O ja, das sieht man ihrer Miene an.«

»Was für eine Miene?«

»Diese ›Ich habe gerade meine ersten Noten in Easton bekommen und jetzt bin ich selbstmordgefährdet‹-Miene«, antwortete Noelle und schlug ihre Beine an den Knöcheln übereinander.

Taylor zog die Luft scharf durch die Zähne. »So schlimm, ja?«

Manchmal vergaß ich, was die Mädchen alles über diese Schule wussten. Wie vertraut sie mit ihren inneren Abläufen waren. Nach ein paar Jahren an dieser Schule wussten sie, was vor sich ging. Ich fragte mich, ob ich jemals diese Art Easton-Weisheit besitzen würde. Ich fragte mich, ob ich wenigstens lange genug bleiben durfte, um herauszufinden, was es am Freitagabend zu essen geben würde.

»Ich komme schon klar«, sagte ich.

»Quatsch«, antwortete Noelle. »Du siehst aus, als wäre dein Schwangerschaftstest gerade positiv gewesen. Lass dir von Taylor helfen.«

Taylor setzte sich mit leuchtenden Augen auf. »Klar werde ich dir helfen. Aber so was von.«

»Wirklich?«, fragte ich. Ich konnte nicht fassen, dass mir die Billings-Girls tatsächlich ihre Hilfe anboten. Sie hatten mich auch seit Tagen schon nicht mehr gezwungen, irgendwelche allzu grauenvollen Dinge für sie zu erledigen. Konnte es sein, dass die Folter ein Ende hatte? Akzeptierten sie mich allmählich?

»Sie hilft uns allen«, erklärte Noelle und schloss die Augen, als sie ihr Gesicht der Sonne entgegenstreckte. »Was glaubst du, wieso wir uns mit ihr abgeben?«

Taylor zog ein langes Gesicht. Offensichtlich hatte sie dieser Kommentar verletzt.

»Noelle«, meinte Ariana mahnend.

Noelle setzte sich mit großen Augen auf. »Was? Sie weiß doch, dass das nicht mein Ernst ist. Taylor, du weißt, dass ich nur Witze mache, oder?«

Taylor schaffte es, zu nicken, aber ich sah ihr an, dass sie zutiefst verletzt war.

»Hast du nicht selbst sehr viel zu tun?«, fragte ich sie.

Bevor Taylor antworten konnte, schnaubte Noelle abfällig. »Bitte. Sie hat bereits die ganzen schriftlichen Arbeiten für dieses Semester erledigt. Und meine auch«, fügte sie leise hinzu.

Kiran kicherte, und ich fragte mich, ob das stimmte. Irgendwie hätte mich das nicht überrascht. Vielleicht gab sich Noelle *tatsächlich* nur deshalb mit Taylor ab. Das erklärte, weshalb ein so unberechenbares Mädchen einen so von Grund auf freundlichen Menschen um sich duldete.

»Wirklich, kein Problem«, betonte Taylor erneut.

»Du bist so faul, Lange«, sagte Kiran gähnend zu Noelle. Sie drehte sich auf den Bauch und zog an ihrem T-Shirt, bis ihr Rücken entblößt war. Ein schwarzes Tattoo wurde sichtbar, das wie eine ägyptische Sphinx aussah. Ich hätte sie gern danach gefragt, aber Noelle schnitt mir das Wort ab.

»Das sagt gerade die Richtige. Ich glaube, dein Hintern ist exponentiell gewachsen, seitdem wir hier sind«, neckte Noelle sie.

»Mädels«, sagte Ariana kopfschüttelnd.

Noelle nahm ihre Tasche und stand seufzend auf. »Du solltest sie dir helfen lassen, Spannerin«, sagte sie, während es die anderen ihr wie immer gleichtaten.

»Sie sieht vielleicht wie eine dumme Blondine aus und benimmt sich auch so, aber sie ist fast schon abnormal klug.«

Taylor lief hellrot an, aber sie sagte nichts. Sie lächelte mir ermutigend zu und presste ihre Bücher fest an ihre Brust.

»Okay«, sagte ich schließlich. »Wenn es dir wirklich nichts ausmacht.«

»Cool! Wann sollen wir uns treffen?«

Die Vorstellung, mir zu helfen, schien sie ungewöhnlich zu erfreuen, was es mir tausend Mal leichter machte, ihr Angebot anzunehmen. Aber das Beste war, dass die Billings-Girls mit mir befreundet sein wollten und mir dabei helfen würden, meine Noten zu verbessern, damit ich in Easton würde bleiben können. Und so hatte sich der Tag doch noch zum Positiven gewendet.

Intensiv

Die nächsten Tage vergingen mit Lernen, Fußballspielen und heimlichem Geknutsche mit Thomas. Jedes Mal wenn ich ihn sah, dachte er sich irgendeine Möglichkeit aus, mich zu berühren, mich zu kitzeln oder zu küssen. An einem Morgen knutschten wir nach dem Frühstück hinter dem Häuschen des Gärtners. An einem sonnigen Nachmittag nach dem Training zog er mich auf die Baseball-Spielerbank, wo ich ihm zum ersten Mal zitternd vor Nervosität und Paranoia erlaubte, mit der Hand unter mein T-Shirt und unter meinen BH zu gleiten.

Aber am häufigsten trafen wir uns an unserem geheimen Treffpunkt, dem Windfang von Gwendolyn Hall. Auch dort waren wir nervös, fühlten uns aber dennoch sicherer als irgendwo sonst auf dem Campus. Dort saß ich auf Thomas' Schoß oder lag auf seiner Jacke, er über mir. Wir berührten und küssten uns und erkundeten einander, so lange wie nur irgendwie möglich. Bis wir zu einem

Kurs, einer Wohnheimversammlung oder zum Training mussten.

So schön sie auch waren, jedes unserer Treffen ging hektisch und etwas panisch vonstatten, da wir ständig nach Schritten horchten und auf neugierige Augen achtgaben. All das machte jede Begegnung aber nur noch berauschender, und jedes Mal sehnte ich mich danach, noch einen Schritt weiterzugehen. Bevor man uns erwischte. Bevor man uns entlarvte.

Eines Nachmittags lief ich nach dem Essen schnell nach Gwendolyn Hall, um Thomas zu treffen. Ich war überrascht, als ich ihm auf dem Hof begegnete. Er wirkte blass und verwirrt, seine Augen huschten von Gesicht zu Gesicht. Ich dachte, er würde nach mir suchen, und hob meine Hand, um seine Aufmerksamkeit auf mich zu ziehen, aber er stürmte direkt an mir vorbei.

»Thomas?«

Er blieb stehen und drehte sich um. Jede seiner Bewegungen war verkrampft und kontrolliert, seine lockere Art wie weggeblasen.

»Was ist los?«

»Ich kann gerade nicht«, entgegnete er.

»Aber ich dachte, wir …«

»Ich kann nicht«, wiederholte er bestimmt. Dann blickte er sich um und kam ein paar Schritte auf mich zu. Er senkte seine Stimme. »Du hast mein Handy nicht gesehen, oder?«

»Dein Handy? Nein? Wieso?«, fragte ich erstaunt.

»Wo kann ich es nur hingelegt haben?«, platzte es aus ihm heraus, und er drehte sich um. Er legte die Hände auf den Mund, blickte sich suchend auf dem Schulhof um und dachte fieberhaft nach. »Ich muss es finden«, sagte er und wandte sich zum Gehen.

»Ich helfe dir«, schlug ich vor und hastete hinter ihm her.

»*Nein.*«

Seine Antwort war so schroff, dass ich wie angewurzelt stehen blieb. Thomas sah mein Gesicht und seufzte. »Das ist mein Problem. Mach dir keine Sorgen. Geh einfach zum Unterricht und … wir sehen uns dann später.«

Ich versuchte, mir meine Enttäuschung nicht anmerken zu lassen. Den ganzen Morgen hatte ich mich auf das Treffen mit ihm gefreut. Aber offensichtlich schien er wegen des Verlusts seines Handys in Panik zu sein. Ich würde ihm deswegen keine Vorwürfe machen.

Außerdem würde das Warten unser nächstes Treffen noch viel intensiver machen. Damit konnte ich leben.

»Ich hoffe, du findest es«, sagte ich noch, als er davonging.

Er schien mich nicht einmal zu hören.

Insider-Info

Die gesamte Stadtbibliothek von Croton hätte im Foyer der Bibliothek von Easton Platz gehabt. Offensichtlich war Mitchell Easton, der sie damals gemeinsam mit seinem Bruder Micah Easton gegründet hatte, ein großer Bücherfreund gewesen. Er hatte die ganze Welt bereist, um Originalwerke zu erstehen und seine geliebte Bibliothek, deren Bau er selbst beaufsichtigt hatte, damit zu füllen. So ähnlich stand es jedenfalls auf der Bronzetafel am Haupteingang, wo ich auf Taylor wartete, mit der heute Abend die erste Lern-Session stattfinden sollte. Als Taylor mit fünfzehnminütiger Verspätung erschien, entschuldigte sie sich und erklärte, sie hätte mit ihrer kleinen Schwester telefoniert, um ihr für ein Vorsingen für ein Musical an ihrer Schule in Indiana Mut zu machen. Bis zu diesem Augenblick hatte ich nicht gewusst, dass Taylor aus dem Mittleren Westen stammte, und fühlte mich ihr nun umso stärker verbunden. Ich war also nicht die einzige Schülerin hier, die nicht in New York, Boston, Chicago oder L. A. aufgewachsen war.

»Mr Barber geht davon aus, dass wir uns wegen ihm alle vor Angst in die Hose machen, aber ich habe letztes Jahr seine Methode durchschaut«, flüsterte sie mir über den breiten, glänzenden Eichenholztisch hinweg zu, den wir zwischen den Bücherregalen in Beschlag genommen hatten. Bis auf das Surren eines weit entfernten Kopierers an der Rückwand herrschte Totenstille.

»Seine Methode?«, flüsterte ich und beugte mich gespannt nach vorne.

Taylor lächelte verschmitzt. Sie war ganz offensichtlich in ihrem Element. Hier, inmitten der Bücher, war sie viel selbstbewusster, lustiger und gesprächiger als unter ihren Freundinnen.

»Alle denken, dass seine allwöchentlichen Tests wahnsinnig schwer sind, aber ich kann fast jede Frage vorhersehen«, erklärte Taylor, öffnete mein Geschichtsbuch bei Kapitel sechs und drehte es zu mir. »Alle seine Fragen stammen jeweils aus dem dritten Satz jedes Abschnitts in unserer Pflichtlektüre.« Sie benutzte den Radiergummi ihres Bleistiftes, um mir die Stellen zu zeigen. »Hier. ›Am 12. Juli 1812 überquerte General Hull mit seinen Truppen die kanadische Grenze bei Sandwich.‹« Falsch herum konnte sie schneller lesen als ich richtig herum. »Das ist der dritte Satz des Abschnitts. Alles danach kannst du einfach vergessen. Merk dir nur diese eine Information, dann hast du es.«

»Wahnsinn«, sagte ich und zog das Buch näher zu mir.

»Glaub mir. Wenn du nicht mindestens zweiundneunzig Prozent bei dem nächsten Test bekommst, kannst du mir die Schuld daran geben.«

Lächelnd öffnete ich mein Notizbuch, um mir alles aufzuschreiben. Ich fühlte mich, als hätte mir jemand eine Kreditkarte ohne Limit geschenkt. So sehr freute ich mich, dass ich es Mr Barber nun zeigen würde.

»Du bist die Beste«, sagte ich zu Taylor.

Sie lachte. »Schreib dir alle Infos auf, dann sprechen wir darüber, wie man Miss Krantz beeindrucken kann«, sagte Taylor und holte einen Liebesroman aus ihrer Tasche. »Die Frau hat ein Faible für Referate über Nahrungsmittel. Ich glaube, sie hat seit der Clinton-Ära nichts Anständiges mehr zu essen bekommen.«

Ich lachte.

»Lernst du denn gar nicht?«, fragte ich mit Blick auf ihr abgenutztes Buch.

»Weißt du noch, als Noelle sagte, dass ich die Hausaufgaben für das gesamte Semester erledigt habe?«

Ich nickte.

»Das war kein Scherz.«

Wow.

Ich öffnete mein Notizbuch und wollte mich gerade an die Arbeit machen, als Taylors Handy auf dem Tisch vibrierte. Sie warf einen kurzen Blick auf das Display und verdrehte die Augen.

»Es ist für dich«, sagte sie.

Misstrauisch nahm ich das Handy in die Hand. Die Nachricht lautete: »schon klüger, spannerin?«

Ich lachte auf, legte meinen Stift zur Seite und schrieb »bin dabei«.

In dem Augenblick, in dem ich das Handy wieder auf den Tisch legte, vibrierte es erneut. Taylor schaute genervt darauf. Diesmal stand da: »hast du kein eigenes handy? bist du eine loserin?«

Peinlich berührt antwortete ich »darf nicht«. Obwohl es eigentlich »zu teuer« hätte heißen müssen, aber das brauchte sie nicht zu wissen.

Die Antwort kam fast im selben Augenblick: »müssen das ändern«.

Was auch immer das heißen sollte. Ich legte das Handy weg und es vibrierte erneut. Taylor schnalzte genervt mit der Zunge und nahm es in die Hand. Wütend tippte sie eine Antwort.

»Was hast du denn geschrieben?«, fragte ich und hoffte, dass Noelle deswegen nicht wütend auf mich sein würde.

»Ich habe sie nur daran erinnert, dass du nach Hause geschickt wirst, wenn wir uns nicht um deine Noten kümmern. Und das will sie schließlich nicht.«

Wirklich? Das war … interessant. Schwer vorstellbar, dass es Noelle kümmerte, ob ich hier war oder nicht, aber trotzdem gut zu hören.

Geschmeichelt und erleichtert lächelte ich. Einen Augenblick später vibrierte das Handy wieder. Zum Spaß schnappte ich es mir, bevor Taylor es nehmen konnte, und erschrak sofort über meine Dreistigkeit. Schließlich war es nicht mein Handy und Noelle könnte Taylor ja auch etwas Privates schreiben. Ich wollte es ihr gerade zurückgeben, als ich sah, dass die Nachricht nicht von Noelle stammte. Sie kam von Thomas. Offensichtlich hatte er sein Handy gefunden. Mein Herz flatterte. Wieso schrieb Thomas denn an Taylor? Doch dann begriff ich, dass die Nachricht ebenfalls für mich war.

»Neue: ketlar gemeinschaftsraum. 8 uhr. sei da.« Eine Einladung ins Wohnheim der Jungs. Von Thomas. Dieser Tag wurde immer besser. Taylor bemerkte meinen freudigen Gesichtsausdruck, nahm mir das Handy aus der Hand, las die Nachricht und schaltete es mit einem verächtlichen Schnauben aus.

»Du kannst mit deinem Freund spielen, wenn du mit der Arbeit fertig bist«, sagte sie in einem bewusst übertriebenen mütterlichen Tonfall.

Ich musste lachten. Sie lächelte. Ich konnte später über Noelle und ihre Pläne nachdenken. Wenn ich mich jetzt nicht an die Arbeit machte, würde ich sowieso keine Gelegenheit mehr haben, herauszufinden, was sie vorhatte.

Niemand konnte wissen, ob das etwas Gutes oder Schlechtes war.

Ketlar-Haus

Als ich am Abend im Ketlar-Haus eintraf, nahm mich Thomas an die Hand und führte mich durch den Gemeinschaftsraum und über den Flur zu seinem Zimmer. Er öffnete die Tür, blieb stehen und wartete darauf, dass ich eintrat. Ich konnte zwei dunkel bezogene Betten darin erkennen. Eine Seite des Zimmers war unordentlich und voller Farbtuben und sogar eine Staffelei stand in der Ecke. Die andere Seite hingegen, wo verschiedene elektronische Geräte im Dunkeln glühten und surrten, war fast schon krankhaft ordentlich. Das einzige Licht kam von einer grünen Schreibtischlampe.

»Was machen wir hier?«, fragte ich etwas ängstlich und aufgeregt.

»Rein mit dir«, forderte Thomas mich auf.

Ich zögerte. So etwas war eigentlich streng verboten.

»Rein mit dir«, wiederholte Thomas und klang diesmal bestimmter. Mein Herz schlug wie wahnsinnig und ich trat ein. Thomas schloss die Tür hinter uns und wir waren allein. In seinem Zimmer. Ich war mit einem Jungen allein in seinem Zimmer, bei geschlossener Tür.

»Was machen wir hier?«, fragte ich wieder.

»Tut mir leid, dass unser Treffen heute nicht geklappt hat«, sagte er und küsste meine Hand. »Ich wollte das wiedergutmachen.«

Mein Herz hüpfte vor Freude, aber ich wandte mich trotzdem von ihm ab. Wollte er tatsächlich vorschlagen, dass wir hier herumknutschten? Jetzt? In seinem Zimmer? Wegen so etwas konnte man von der Schule verwiesen werden. Ich nahm sein Handy vom Schreibtisch, um Zeit zu schinden.

»Du hast es also wiedergefunden«, sagte ich. »Wo war es denn?«

In diesem Augenblick piepte ein anderes Handy. Ich sah zu Joshs Seite des Zimmers hinüber, doch Thomas zog ein zweites Telefon aus der Hosentasche.

»Warte«, sagte er. Er klappte das Handy auf und drehte sich von mir weg. »Pearson.«

Ich betrachtete das Handy in meiner Hand. Er hatte zwei? Wozu hatte er zwei? War *eins* nicht schon teuer genug? Wenn er eins hatte, wozu brauchte er dann ein zweites?

»Nein. Ja, okay«, sagte Thomas schnell in den Hörer. »Ich werde da sein.«

Dann klappte er das Handy zu und seufzte. »Tut mir leid«, sagte er und steckte es in die Tasche seiner Wildlederjacke, die an der Tür seines Kleiderschranks hing. »Das waren Lawrence und Trina.«

Fragend sah ich ihn an.

»Meine Eltern«, erklärte er. »Sie sind die Einzigen, die diese Nummer haben.«

»Weil …?«

»Sie dafür zahlen. Deswegen war ich so erschrocken, als ich es verloren hatte. Ich musste schnell ein neues besorgen, bevor sie es merkten. Meine Eltern halten mich sowieso für verantwortungslos.«

Ah. Also hatte er das Handy, auf dem ihn seine Eltern anriefen, verloren. Er beugte sich vor und nahm mir das andere Handy aus der Hand. »Für dieses hier zahle *ich.* Die Nummer bekommen alle wichtigen Leute.«

Er legte das Handy zurück auf den Schreibtisch. Mittlerweile stand er nur wenige Zentimeter von mir entfernt. »Meine Eltern sollen meine Rechnung nicht sehen und sich in mein Leben einmischen«, sagte er und blickte mir fest in die Augen. »So ist es unkomplizierter.«

Er tat mir leid. Dass er so weit gehen musste, um sich die Menschen, die ihn eigentlich lieben sollten, vom Leib zu halten. Aus demselben Grund war ich Hunderte von Kilometer weit weggezogen.

»Weißt du schon, was du machen willst? Wegen dem Eltern-Wochenende, meine ich«, erkundigte ich mich und musterte meine Hände.

Er atmete tief ein und wieder aus. »Nein, du?«

Jedes Mal wenn ich an meinen Vater dachte, wurde ich traurig. Seitdem er das erste Mal davon gesprochen hatte, hatte er noch ein paar Mal erwähnt, dass er die Einladung erhalten hätte und sie sich darauf freuten. Ich persönlich konnte mir nicht vorstellen, wie sich meine Mutter überhaupt auf irgendetwas freute und ganz bestimmt nicht auf etwas, das mit mir zu tun hatte. Doch jedes Mal wenn ich in Erwägung zog, ihm abzusagen, bekam ich riesige Schuldgefühle.

»Nein«, gestand ich.

»Weiß du was? Ich habe keine Lust, darüber zu reden«, meinte Thomas sanft. »Ich habe dich hierhergebeten, weil ich weiß, dass du einen langen Tag hattest, und ich dir beim Entspannen helfen wollte.«

Er lächelte und trat hinter mich. Langsam zog er meine Jacke aus und ließ sie zu Boden fallen. Mir stockte der Atem, als er die Hände auf meine Schultern legte. Seine Lippen berührten sanft meinen Nacken und ich schloss genussvoll die Augen. Wilde Vorfreude stieg in mir auf. Was wir taten, war so verboten, dass ich es nur umso mehr genoss.

Thomas zog an meiner Schulter und ich drehte mich zu ihm. Wir küssten uns innig – ganz langsam zunächst. Zitternd packte ich sein T-Shirt, um mich daran festzuhalten. Ich war nervös, erregt und neugierig und wollte ihn einfach nur berühren. Er hielt mich fest in seinen Armen und zog mich immer enger an sich, bis plötzlich ein Geräusch auf dem Flur zu hören war und ich einen Satz von ihm weg machte.

Er nahm meine Hand und zog mich zum superordentlichen Bett. »Keine Sorge«, versicherte er mir. »Niemand wird reinkommen. Das verspreche ich dir.«

»Woher weißt du das?«, fragte ich mit klopfendem Herz.

»Ich habe da so meine Methoden«, antwortete Thomas.

Eng umschlungen fielen wir auf sein Bett. Seine Hände

vergruben sich in meinen Haaren und er zog mich an sich. Sein Kuss war fordernd. Fast schon grob. Und ich wusste genau, was er wollte. Weshalb ich hier war.

Seine Hände glitten unter mein T-Shirt und ich hielt erwartungsvoll den Atem an. Zu meiner Überraschung machten seine Handflächen auf meinem Bauch halt. Er hob den Kopf und sah mir in die Augen.

»Du weißt, dass ich dich liebe, oder?«, flüsterte er.

Ich war so perplex, dass ich fast losgelacht hätte.

»Du musst das nicht sagen«, entgegnete ich.

Seine Augen blitzten wütend auf. »Ich meine das ernst. Ich liebe dich. Ich würde das nicht machen, wenn es nicht so wäre.«

Ja klar.

Aber dann sah ich die Aufrichtigkeit in seinen Augen und bekam wegen meiner unschönen Gedanken ein schlechtes Gewissen. Okay. Wollte er, dass ich ihm auch sagte, dass ich ihn liebte? *Liebte* ich ihn denn? Ich wusste es nicht. Und sollte ich es sagen, obwohl ich mir nicht sicher war? Würde er sich aufregen, wenn ich es nicht tat?

»Ich …«

»Sag nichts. Es ist okay. Ich will einfach nur mit dir zusammen sein.«

Ich schluckte. In diesem Augenblick wusste ich es. Ich wusste, dass ich ihm geben würde, was er wollte. Ich würde ihm alles geben.

»Okay«, sagte ich.

Er lächelte, küsste mich und ließ mich langsam auf sein Bett sinken.

Ein Geschenk

Es war vollbracht. Meine Jungfräulichkeit: Offiziell passé. Verloren. Verschenkt. Als ich am nächsten Tag auf dem Weg zum Fußballtraining den Hügel hinaufging, versuchte ich, meine Gedanken zu sortieren. Versuchte zu verstehen, wie ich mich fühlte. Nie hätte ich gedacht, dass ich ein Mädchen wäre, das es einfach so geschehen ließ. Stets war ich davon ausgegangen, dass es eine Vorbereitungszeit geben würde, mit vielen Gesprächen und schwierigen, langwierigen Entscheidungen. Stattdessen hatte ich mich einfach fallen gelassen. Der Entschluss war ganz spontan gekommen und ich hatte es einfach geschehen lassen. Irgendwie war ich stolz darauf, so mutig gewesen zu sein. Auf der anderen Seite wusste ich, dass es wahrscheinlich nicht gerade die klügste Entscheidung gewesen war. So eine große Sache einfach so geschehen zu lassen, sah mir gar nicht ähnlich.

Doch wann immer ich an Thomas' Hände, seine Küsse

und seinen Geruch dachte, lächelte ich, erschauderte und wünschte mir, wieder bei ihm zu sein. Nur wir zwei. In der Dunkelheit seines Zimmers. Und das reichte, um alle Bedenken zu zerstreuen. Thomas und ich hatten miteinander geschlafen. Er war der Erste für mich gewesen. Es gab kein Zurück mehr.

Und die Vorstellung gefiel mir.

Natürlich galt es nun, tausend andere Dinge zu erwägen. Sollte ich mich um die Verhütung kümmern? Wollte ich zu den Mädchen gehören, die Kondome mit sich im Rucksack herumtrugen? Und wo zum Teufel bekam man an einem so abgelegenen Ort wie diesem so etwas überhaupt her?

»Welche Laus ist dir denn über die Leber gelaufen, Spannerin?«, fragte Noelle, als sie joggend zu mir aufschloss.

Ich zuckte zusammen und fühlte mich ertappt. Eine Antwort. Eine Antwort. Ich brauchte eine Antwort!

»Das Eltern-Wochenende«, sagte ich.

Noelle lachte. »Hat Thomas dich schon angesteckt?«

Ich errötete und dachte an Thomas' Zimmer. An seinen Körper. An seine Haut auf meiner.

»Nein, das ist es nicht.« Ich sah den Hügel hoch zu unseren Mitspielern, die gut zehn Meter entfernt waren und sich lachend unterhielten. »Ich habe auch keine Lust darauf. Aber das hat nichts mit ihm zu tun.«

»Oh. Ärger zu Hause?«, fragte sie spöttisch und streckte die Unterlippe hervor.

»Danke der Nachfrage«, konterte ich etwas bissiger als beabsichtigt.

Noelles Augen blitzten überrascht auf. »Hör mal, wenn

du nicht willst, dass deine Eltern kommen, dann sag ihnen das. Es ist schließlich dein Leben. Du bist ihnen nichts schuldig.«

Da irrte sie sich. Ich verdankte meinem Vater alles. Aber ich wusste auch, dass er ohne meine Mutter nicht kommen würde. Er klammerte sich an die Vorstellung, wir könnten eine normale, glückliche Familie sein. Außerdem würde sie bestimmt die ganze Zeit über die Kosten und die Unbequemlichkeit der Anfahrt meckern, aber wenn er ohne sie fuhr, würde sie erst recht einen Tobsuchtsanfall bekommen – und das, obwohl sie ja eigentlich gar nicht kommen wollte. Ihre Psychose war manchmal wirklich erstaunlich.

»Ich weiß einfach nicht, wie ich es ihm beibringen soll …«, sagte ich laut denkend und errötete. Noelle sah mich erwartungsvoll an. »Ach, vergiss es.«

Ich war ganz sicher nicht bereit, Noelle meine Geheimnisse anzuvertrauen.

Als wir den Gipfel des Hügels erreichten, hatten die meisten auf dem Spielfeld schon mit ihren Übungen begonnen. Noelle ließ ihre Tasche zu Boden fallen. Sie warf ihr dickes Haar zurück und band es zu einem Pferdeschwanz zusammen.

»Wenn du willst, helfe ich dir bei deinem Anruf«, bot Noelle an. »Ich bin ganz gut darin, Leuten zu helfen, anderen in den Hintern zu treten.«

Meine Zweifel mussten mir ins Gesicht geschrieben sein, denn sie grinste.

»Schau mich nicht so an«, sagte sie. »Schließlich müssen wir Töchter aus kaputten Familien zusammenhalten.«

Ich lächelte. Zwar wusste ich nicht, in welcher Hinsicht

ihre Familie verkorkst war, aber ich fühlte mich gleich besser. Wenn sie mir etwas über sich erzählen würde, könnte ich es möglicherweise auch tun. Vielleicht. Irgendwann.

»Oh, das hätte ich fast vergessen.« Sie bückte sich und griff in ihre Tasche. Ein kleines blaues Handy kam zum Vorschein, das sie mir entgegenhielt. »Für dich.«

»Wie bitte?«, fragte ich und nahm das Handy. Auf dem Bildschirm standen die Worte »Spanner-Handy«.

Noch nie hatte mir jemand jemals so etwas Teures geschenkt. Oder etwas so Extravagantes. Auch wenn da »Spanner« und nicht »Reed« stand.

»Das ist nicht dein Ernst«, sagte ich.

»Sehe ich aus, als würde ich Witze machen?«, entgegnete sie.

Ich starrte sie mit offenem Mund an. »Das kann ich nicht annehmen.«

»Hast du doch schon«, sagte sie schulterzuckend.

»Aber was ist mit der … äh …«

»Der Rechnung? Darum habe ich mich gekümmert. Ich verschenke doch nichts, wofür die Leute dann selbst zahlen müssen.«

»Noelle …«

Sie stand auf und schwang die Tasche über ihre Schulter. »Sieh es einfach so – du musst doch irgendwie erreichbar sein, oder?«, fragte sie und ging rückwärts in Richtung Spielfeld.

Ich blinzelte. Da war sie wieder, die dunkle Vorahnung. War das Teil eines üblen Plans, den Noelle ausgeheckt hatte? Den Plan, den Taylor fast ausgeplaudert hätte? »Was willst du damit sagen?«

»Wer weiß? Vielleicht gibt es ja mal eine Art Spanner-Notfall«, sagte sie neckend.

»Lange! Brennan! Bewegen Sie Ihre Allerwertesten hierher!«, rief der Coach winkend.

Noelle grinste mich an, drehte sich um und schlenderte gemächlich auf das Spielfeld.

Wut

Als Noelle an diesem Abend mein Zimmer betrat, verbrachte sie erst einmal zehn Minuten damit, sich ganz ungeniert umzusehen, Bücher in die Hand zu nehmen, Poster und Fotos zu betrachten. Es hätte mich nicht überrascht, wenn sie auch noch meine Schubladen durchforstet hätte. Und wahrscheinlich hätte ich sie nicht einmal daran gehindert. Privatsphäre spielte in einem Internat keine große Rolle. Während ihrer Durchsuchung fragte ich mich nur, ob ihr das, was sie da sah, gefiel oder nicht. Schließlich setzte sie sich auf Constances Bett und sah mich offen an.

»Also, legen wir los«, sagte sie.

Ich nickte und setzte mich ihr gegenüber. Wegen meiner verschwitzten Hände war mein Handy ganz schlüpfrig. Die kleinen Knöpfe zu betätigen, war nicht ganz einfach. Mein Vater nahm nach dem zweiten Klingeln ab und klang dabei wachsam und paranoid, wie immer, wenn er ans Telefon ging.

»Hallo?«

»Hi, Dad. Ich bin's.«

»Reed! Hallo, Kleines!« Sein Tonfall klang auf einmal ganz anders und sofort bekam ich ein schlechtes Gewissen. Er klang aufgeregt. Richtig glücklich. Ich sah Noelle hilflos an. Ihr Blick war streng.

»Wie komme ich zu dieser Ehre?«, fragte er.

»Es geht um das Eltern-Wochenende.«

Der Schmerz würde mich umbringen. Hundertprozentig. Ich wand mich und klammerte mich an meine Tagesdecke.

»Deine Mutter und ich freuen uns schon so darauf«, sagte er.

O Gott. Los jetzt!

»*Sag's ihm!*«, flüsterte Noelle und trat mir gegen den Fuß.

Ich warf ihr einen giftigen Blick zu. Wäre ich nicht so fertig mit den Nerven gewesen, hätte ich das nie gewagt. Aber sie hielt meinem Blick stand und zwang mich dazu, es durchzuziehen.

»Also, genau darum geht es ja«, fuhr ich fort. Ich schloss die Augen ganz fest. »Ich finde, ihr solltet besser nicht kommen.«

Ein Lachen. Dann folgte eine Pause. »Was? Wieso nicht?«

Trotz meiner Schuldgefühle rollte ich mit den Augen. »Du weißt ganz genau, wieso.«

»Reed, deine Mutter *möchte* kommen«, sagte er. »Sie hat sich dafür sogar ein neues Outfit gekauft.«

Ich musste schlucken. Das Outfit hatte sie nicht meinetwegen gekauft. Schließlich wusste ich, wie sie tickte. Der äußere Schein war ihr wichtig. Sie wollte, dass die anderen

Eltern dachten, sie würde dazugehören. Aber ihr wahres Ich würde diese Fassade schon nach kurzer Zeit sprengen. Auf keinen Fall würde sie es durch das Wochenende schaffen, ohne ihr wahres Gesicht zu zeigen – ohne ihre Psychokacke über mir auszukotzen. Diese Vorstellung reichte mir schon als Motivation.

»Das ist mir egal, Dad. Ich will sie nicht hier haben«, sagte ich.

»Aber Reed …«

»Ich habe mich entschieden«, sagte ich zu ihm und erntete dafür ein resolutes Nicken von Noelle. »Sie wird alles kaputt machen. Das wissen wir doch beide. Außerdem, denk an all das Geld, das ihr sparen werdet …«

Ich sah Noelle an. Sah, wie sie meine Worte registrierte. Nun hatte ich ihr etwas Persönliches von mir preisgegeben. Es gab kein Zurück mehr.

»Reed, es geht doch nicht ums Geld«, sagte mein Vater. »Überleg es dir noch mal.«

»Es tut mir leid, Dad«, sagte ich, aus verschiedenen Gründen den Tränen nahe. »Ich möchte nicht, dass ihr kommt, und ich werde meine Meinung nicht ändern.«

Es folgte eine lange Pause. Ich stellte ihn mir vor, wie er am Küchentisch saß und seinen schweren Körper auf einen der Holzstühle senkte. Seine hängenden Schultern. Seine Hand auf seinem Gesicht. Jeden Augenblick würde ich anfangen zu weinen.

»Was soll ich denn jetzt deiner Mutter sagen?«, fragte er schließlich. »Ihr ging es so schlecht in letzter Zeit …«

Und da war es wieder. Alles drehte sich um sie. *Sie*. Wie sie sich fühlen würde. Wie sie reagieren würde. Die

Schikanen und die Schuldzuweisungen, die auf uns zukommen würden, wenn sie enttäuscht war. Ich hatte genug davon. Genug davon, in Angst vor ihr zu leben. Selbst mein Vater hatte Angst vor dieser Frau.

»Richte ihr aus, sie soll mich anrufen«, sagte ich bissig. »Falls sie das überhaupt will.«

»Reed, ich habe mich so darauf gefreut«, sagte er. »Darauf, dich wiederzusehen.«

Mein Herz krampfte sich zusammen. Nicht zum ersten Mal in meinem Leben wünschte ich mir, dass es nur mich und meinen Dad geben würde. Das Leben wäre so viel leichter. Vielleicht könnte er *allein* kommen. Vielleicht ginge das irgendwie …

Ich spürte, wie ich weich wurde, und schaute zu Noelle hinüber. Offenbar hatte sie meine Schwäche bemerkt, denn ihr Blick verdüsterte sich.

»Nicht nachgeben«, sagte sie leise. »Gib nicht klein bei.«

Das genügte schon. In ihrer Anwesenheit konnte ich nicht nachgeben.

»Tut mir leid, Dad«, sagte ich ganz offen. »Ich kann das nicht.«

»Ich wünschte, du wärst nicht so wütend«, sagte er und klang dabei traurig und resigniert.

Versuch du mal, in so einer Familie aufzuwachsen und dann zu meinen, alles sei Friede, Freude, Eierkuchen.

»Ja, das wünschte ich auch«, entgegnete ich.

Noelle schaute verwirrt. Ich atmete tief ein. Das Gespräch dauerte schon lange genug. Ich musste auflegen. Ich musste auflegen und auf etwas einprügeln. »Ich muss los, Dad. Es gibt Abendessen.«

»Okay. Reed, falls du deine Meinung noch ändern solltest …«, sagte er hoffnungsvoll. So hoffnungsvoll, dass es wehtat.

»Ja, Dad. Ich weiß. Wir hören uns bald wieder.«

Ich beendete das Gespräch, bevor er sich verabschieden konnte.

»Gut gemacht, Spannerin«, sagte Noelle und klopfte mir anerkennend auf die Schulter.

»Könntest du *bitte* aufhören, mich so zu nennen?«, platzte es aus mir heraus.

Überraschung und Zorn zeigten sich auf ihrem Gesicht, und kurz dachte ich, sie würde einen Wutanfall bekommen. Doch dann lächelte sie.

»Du hättest mich nur zu bitten brauchen.«

Klarheit

Auf dem Weg zum Abendessen verabschiedete ich mich von Noelle in der Hoffnung, Thomas zu finden, bevor alle anderen am Tisch saßen. Das Telefonat mit meinem Vater hatte ein Wirrwarr aus gegensätzlichen Gefühlen in mir ausgelöst. Mal war ich stolz auf mich, dann hatte ich Schuldgefühle, mal fühlte ich mich befreit, dann elend. Mir war gleichzeitig zum Lachen und zum Weinen zumute. Ich musste mit Thomas sprechen. Ich musste mit jemandem sprechen, der mich verstehen würde.

Das Wetter war umgeschlagen, als hätte es sich meiner Stimmung angepasst. Kurz bevor wir zur Mensa aufgebrochen waren, hatte es angefangen zu nieseln, und es wehte ein kalter Wind. Ich zog meine Jeansjacke eng um meinen Körper, als ich mich den Mensatüren näherte. Es war Herbst geworden. Schüler eilten an mir vorbei auf der Flucht vor dem Regen. Erleichtert sah ich Thomas neben der Flügeltür stehen. Wie immer war er von Schülern umringt, von denen ich einige mittlerweile persönlich kennengelernt hatte und andere nur vom Sehen kannte. Easton war klein genug, dass ich mittlerweile jeden mal gesehen hatte. Thomas entdeckte mich und sagte ein paar Worte zu seinem Gefolge, das sich daraufhin schnell zerstreute. Manchmal dachte ich, dass ich nicht nur mit dem beliebtesten, sondern auch mit dem mächtigsten Jungen der Schule zusammen war. Auf ihn schienen immer alle zu hören.

»Hey«, sagte er und umarmte mich.

Ich vergrub mein Gesicht an seinem Hals und atmete seinen Geruch ein. Das war schon viel besser.

»Hey«, entgegnete ich. »Ich hab's getan.«

»Was hast du getan?«, fragte er und lehnte sich etwas zurück, um mich ansehen zu können.

»Ich habe meinen Eltern gesagt, dass sie nicht kommen sollen.« Noch jetzt krampfte sich mein Herz bei diesen Worten zusammen.

Thomas' Gesicht leuchtete auf eine Weise auf, die ich noch nie zuvor an ihm gesehen hatte. Zum ersten Mal bekam ich eine klare Vorstellung davon, wie er als kleiner Junge ausgesehen hatte. Ein kleiner Junge, der gerade ein funkelnagelneues Fahrrad geschenkt bekommen hatte. Oder in Thomas' Fall vielleicht eher einen Hubschrauber.

»Das ist ja perfekt!«, sagte er. »Dann kannst du mit mir und meinen Eltern zu Mittag essen.«

Ich sah ihn verwirrt an. »Seit wann bist du so wild auf ein Mittagessen mit deinen Eltern?« Irgendwie hatte ich gedacht, wenn ich mich gegen meine Eltern durchsetzte, könnte er dasselbe tun. Aber offensichtlich war er dazu nicht bereit oder ihm fehlte der Mut.

»Seitdem du Zeit hast«, antwortete er, wieder ganz cool. »Sie wollen dich unbedingt kennenlernen. Und wenn sie jemanden kennenlernen möchten, zeigen sie sich normalerweise von ihrer guten Seite.«

Ein paar Mädchen aus meinem Stockwerk kamen laut plappernd an uns vorbei.

»Wieso wollen sie mich denn unbedingt kennenlernen?«, wollte ich wissen.

»Ich habe ihnen von dir erzählt, und sie sind froh, dass ich eine Freundin habe«, sagte er lächelnd. »Jedes Zeichen von Stabilität in meinem Leben versetzt sie in schiere Begeisterung.«

»Wow. Hattest du vor mir noch nie eine Freundin?«, fragte ich.

»Keine, von der ich ihnen erzählt hätte«, antwortete er. Ich errötete vor Freude, als er seine Arme um meine Taille legte und mich näher zu sich heranzog. »Also komm schon. Bitte. Das würde mir *einiges* erleichtern.«

Ich fühlte mich geschmeichelt. Geschmeichelt und geehrt und einfach nur glücklich. Thomas wollte mich seinen Eltern vorstellen. Er wollte es unbedingt. Das schlechte Gewissen, das ich wegen meiner eigenen Familie hatte, war wie weggeblasen. Noelle hatte recht: Das hier war jetzt mein Leben.

»Okay«, sagte ich schließlich.

»Echt jetzt?«

»Machst du Witze?«, entgegnete ich mit einem fröhlichen Lächeln. »Ich bin dabei. Ich kann es gar nicht erwarten, Lawrence und Trina kennenzulernen.«

Eine neue Aufgabe

Ich war gerade am Einschlafen, als mein Handy piepte. Mit klopfendem Herzen sprang ich auf und schaute zur Digitaluhr auf Constances Schreibtisch: 00:01 Uhr. Es piepte erneut. Ich sah zu Constance hinüber und kramte in meiner Tasche blind nach dem Handy. Ihre Brust hob und senkte sich regelmäßig und sie zuckte nicht einmal. So ein tiefer Schlaf konnte nicht gesund sein. Aber mir kam das sehr gelegen.

Auf dem Display leuchtete eine Nachricht auf. Mir blieb der Atem weg, als ich las, was da stand.

TRIFF UNS HINTER BILLINGS. DU HAST 3 MIN.

Was zur Hölle?

Okay. Offensichtlich war ich immer noch die Sklavin der Billings-Girls.

Leider blieb mir keine Zeit, um nachzudenken. Ich sprang aus dem Bett, zog ein Sweatshirt über meine Pyjamahose und zwängte meine nackten Füße in die Sneakers. Ich kam mir ziemlich laut, unbeholfen und tollpatschig vor, als ich auf Zehenspitzen aus dem Zimmer schlich und die Tür hinter mir zuzog. Ich verzichtete auf den Fahrstuhl – sein *Bing!* war laut genug, um Tote zu wecken, und er befand sich überflüssigerweise direkt neben Miss Lings Zimmer – und huschte in Richtung Treppe. Während der gesamten vier Stockwerke hinunter in die Eingangshalle klopfte mein Herz wie verrückt. Leise ließ ich die schwere Hintertür von Bradwell ins Schloss fallen und rechnete damit, dass jeden Augenblick Miss Ling auftauchen würde, weil ich irgendeinen leisen Alarm ausgelöst hatte. Aber nichts passierte.

Gott sei Dank.

Draußen kroch mir die Kälte in die Knochen und der Himmel war pechschwarz. Kein Mond. Keine Sterne. Zweimal stolperte ich auf dem kurzen Weg zum Billings-Haus und hoffte inständig, dass die Mädchen nicht sahen, wie ich unbeholfen durch die Dunkelheit taumelte. Etwa zehn Sekunden später war ich an der hinteren Mauer von Billings angekommen und stand Noelle, Ariana, Kiran und Taylor gegenüber. Ich rang nach Atem.

»Du wärst beinahe zu spät gekommen«, sagte Kiran mit einem Lipgloss-Schmollmund.

»Tut mir leid«, antwortete ich und richtete mich auf.

»Du musst was für uns erledigen«, verkündete Noelle.

Das war ja mal was ganz Neues. Und ich dachte, hier würde mir zu Ehren eine Party steigen.

»Was denn?«, fragte ich.

»Ariana schreibt morgen eine Physikklausur«, erklärte Taylor. »Du musst sie ihr besorgen.«

Ich traute meinen Ohren nicht. »*Was?*«

»Ich hatte keine Zeit zum Lernen«, erklärte Ariana ungeniert.

»Und ich hatte keine Zeit, ihr Nachhilfe zu geben«, fügte Taylor hinzu.

Ich sah sie erstaunt an. War das wirklich dasselbe Mädchen, das mir so selbstlos mit meinem Unterrichtsstoff geholfen hatte? Ich hatte gedacht, sie wäre nett. Oder normal. Jetzt durchbohrte sie mich wie die anderen mit ihrem Blick und verlangte von mir … Was eigentlich? In das Büro eines Lehrers einzubrechen?

»Schau nicht so ängstlich«, sagte Noelle. »Drambles Büro ist im Erdgeschoss der Hell Hall. Das ist ein Kinderspiel.«

»Wenn es ein Kinderspiel ist, warum macht ihr es dann nicht selbst?«, fragte ich. Und bereute es sofort.

»Wie bitte?«, fragte Kiran ungläubig.

»Ich dachte, du würdest mir helfen wollen, aber wenn es dir lieber ist, dass ich durchfalle …«, sagte Ariana mit märtyrerhafter Opfermiene.

»Nein, ist schon okay«, entgegnete ich heiser. »Wie soll ich das anstellen?«

»Du bist doch ein schlaues Mädchen«, sagte Noelle und klopfte mir auf die Schulter. »Das kriegst du schon raus.«

Sie wollten mir nicht einmal einen Tipp geben? Wie waren die denn drauf?

»Und jetzt los«, sagte Noelle. »Wenn du in fünfzehn Minuten nicht zurück bist, sind wir leider gezwungen, dich dem Sicherheitsdienst zu melden.«

Ein Blick in ihre Augen sagte mir, dass sie das ernst meinte.

»Los«, wiederholte sie.

Ich dachte darüber nach, was sie von mir verlangten. Und ich dachte darüber nach, was geschehen würde, wenn man mich erwischte. Ich dachte an mein Leben zu Hause und an mein Leben hier und wie alles, was ich mir jemals gewünscht hatte, in Reichweite wäre. Vorausgesetzt, ich war mit den Billings-Girls befreundet.

Natürlich spielten sich diese Gedankengänge innerhalb von zwei Sekunden in mir ab. Dann drehte ich mich um und rannte los.

Meisterdiebin

Nur eine Lampe brannte über dem Rundbogenportal der Hell Hall. Es handelte sich um eine massive Holztür mit einer hohen Buntglasscheibe in der Mitte. Ich sah mich um, nahm zwei Stufen auf einmal und hoffte auf ein Wunder. Als ich den schmiedeeisernen Türgriff betätigte, wusste ich, dass das Glück nicht auf meiner Seite war. Die Tür war fest verschlossen.

»Mist«, flüsterte ich.

Wieder unten am Fuß der Treppen angekommen, rannte ich in die Dunkelheit und seitlich am Gebäude entlang, wo ich mich etwas sicherer fühlte. Wenigstens war ich hier nicht mehr ganz so ungeschützt den Blicken derer ausgeliefert, die mich rauswerfen könnten. Doch als ich an den kalten Steinmauern hinaufsah, wurde mir klar, wie aussichtslos meine Mission war. Die Erdgeschossfenster befanden sich hoch über meinem Kopf. Zwischen zwei Azaleensträuchern stellte ich mich auf die Zehenspitzen, um an eines davon heranzukommen. Doch ich konnte mit den Fingerspitzen gerade mal den Sims berühren. Auf keinen Fall würde ich mich dort hinaufziehen können, selbst wenn eines der Fenster unverriegelt gewesen wäre.

Wie in Gottes Namen konnte jemand diese Mission als einen Spaziergang bezeichnen?

Wie sollte ich das in fünfzehn Minuten schaffen? Würden die Billings-Girls wirklich den Sicherheitsdienst rufen? Falls ja, würde ich hochkant rausfliegen.

Das könnten also meine letzten Minuten in Easton sein.

Nein, es *musste* eine andere Lösung geben. Ich musste sie nur finden. Und sie benutzen, um reinzukommen. Und dann den Weg in Drambles Büro in der pechschwarzen Dunkelheit finden und …

Ich sollte mich besser beeilen.

Ich ging einen Schritt zurück und stolperte über einen Wasseranschluss am Boden. Beim Fallen prallte meine Handfläche gegen die raue Wand und ich zuckte vor Schmerz zusammen. Als ich mich wieder aufrichten wollte, sah ich es: ein kleines Fenster in Bodennähe. Es war etwa einen halben Meter hoch und etwas mehr als einen Meter breit und sah aus, als bestünde es aus zwei verschiebbaren Scheiben. Hoffnung regte sich in mir. Die Kellerfenster. Natürlich. Ich hatte ja Kiran und ihren Dreck-Freund aus einem herausklettern sehen. Offensichtlich war das Eastons Schwachstelle, von der wahrscheinlich jeder an dieser Schule wusste. Zumindest jeder, der schon länger als ein paar Wochen hier war.

Ich kroch über die kalte Erde Richtung Fenster. Die Zweige der Büsche davor zerkratzten mir das Gesicht. Ich legte die Hand auf das Glas, sprach ein kurzes Gebet und versuchte die Scheibe zur Seite zu drücken. Nichts rührte sich. Ich wimmerte und versuchte es erneut. Nichts. Mit angehaltenem Atem grub ich meine Fingernägel in die Spalte zwischen Fensterscheibe und Rahmen und drückte mit aller Kraft.

Zwei Sekunden später kippte ich nach hinten und hätte mir fast drei Fingernägel ausgerissen. Der Schmerz war kaum auszuhalten.

Die können mich mal. Die mit ihrer Klausur. Soll Ariana doch durchfallen. Soll sie mal sehen, wie das ist.

Aber noch während ich das dachte, war mir klar, dass ich sie niemals im Stich lassen würde. Mit schmerzverzerrtem Gesicht hielt ich mir die Finger und kämpfte gegen die Tränen an. Ich musste es weiter versuchen.

Einen Meter entfernt befand sich noch ein Fenster. Wieder presste ich die Hand gegen die Scheibe, hielt den Atem an und schloss die Augen. Und drückte. Dieses Fenster ließ sich öffnen.

Ja! Gerettet!

Ich steckte den Kopf in den kühlen, dunklen Kellerraum. Überall waren Tische und Stühle aufgestapelt und unter dem Fenster stand ein langer Schreibtisch aus Metall. Ich drehte mich auf den Bauch und schob mich rückwärts in den Raum. Die metallene Gleitschiene des Fensters schnitt mir zuerst in die Beine und dann auch in den Bauch, aber ich ignorierte den Schmerz. Ich hing in der Luft und ließ mich dann auf den Metalltisch fallen. Ein lautes Krachen ertönte, das die ganze Schule gehört haben musste. Ich schloss die Augen und wäre fast in Tränen ausgebrochen. Unmöglich, dass dieser Lärm unbemerkt geblieben war.

Ganz offensichtlich war ich nicht für das Verbrecherleben geeignet.

Aber das spielte keine Rolle. Ich musste weiter. Irgendwo im Erdgeschoss lag das Büro von Mr Dramble. Das musste ich finden, dort die Klausur suchen und anschließend zusehen, dass ich dort heraus und zurück zum Billings-Haus kam.

Ich rannte zur Tür und riss sie auf, ohne zu kontrollieren, ob da jemand war. Falls ja, wäre derjenige dank meines nicht gerade unauffälligen Entrees längst auf dem Weg hierher. Da konnte ich ebenso gut versuchen, so weit wie möglich zu kommen.

Das Treppenhaus befand sich im hinteren Teil des Gebäudes. Hastig rannte ich ins Erdgeschoss hinauf. Das einzige Licht kam vom Ausgangsschild und tauchte die Wände in einen blutroten Schein. Ich rannte daran vorbei und kontrollierte die Namen auf den Messingschildern neben den Türen.

Ms Johnson. Mr Carter. Mr Cross.

Und dann, endlich, am Ende des Flurs wurde ich fündig. Mr Dramble.

Ich griff nach dem Türknauf und drehte ihn. Zum Glück war die Tür unverschlossen. Vielleicht waren die Büros der Lehrer wie die Wohnheime auch grundsätzlich unverschlossen. Immerhin gab es hier einen Ehrenkodex. Vielleicht dachten die Oberen von Easton, das wäre ausreichend, um Leute wie mich fernzuhalten.

Pech gehabt.

Ich tastete mich durch das Büro, stieß mit dem Fuß an einen Stuhl und rückte langsam zum Schreibtisch vor. Als sich meine Augen an die Dunkelheit gewöhnt hatten, entdeckte ich eine Lampe und knipste sie an. Das war zwar riskant, aber ich würde mich hier sonst nicht zurechtfinden. Wenn ich nichts kaputt machen oder mich verletzen wollte, brauchte ich Licht. Drambles Computer stand auf einem niedrigen Tisch neben dem Schreibtisch. Ich drückte den Einschaltknopf und hielt den Atem an, als das Summen des Computers ertönte. Er brauchte ewig, um hochzufahren, und ich bereute schon, keine Uhr angezogen zu haben, bevor ich das Wohnheim verlassen hatte. Ich hatte keine Vorstellung davon, wie viel Zeit ich vertan hatte. Fünf Minuten? Zehn? Es fühlte sich eher wie fünf Stunden an.

Schließlich erschien der Desktop. In der Mitte ein Bild von einem Zwergschnauzer. Auf der rechten Seite befand sich eine Reihe von Ordnersymbolen. Mir stockte der Atem, als ich den Namen »Zwölfte Klasse Physik« entdeckte.

Mit zitternden Händen nahm ich die Maus und klickte den Ordner an. Da waren mindestens zwei Dutzend Dateien mit den Namen »test_21_9«, »test_28_9« und »klausur_1«, »klausur_2« und so weiter. Welche Klausur war die Richtige? Hatten sie bereits eine geschrieben oder war es die erste? *Mist.* Ich würde einfach mehrere ausdrucken müssen.

Ich öffnete die ersten vier Klausur-Dateien und sendete sie an den Drucker. Während er ächzend zum Leben erwachte, starb ich einen langsamen Tod. Der Drucker war uralt und lauter als eine Atombombe. Als er endlich druckte, vergoss ich tatsächlich eine Träne der Verzweiflung. Eine Seite pro Stunde, schätzte ich.

Jede fertig gedruckte Seite holte ich sofort aus dem Drucker. Meine Füße wippten nervös. Meine Hände zitterten. Mein Herz schlug so unregelmäßig, dass es mich noch ins Grab bringen würde. Und endlich, endlich erschien die letzte Seite. Ich stürzte zum Computer und fuhr ihn runter. Dann, ohne zu wissen, ob der Sicherheitsdienst bereits das Gebäude nach mir absuchte, stürmte ich davon.

Im Flur verharrte ich eine Millisekunde lang. Ich horchte nach Schritten, hörte aber nichts.

Vielleicht war das Glück ja *doch* auf meiner Seite.

Da mir klar war, dass ich auf keinen Fall die Kellerwand erklimmen und zum winzigen Fenster hinausklettern konnte, steuerte ich auf die Vordertür zu. So schnell ich konnte, rannte ich den Flur entlang, bog um eine Ecke und schlitterte durch die Eingangshalle. Ich war schon dicht vor der Tür, als ich mich vor Schreck zu Boden fallen ließ.

Da war ein Gesicht am Fenster.

Eine Einladung

Ich hörte ein gackerndes Lachen und schaute langsam auf. Es war Noelle. Noelle stand draußen vor der Tür.

»Reed Brennan! Komm raus«, zwitscherte sie leise.

Zitternd und leise fluchend, stand ich auf und wankte zur Tür. Als ich sie aufschob, machten mir Noelle, Ariana, Kiran und Taylor Platz. Noelles Gesicht war durch die trübe Scheibe verzerrt worden, aber wäre ich nicht so in Panik gewesen und hätte ich nur eine Sekunde mehr Zeit gehabt, hätte ich sie erkannt. Ich kam mir so blöd vor. Ich hatte mich vor ihren Augen vor Angst zu Boden geworfen.

Immer noch lachend, nahm sie meine Hand und zog mich in den Schatten; die anderen Mädchen folgten uns. Langsam wurde ich stinksauer.

»Du hättest dein Gesicht sehen sollen«, flüsterte Noelle amüsiert, als wir in sicherer Entfernung von allen Gebäuden waren, in denen Erwachsene schliefen.

»Ja, echt schade, dass ich das verpasst habe«, erwiderte

ich und zückte die Klausurblätter, um sie Ariana zu überreichen. »Hier. Viel Spaß damit.«

»Oh! Sie ist sauer!«, kommentierte Kiran stichelnd.

»Beruhige dich, Reed. Das war doch nur ein Scherz«, sagte Taylor.

»Ganz toll. Witzig. Kann ich jetzt zurück in mein Bett?«, fragte ich.

Noelle blieb stehen. Ihre Miene verdüsterte sich. »Wenn du weiter so rumzickst, kriegst du deine Überraschung nicht.«

Mein Herz machte einen Satz. »Was meinst du damit?«

»Na ja, zur Belohnung dafür, dass du Ariana die Klausur besorgt hast, wollten wir dich eigentlich morgen zu uns einladen«, sagte Kiran. »Aber wenn du nicht willst …«

Mich zu ihnen einladen? Zu ihnen ins Billings-Haus? *Ich* im Billings-Haus? In ihrem Heiligtum?

»Klar will ich«, sagte ich.

»Hatte ich mir gedacht«, entgegnete Noelle.

»Gut«, sagte Ariana schmunzelnd. »Kiran wird dich abholen.«

Sämtliche Anspannung, Angst und Wut waren wie weggeblasen, stattdessen machte sich Hoffnung in mir breit. Sie ließen mich in ihren Kreis. Endlich gewährten sie mir Einlass.

»Oh. Und das kannst du wiederhaben«, sagte Ariana und gab mir die Klausur zurück. »Ich schreibe keine Physikklausur.«

Dann schlenderten sie gemeinsam lachend davon, während ich mitten auf dem dunklen Campus zurückblieb, zu nichts anderem mehr imstande, als zu atmen.

Innenansichten

Voller Vorfreude folgte ich Kiran zum Vordereingang des Billings-Hauses. Aufgeregt blickte ich zu den Fenstern über uns auf. Gleich würde ich sehen, was sich dahinter verbarg. Gleich würde ich in die Geheimnisse dieses Ortes eingeweiht. Ich kam mir fast vor, als würde ich in die Geheimnisse irgendeines Geheimbundes eingeführt werden. Ob mich Mädchen in weißen Roben in Empfang nehmen und zwingen würden, irgendein Dokument mit Blut zu unterschreiben und zu schwören, dass ich alles, was ich innerhalb dieser Mauern zu sehen bekäme, für mich behielte? Nach letzter Nacht würde mich das nicht überraschen.

Kiran blieb vor der Tür stehen und hob eine Augenbraue. »Bist du bereit?«

Ich nickte nur. Sie grinste und öffnete die Tür. Das war's also.

Ich folgte Kiran ins Foyer und versuchte, nicht allzu ehrfurchtsvoll oder eingeschüchtert zu wirken.

»Da sind wir«, sagte sie. »Home sweet home.«

»Schön hier«, meinte ich. Das war die Untertreibung des Jahres. Das Foyer von Billings war groß und trotzdem gemütlich mit der hohen Decke, über die kreuz und quer Holzbalken verliefen. Ein riesiger gemauerter Kamin nahm eine ganze Wand ein, der Boden war aus Hartholz und von einem wunderschönen handgewobenen Läufer bedeckt. Eingerahmte Fotos von Billings-Mädchen aus allen Generationen schmückten die Wände. Ich erkannte mehrere Politikerinnen, eine berühmte Nachrichtensprecherin und mindestens zwei preisgekrönte Schriftstellerinnen. Ich hätte sie mir gerne genauer angesehen, wollte aber nicht zu begeistert rüberkommen.

Das obere Stockwerk war mit einem teuren Teppichboden, bronzenen Wandlüstern und künstlerischen Fotos von Easton ausgestattet. Irgendwo drang Musik aus einem Zimmer. Als wir Taylors und Kirans Zimmer betraten, lag Taylor falsch herum auf ihrem Bett und schmökerte mit dem Kopf nach unten in einem ihrer Liebesromane.

»Hi, Reed!«, begrüßte sie mich. Sie schloss kurz die Augen, weil ihr schwindelig wurde, und lächelte dann.

»Lernst du eigentlich *nie?*«, fragte ich sie.

»Das braucht sie nicht. Sie bekommt ihre Einsen auch so. Sie flattern ihr einfach zu wie eine Postkarte«, erklärte Kiran und schleuderte ihre Tasche auf das Bett. »Das nervt echt.«

Das Zimmer war riesig. Kirans Bett, das mit Satin und Seide in etlichen Lilatönen bezogen war, stand am Erkerfenster. Taylors Bett, ganz in rot und blau, stand auf der anderen Seite des Zimmers. Dazwischen ein so großer

Abstand, dass man einen Ball hätte ausrichten können. Sie hatten auch einen eigenen Kamin, in dem ein Dutzend weiße Kerzen in allen Formen und Größen standen.

»Ist doch nicht meine Schuld, dass Gott mir ein fotografisches Gedächtnis gegeben hat«, sagte Taylor. »Weißt du, wie viel Prozent der Bevölkerung ein fotografisches Gedächtnis hat?«, fragte sie mich.

»Ich bezweifle, dass sie das interessiert«, spottete Kiran, die sich aus ihrer Samtjacke schälte. »Ich hatte gehofft, wenn ich mit ihr zusammenwohne, würde sich etwas davon durch Osmose auf mich übertragen, aber bisher hatte ich kein Glück.« Sie nahm die Haarnadeln aus ihrem Dutt und ließ ihre langen Haare über die Schultern fallen. »Mach es dir gemütlich. Ich muss mal kurz ins Bad.«

Sie ging an Taylors Bett vorbei und öffnete eine Tür, die ich für eine Schranktür gehalten hatte.

»Weniger als null Komma null fünf Prozent«, flüsterte Taylor stolz, sobald Kiran weg war. »Obwohl manche Forscher behaupten, dass es so was eigentlich nicht gibt.«

»Ah«, sagte ich abwesend. Ich war zu sehr damit beschäftigt, Kiran hinterherzusehen. »Ist das ein *Badezimmer?*«, flüsterte ich.

»Ich weiß«, sagte Taylor, knickte eine Seite ihres Buches um und warf es auf den Schreibtisch. »Schon toll hier. Jeder will hierher. Es ist das schönste Wohnheim auf dem Campus.«

Ja? Wer hätte das gedacht. Ich wollte gerade Taylor fragen, wie genau man sich eine Einladung ins Billings-Haus verschaffte, doch dann ertönte die Klospülung und Kiran kehrte zurück.

»So, bereit für die Arbeit?«

O nein. Arbeit? Hatten sie etwa noch eine Aufgabe für mich? War ich deshalb hier?

In diesem Augenblick ging die Tür auf und Noelle und Ariana traten ein. Einerseits war ich froh sie zu sehen, gleichzeitig hatte ich ein mulmiges Gefühl.

»Was? Ihr habt noch nicht angefangen?«, fragte Noelle mit hochgezogener Augenbraue.

»Wir haben auf euch gewartet«, sagte Taylor.

Oje. Das wurde immer unheimlicher.

»Wie rücksichtsvoll von euch«, kommentierte Ariana.

Sie ging zu einer Doppeltür und öffnete sie.

»Reed Brennan, hier ist deine Belohnung«, sagte Kiran.

Vor Staunen riss ich die Augen auf. Der Kleiderschrank war größer als jeder Schrank, den ich in meinem Leben gesehen hatte, und von vorne bis hinten mit luxuriösen Pullis, glänzenden Oberteilen und Seidenröcken gefüllt. Allein die Schuhe hätten jedes Mädchen um den Verstand gebracht – selbst ein Mädchen, das sich gar nicht so sehr für Mode interessierte. Ich fragte mich, ob ich tatsächlich ein Mode-Muffel war oder ob ein verkappter Fashion-Junkie in mir steckte, der einfach kein Geld gehabt hatte, um seine Sucht zu befriedigen.

»Ich glaube, du bist eher ein Sommertyp«, überlegte Kiran mit dem Zeigefinger am Kinn und musterte ihre Garderobe. »Das heißt Blautöne, Grautöne, Silbertöne. Ooooh! Ich hab eine Idee.« Sie rieb sich die Hände, tauchte in den Schrank ein, zog verschiedene Kleidungsstücke heraus und hängte sich die Kleiderbügelhaken über die Finger. Nachdem sie ein halbes Dutzend Teile zusammengesucht hatte, ging sie zum Bett und breitete sie darauf aus.

»Sie denkt, *ich* sei das Genie, aber warte, bis du sie mal in Fahrt erlebst«, sagte Taylor leise. »Ich wünschte, ich hätte auch so ein Händchen für Farben, aber es kommt nur sehr selten vor, dass künstlerisches und akademisches Talent gleichzeitig anzutreffen ist. Natürlich gab es da Leonardo DaVinci, Benjamin Franklin …«

»Taylor«, fauchte Noelle sie an.

Taylor errötete und presste die Lippen aufeinander.

»Was habt ihr vor?«, fragte ich.

»Deine Garderobe bekommt ein Makeover«, erklärte Noelle.

»Du hast eine Wahnsinnsfigur, weißt du«, sagte Kiran. »Du solltest lernen, deine Vorzüge zu betonen.«

Errötend schaute ich ihr dabei zu, wie sie noch mehr Kleidungsstücke aus dem Schrank zog. Plötzlich fühlte sich das ganz schön nach Almosen an. »Ich war nie so der Modefan.«

Kiran schnaubte. »Das ist uns nicht entgangen.«

»Du *musst* nichts davon nehmen«, erklärte Ariana, die am Fußende von Kirans Bett saß. »Aber probier doch einfach ein paar Sachen an. Vielleicht gefällt dir was davon. Man weiß ja nie.«

Ihr Angebot rührte mich, auch wenn mich die Andeutung ärgerte, dass ich in Sachen Mode Nachhilfe gebrauchen könnte.

Kiran kombinierte eine graue Hose mit einem blauen Pulli mit U-Boot-Ausschnitt. Einen silbernen Rock mit einem weißen, kurzärmeligen Rollkragenpulli. Sie stellte weitere Outfits zusammen, schnalzte dann mit der Zunge, um doch noch einmal alles umzusortieren.

»Hier. Probier das mal an«, sagte sie und warf mir ein türkisfarbenes Top und einen grauen Rock zu. Das Material des Tops war weicher als alles, was ich jemals angefasst hatte.

»Okay. Bin gleich wieder da«, sagte ich und wandte mich Richtung Badezimmer.

»Uuuuh, sie ist schüchtern«, spottete Kiran.

»Was?«, fragte ich.

»Zieh dich einfach um«, antwortete Noelle ungeduldig. »Du hast nichts, das wir nicht schon gesehen hätten. Zumindest hoffe ich das.«

Ich sah zu Taylor, die mich aufmunternd anlächelte. Ariana musterte mich nur mit ihren gespenstischen blauen Augen. Ich legte die Kleidungsstücke über Taylors Schreibtischstuhl, und als ich meine Jeans öffnete und sie auszog, fühlte ich mich furchtbar gehemmt. Die Billings-Girls verfolgten jede meiner Bewegungen. Natürlich hatte ich mich schon vor anderen Mädchen umgezogen, aber noch nie hatten mich vier Mädchen dabei so unverhohlen beobachtet. Ich drehte ihnen den Rücken zu, zog mein T-Shirt aus und schlüpfte hastig ins Top. Trotz meiner Anspannung bemerkte ich, wie weich sich der Stoff auf meiner Haut anfühlte. Dann stieg ich in den Rock, dessen Satinfutter kühl über meine Beine glitt. Rasch zog ich ihn mir bis zur Taille hoch, um so schnell wie möglich meine hässliche Baumwollunterhose zu verstecken.

Ich schloss den Reißverschluss und drehte mich mit rotem, heißem Gesicht um. Dann zog ich mein Haar aus dem Oberteil und ließ es über meinen Rücken fallen. »Was meint ihr?«

Sie musterten mich. Ich überlegte krampfhaft, ob ich an dem Morgen ein Deo benutzt hatte. Wie peinlich wäre es, wenn ich Kiran ihre Kleidung wiedergab und sie nach Schweiß roch.

Ganz langsam begann Noelle zu lächeln. »Ich glaube, es gibt noch Hoffnung für dich.«

»Los, schau dich mal im Spiegel an«, forderte Ariana mich auf.

Ich trat vor den Ganzkörperspiegel in der Ecke und bestaunte grinsend mein Spiegelbild. Da stand eine völlig neue Reed. Ich sah älter aus. Ich sah aus, als hätte ich Kurven. Ich sah *gut* aus.

Wenn ich in so einem Outfit beim Mittagessen mit Thomas' Eltern aufkreuzen würde, würden sie mich vielleicht sogar gut genug für ihren Sohn halten.

»Leihst du mir das?«, fragte ich, als Kiran mit einem weiteren Outfit auf mich zukam.

»Leihen? Ich *schenke* es dir«, antwortete Kiran.

Meine Kinnlade klappte herunter. »Was?«

»Ich bitte dich. Ich bekomme jede Woche neues Zeug aus Mailand ... New York ... Paris«, sagte sie. »Das ist doch keine große Sache.«

»Vielen Dank!«, jubelte ich. »Das ist genau das, was ich brauche!«

»Wofür?«, fragte Ariana sofort.

Ich erschrak und blickte wieder auf mein Spiegelbild. »Für meine Garderobe«, antwortete ich verschlossen. »Ihr wisst doch, dass ich nichts Schönes habe.«

»Deswegen bist du ja hier«, sagte Noelle und rollte mit den Augen. »Jetzt mach mal endlich weiter.«

Kiran reichte mir das nächste Outfit, welches das vorherige noch übertraf, und ich verbarg mein zufriedenes Lächeln, als ich den Mädchen wieder den Rücken zuwandte. Wen scherte es noch, dass sie mich – grundlos – mit der Physikklausur ausgetrickst hatten? Das hier war jede Minute der Folter wert. Das war es *alles* wert.

Eins ist die neue Drei

Mein Herz schlug aufgeregt, als Mr Barber uns den letzten Test zurückgab. Es war der erste, den ich mithilfe von Taylors Lernmethoden geschrieben hatte, und obwohl ich während des Tests das Gefühl hatte, alle Fragen richtig beantworten zu können, war ich trotzdem nervös. Ich brauchte unbedingt eine gute Note. Im Laufe des Tages würde ich noch die Noten aus einigen anderen Kursen erfahren, und ich hatte das Gefühl, dass diese Note alle weiteren vorausnehmen würde. Und wenn alle schlecht ausfielen, wären meine Tage hier gezählt. Ich dachte an Billings und meinen Nachmittag mit den Mädchen. Ich dachte an Thomas. Ich dachte an alles, was ich verlieren würde, wenn ich die Klausuren verbockt hatte.

Dann dachte ich an meine Mutter. An die grauen Wände der Croton High. An das Nichts, zu dem ich zurückkehren müsste.

Ich konnte nicht zurück.

Ich starrte auf mein Heft, als Barber den Gang entlangging, und musste meine gesamte Willenskraft aufwenden, um ihn nicht mit Blicken zu verfolgen.

Dann fiel sein Schatten auf meinen Tisch. Ich hielt den Atem an.

»Miss Brennan«, sagte er.

Ich sah zu ihm auf. Er blickte verwirrt auf die zusammengehefteten Blätter in seiner Hand. Sein Blick schnellte zu mir.

»Sie haben sich stark verbessert«, sagte er.

Mein Herz machte einen Satz, als er den Test mit der Schriftseite nach unten auf den Tisch legte. Ungeschickt drehte ich ihn um. Da stand eine dicke, fette Eins neben meinem Namen.

»Wow. Gut gemacht«, sagte Constance, die sich zu mir beugte.

Ich strahlte triumphierend. Das würde ein sehr guter Tag werden.

Eine Prise Realität

»Ich habe eine Eins! In *allen* Kursen. Du hast mir das Leben gerettet, Taylor!«

Taylors Gesicht strahlte vor Stolz. Wir waren auf dem Weg zum Abendessen und ein frischer Wind fegte die ersten gelben Blätter von den Bäumen und ließ Taylors goldene Locken um ihre Wangen tanzen. »Wirklich? Du hast *überall* eine Eins?«

»Na ja, außer in Kunstgeschichte, da habe ich in der Klausur nur eine Zwei geschrieben. Aber das war total unfair.«

»Aber eine Zwei ist doch großartig, Reed. Du hast es geschafft«, sagte Taylor und umarmte mich.

»Aber nur mit deiner Hilfe«, sagte ich strahlend. »Du weißt ja nicht, wie erleichtert ich bin. Ich meine, nach meinem letzten Treffen mit Naylor war ich mir sicher, dass ich meine Koffer packen kann.«

»Hast du Thomas schon davon erzählt?«

Ich wurde nervös. Offensichtlich war es mir nicht geglückt, die Art meiner Beziehung zu Thomas geheim zu halten. Allerdings deutete die Begeisterung in Taylors Gesicht darauf hin, dass es ihr im Gegensatz zu Noelle wohl nicht so viel ausmachte.

»Noch nicht«, antwortete ich mit belegter Stimme. »Ich habe ihn noch nirgends gesehen.«

»Na, dann komm. Vor dem Abendessen hängt er immer irgendwo bei der Mensa herum. Erzählen wir's ihm«, sagte Taylor und nahm meine Hand.

Ich lachte, als sie mich über den Hof zog. Ich fühlte mich federleicht und frei. Ich konnte gar nicht mehr aufhören zu lächeln.

Thomas stand nicht wie sonst häufig bei der Tür, was Taylor jedoch nicht zu irritieren schien. Sie führte mich an der Nordseite des Gebäudes vorbei, und da war er, umgeben von seiner üblichen Clique …

… und drückte gerade jemandem eine kleine Tüte mit einem halben Dutzend weißer Pillen in die Hand. Und nahm einen gefalteten Geldschein entgegen, den er sich in die Hosentasche steckte.

Wie angewurzelt blieb ich stehen. Der Boden begann sich zu drehen. Der kalte Schweiß brach mir aus und auf einmal war mir alles klar.

Thomas dealte mit Drogen? Thomas dealte mit Drogen. Direkt vor meinen Augen. Direkt vor den Augen aller Anwesenden. Deswegen war er so beliebt. Und so mächtig. Deswegen war er immer von andern Schülern umgeben. Das waren gar nicht seine Freunde. Das waren seine Kunden.

»Oh, Mist«, sagte Thomas, als er mein Gesicht sah.

Ich drehte mich um, stieß Taylors Hand weg und rannte davon.

»Reed! Warte!«, rief Thomas. »Wir sehen uns später, Leute«, hörte ich ihn noch zu seiner Kundschaft sagen.

Ich stürzte davon. Weg von der Mensa. Weg von allen. Wohin, wusste ich nicht. Aber ich musste einfach weg.

»Reed!«

Thomas packte meinen Arm, aber ich riss mich gleich wieder los.

»Wieso ist das so eine große Sache?«, fragte er.

Wütend drehte ich mich zu ihm. »Wieso das eine große Sache ist? Soll das ein Witz sein?«

Er wusste von meiner Mutter. Wusste, dass sie tablettensüchtig war und was das aus ihr gemacht hatte. Und was sie mit mir gemacht hatte. Wie konnte er einfach so dastehen und behaupten, das sei keine große Sache?

Taylor stand hinter ihm, nicht sicher, wie sie sich verhalten sollte. Sie umklammerte mit einer Hand die andere und versuchte, uns nicht anzustarren.

»Wieso?«, fragte Thomas und besaß dabei auch noch die Frechheit zu lächeln. »Irgendjemand muss doch das Zeug anbieten. Ich verdiene damit nur mein Taschengeld. Entspann dich mal.«

Als ob er es nötig hätte, sich Taschengeld zu verdienen. Seine Uhr hatte mehr gekostet als unser Auto.

»Na schön, Thomas, wenn es keine große Sache ist, wieso hast du mir dann nichts davon erzählt?«

»Vielleicht, weil ich wusste, dass du ausflippen würdest«, antwortete er und sein Ausdruck wurde düster. »Du bist so ein guter Mensch, Reed. Ich wollte nicht, dass du denkst, ich bin das nicht.«

»Na, dann ist Lügen natürlich eine tolle Idee«, sagte ich. Plötzlich wurde mir klar, dass das nicht die einzige Lüge gewesen war. »Dein Handy. Das Handy, das du verloren hast, worüber du dir solche Sorgen gemacht hast. Das ist nicht das Handy deiner Eltern, oder?«

Er spannte seinen Kiefer an. »Nein, ist es nicht.« Mein Herz fühlte sich an, als würde es jeden Moment explodieren. »Das ist das Handy, auf dem sie dich kontaktieren, oder? Deine *Kunden*? Und wer noch? Deine Lieferanten? Bist du deshalb so ausgeflippt?«

Sein Gesicht sprach Bände. »Das sind nicht gerade nette Leute, Reed. Sie müssen mich erreichen können.«

»Mein Gott, Thomas. Was kommt als Nächstes? Dass der ganze Mist über deine Eltern auch erfunden war?«, fragte ich.

»Nein, war er nicht. Reed, bei dem Thema würde ich nicht lügen. In Bezug auf die wichtigen Dinge würde ich dich nie belügen.«

Ein Drogendealer zu sein, gehörte offenbar nicht zu den wichtigen Dingen.

»Ich muss los.« Ich ging weiter, aber er hielt mich wieder fest. »Lass mich los, Thomas.«

Er stellte sich vor mich. Sah mir in die Augen. Irgendwie tat es da noch mehr weh. Er umfasste meine Arme und ich ließ es zu.

»Reed, komm schon. Du bist doch nicht wirklich sauer auf mich«, sagte er und seine Hände umklammerten meine Unterarme. Sie fühlten sich warm an. »Das bist du doch nicht. Du liebst mich, oder? Wenn du mich liebst, dann musst du alles an mir lieben.«

Ich schluckte. Ich hatte ihm nie gesagt, dass ich ihn liebte. Und nun, in dieser grauenhaften Situation, legte er mir solche Worte in den Mund. Bog sich alles so zurecht, wie es ihm passte. Wie konnte er mir das antun? Ich hatte mich ihm hingegeben. Mich ihm ganz hingegeben. Und er hatte mich die ganze Zeit belogen. Wer zum Teufel war dieser Mensch? »Thomas …«

»Was?«, schnaubte er ungläubig und trat einen Schritt zurück. »Du … du machst doch nicht etwa deshalb mit mir Schluss?«

Verzweifelt sah ich ihn an. Ich fühlte mich benutzt, beschmutzt, dumm und getäuscht. Ich wollte einfach nur weg von ihm. Weg und in Ruhe nachdenken.

»Ich weiß es nicht«, antwortete ich.

Sein Trotz war sofort wie weggeblasen. Da war tatsächlich Panik in seinen Augen. »Reed, nein. Bitte. Du kannst mich nicht verlassen. Du … du liebst mich doch.«

»Thomas …«

»Reed, bitte«, wiederholte er.

Sein Betteln hätte mich fast umgestimmt.

»Ich … ich brauche etwas Zeit«, sagte ich.

»Nein«, entgegnete er und nahm meine Hand, damit ich nicht wegkonnte.

»Thomas, bitte. Lass mich los.«

Er suchte meinen Blick. Ich gab nicht nach. Dann ließ er los und hob demonstrativ die Hände, als würde man ihn verhaften. Er legte sie kurz hinter seinen Kopf und biss sich auf die Lippe. Er rang nach Worten und sah aus, als würde er gleich in Tränen ausbrechen. Schließlich hielt ich es nicht mehr länger aus. Ich ging an ihm vorbei und marschierte auf direktem Weg zum Bradwell-Haus.

»Reed! Reed! Wo gehst du hin?«, rief Taylor und lief mir hinterher.

»Wusstest du davon?«, fragte ich und begriff, dass sie genau gewusst hatte, wo er zu finden war.

»Na ja, schon«, sagte Taylor schulterzuckend. »Er versorgt alle in Billings. Wusstest du das nicht?«

Magensäure stieg mir in den Mund. Gleich würde mir übel werden. Ich kannte hier niemanden wirklich. Ich wusste nichts. Ich war nichts weiter als eine naive, lächerliche Zehntklässlerin.

»Bist du okay?«, fragte sie.

»Ich muss los«, sagte ich und rannte der Abenddämmerung entgegen.

Der letzte Strohhalm

Als dieses Mal mein Handy piepte, war ich hellwach und in Gedanken bei Thomas. Stunden zuvor hatte ich nach dem zwanzigsten Anruf von ihm den Klingelton ausgeschaltet, aber vergessen, dasselbe mit dem Ton für SMS zu tun. Langsam nahm ich das Telefon in die Hand und las.

IN 3 MIN HINTER BILLINGS.

Einen langen Augenblick blieb ich liegen. Ich war nicht in Stimmung. Nicht nach der Sache mit Thomas. Nicht nachdem Taylor seine Geschäfte einfach so abgetan hatte. Nicht jetzt, wo ich über alles Bescheid wusste. Ich war nicht in der Stimmung, für irgendjemanden irgendetwas zu tun. Irgendjemandem noch zu vertrauen. Ich war nicht in der Stimmung, auch nur einen Finger zu rühren.

Mein Puls raste. Ich starrte zur Decke. Ich könnte die Nachricht ignorieren. Kein Problem. Ich war eine eigenständige Person mit eigenen Gedanken und Gefühlen. Ich würde schon klarkommen.

Doch das stimmte nicht. Wenn ich sie ignorierte, bliebe mir nichts mehr. Kein Thomas. Kein Billings. Nichts. Wenn ich sie ignorierte, wäre ich nur wieder eine namen- und gesichtslose, sich abstrampelnde Zehntklässlerin wie Constance. Dann würde ich für immer die Reed Brennan bleiben, die völlig unbeholfen, allein und ahnungslos an diese Schule gekommen war. Seit damals hatte ich es weit gebracht. Konnte ich zurück?

Das Handy piepte wieder. Ich sah auf den Bildschirm.

ZWEI MIN.

Ich schlug die Decke beiseite, zog mich an und zwang mich dazu, langsam die Treppe hinunterzugehen, zur Tür hinaus und hinter das Billings-Haus. Ich war so voller Wut, dass mein Kiefer vor Anspannung schmerzte und mir der Kopf wehtat. Hinter dem Wohnheim standen Noelle, Ariana, Kiran und Taylor und warteten auf mich. Es war kalt in dieser Nacht und alle trugen warme, gemütliche Pullis und Jacken.

»Passt es dir zeitlich etwa nicht?«, fragte Noelle.

»Was wollt ihr?«, entgegnete ich kühl.

»Ah, sie zickt schon wieder rum«, kommentierte Kiran.

»Kiran«, sagte Taylor warnend. Alle schauten sie erstaunt an. Interessant. Schimpfen war sonst Arianas Aufgabe. Offensichtlich tat ich Taylor leid, nachdem sie mitbekommen hatte, wie ich mit Thomas Schluss gemacht hatte und wie sehr mir das zu schaffen machte. Hatte sie den anderen nichts von dem Vorfall erzählt oder war es ihnen einfach nur egal?

Noelle trat auf mich zu. »Wir haben eine neue Aufgabe für dich.«

Stoisch erwiderte ich ihren Blick.

»Du kennst doch die Thermoskanne, die Mr Barber immer mit sich herumschleppt, oder?«

»Ja.«

Was sollte ich tun? Auch sie stehlen?

»Wir möchten, dass du morgen vor dem Unterricht Alkohol reinkippst«, erklärte Noelle.

Ariana trat mit einer Flasche Wodka in der Hand vor und hielt sie mir hin. Erstaunt sah ich sie an.

»Was? Wieso denn?«, fragte ich.

»Einfach so zum Spaß«, antwortete Kiran achselzuckend. »Er wird es bestimmt ausspucken und im ganzen Raum verteilen.«

»Und jemand wird das an ihm riechen und ihn melden und dann wird es eine Untersuchung geben …«, fuhr Noelle, ganz die Anführerin, fort und legte den Kopf schief.

Kiran kicherte und Ariana grinste. Taylor senkte unangenehm berührt den Blick. Das konnte nur ein Witz sein.

»Dafür könnte er gefeuert werden«, sagte ich.

»Wäre das nicht lustig?«, feixte Noelle. Alle lachten.

Meine Hände ballten sich zu Fäusten. Ich war sowieso schon total fertig und das brachte das Fass zum Überlaufen. Sie konnten doch nicht so mit den Leben anderer Menschen spielen. Gut, ich hatte sie auch mit meinem spielen lassen, aber das war meine bewusste Entscheidung gewesen. Und was ich für sie getan hatte, war wenigstens ein bisschen sinnvoll gewesen: Essen holen, für sie mit jemandem Schluss machen, Kirans Geheimnis für mich behalten, Klausuren stehlen … Na ja, alles, außer Letzterem. Wenn sie mich um etwas gebeten hatten, schien es zumindest *scheinbar* einen Nutzen zu haben. Aber auf keinen Fall würde ich ihnen dabei helfen, dass ein Mann gefeuert wurde, damit sie ihren Spaß hatten. Auch wenn es sich um einen fiesen Mistkerl handelte.

»Nein, danke«, sagte ich und wollte gehen.

»Was?«, fuhr Kiran mich an.

»Ich dachte, du würdest den Typen hassen«, sagte Noelle.

Ich blieb stehen und legte den Kopf in den Nacken. »Na und?«, fragte ich.

»Wieso … willst du dann nicht, dass er gefeuert wird?«, fragte Taylor.

»Er hat es verdient«, ergänzte Ariana. »Nach dem, was er dir angetan hat.«

»Was er mir angetan hat?«, fragte ich und drehte mich zu ihr.

»Am ersten Schultag«, sagte Ariana und starrte durch mich hindurch.

»Woher wisst ihr das?«, wollte ich wissen und meine Stimme wurde gefährlich laut. Keine von ihnen schien das zu bemerken oder sich darum zu kümmern.

»Das ist eine kleine Schule«, sagte Noelle. »Vor uns ist kein Geheimnis sicher.«

Da war ich aber anderer Meinung. Es gab viele Geheimnisse hier. Mir jedoch wurden sie verheimlicht. Ich sah Kiran an, die Mühe hatte, meinem Blick standzuhalten. Zumindest die *meisten* Geheimnisse.

»Ich mache das nicht«, sagte ich und wollte zurück nach Bradwell gehen.

»Bist du dir da ganz sicher?«, fragte Noelle.

»Ist dir klar, was du da aufgibst?«, fragte Kiran und verschränkte die schlanken Arme vor der Brust.

Ich sah zum Billings-Haus hinauf und malte mit meinem Atem weiße Dampfwolken in die kalte Luft. Ich sah die Bogenfenster, durch die ich an meinem ersten Abend Ariana erspäht hatte, und dachte an die Sehnsucht, die ich verspürt hatte. Das Verlangen. Das Gefühl, dass diese Mädchen mich retten könnten. Mich vor einem Leben retten, das ich nie gewollt hatte.

Ich wollte es. Ich wollte das alles so sehr. Aber irgendwo musste ich meine Grenze ziehen. Und zwar hier.

»Ich werde nicht dazu beitragen, dass jemand gefeuert wird, nur weil ihr euch danach fühlt«, sagte ich und sah jeder einzelnen von ihnen der Reihe nach in die Augen. Ich sah den Zweifel in ihren Blicken. Die Überzeugung, dass ich schon noch klein beigeben würde. Das verstärkte meine Entschlossenheit nur noch. Ich hatte es satt, dass sie mit mir ihre Spielchen trieben. Dass die Billings-Girls und Thomas und alle auf dieser verdammten Schule der Meinung waren, es sei okay, die Neue herumzuschubsen. »Zu manchen Dingen bin nicht einmal ich bereit.«

Mit zitternden Beinen kehrte ich ihnen den Rücken zu. Und damit auch dem neuen Leben, das ich mir beinahe erkämpft hatte. Stattdessen kehrte ich in die altbekannte Dunkelheit zurück.

Faszinierendes Duo

Am Donnerstagmorgen starrte ich in Kunstgeschichte gedankenverloren aus dem Fenster und betrachtete die frisch gefallenen Blätter, die über die Wiese tanzten, während Mrs Treacle ihren monotonen Vortrag hielt. Mir war sogar egal, ob mich die alte Dame nach der Lektüre befragen würde, die ich natürlich nicht gelesen hatte. Ich war mir nicht einmal völlig sicher, wo ich überhaupt war.

Ich hatte den Billings-Girls einen Korb gegeben. Ich hatte Nein gesagt. Jetzt, im grauen Tageslicht, fragte ich mich, ob ich nicht doch ein klein wenig geisteskrank war. Was sollte ich denn hier ohne sie anfangen? Meine Beziehung mit Thomas war beendet. Von den anderen Mädchen aus meiner Stufe hatte ich mich abgegrenzt. Ich hatte gedacht, ich würde moralisch handeln und dass das bewundernswert wäre. Jetzt begriff ich, dass ich damit nur meine einzige echte Hoffnung zerstört hatte.

Ich würde nie ein Billings-Girl sein. Ich würde nie etwas

anderes sein als die arme, kleine Reed Brennan mit ihrem Arbeiter-Vater und der suchtkranken Mutter. Es gab kein Entkommen.

Plötzlich, wie von meinen Gedanken heraufbeschworen, tauchte eines der Billings-Mädchen in meinem Blickfeld auf. Ms Naylor begleitete Leanne Shore über einen der Kopfsteinpflasterwege. Leanne sah nervös aus und als sei ihr übel, so als würde sie sich vor Angst in die Hose machen. Irgendwas ging da vor sich, und ich war nicht die Einzige, die das bemerkte. Während ich das Duo verfolgte, hörte ich Missy und Lorna hinter mir miteinander tuscheln.

Leanne und Ms Naylor schlugen den Weg zum Verwaltungsgebäude ein und verschwanden durch die schwere Holztür. Mein Herz schlug wie verrückt.

»Jemand steckt in *Schwierig*keiten«, zwitscherte Missy leise.

Den Rest des Tages würde ich mich bestimmt nicht mehr konzentrieren können.

Zweite Chance

Beim Abendessen hatte sich die Neuigkeit schon überall verbreitet. Leanne wurde vorgeworfen, den Ehrenkodex gebrochen zu haben. Das Gerücht ging um, sie hätte bei ihrer Englischprüfung geschummelt. Es würde eine Untersuchung geben, und wenn sich herausstellte, dass die Anschuldigungen der Wahrheit entsprachen, würde sie der Schule verwiesen werden. Leanne ließ sich an dem Abend nicht in der Mensa blicken, was wahrscheinlich eine gute Entscheidung war, wenn man bedachte, dass alle nur auf ihren Auftritt warteten. Ich hätte so gerne mit den Billings-Girls darüber gesprochen – um herauszufinden, was sie wussten –, aber sie hatten den ganzen Tag kein Wort mit mir gewechselt. Sie hatten nicht einmal in meine Richtung gesehen, als ich im Hof an ihnen vorbeiging. Weil mir klar war, dass ich mich nicht an ihren Tisch setzen konnte, hatte ich sowohl das Frühstück als auch das Mittagessen im Krankenzimmer verbracht. Eigentlich hatte ich auch vorgehabt, während des Abendessens dort zu bleiben, hätte mein leerer Magen mich nicht umgestimmt.

Ich kam mit meinem Tablett von der Essensausgabe und sah zu den Billings-Mädchen hinüber, die flüsternd die Köpfe zusammensteckten. Tatsächlich wurden an allen Tischen die Köpfe zusammengesteckt, um sich leise den neusten Tratsch und Klatsch zu erzählen. Ich atmete tief ein und steuerte in dem Wissen auf Constances Tisch zu, dass Missy und die anderen bestimmt herumzicken würden, weil ich plötzlich wieder bei ihnen sitzen wollte. Es war nur eine weitere Strafe dafür, dass ich in Ungnade gefallen war.

Ich hatte bereits die Hälfte der Strecke zurückgelegt, als Thomas aufstand und sich mir in den Weg stellte. Mein Herz schlug mir bis zum Hals. Ich hatte ihn gar nicht bemerkt. Seine Haut sah in diesem grellen Licht fast schon durchsichtig aus.

»Ich muss mit dir reden«, sagte er und sah mich eindringlich an.

Ich blickte nach rechts. Noelle und Ariana wandten beide schnell den Blick ab. Sie hatten uns beobachtet.

»Schau nicht sie an. Schau mich an«, forderte mich Thomas auf. Er sprach viel zu laut.

»Thomas …«

»Ich hab dich gestern Abend tausend Mal angerufen. Wieso ignorierst du mich?«, fragte er und wirkte plötzlich beleidigt.

»Ich denke, du weißt, wieso.«

»Bitte, Reed. Gib mir doch die Möglichkeit, mich zu entschuldigen. Du musst mir wenigstens eine Chance geben.«

Sein flehender Blick ließ mich weich werden. Ob es daran lag, dass ich keine Lust hatte, noch länger im Mittelpunkt zu stehen, oder weil ich mir anhören wollte, was er zu sagen hatte, wusste ich nicht. Jedenfalls setzte ich mich an einen freien Tisch und er nahm mir gegenüber Platz.

»Es tut mir so leid«, sagte er. »Ich hätte es dir sagen müssen. Aber ich wollte mir dir zusammen sein, und ich wusste, dass du mich dann für einen Versager halten würdest.«

Ich sah ihn an.

»Du bist kein Versager«, sagte ich automatisch.

Er schob den Stuhl nach hinten und sank in sich zusammen. »Doch, bin ich. Ich bin nicht gut genug für dich. Das weiß ich.«

Er sah auf einmal so traurig, klein und jämmerlich aus, dass ich trotz meiner Wut – und Enttäuschung – das Bedürfnis hatte, ihn zu trösten. Ich hatte das Bedürfnis, ihn zu beschützen.

»Sag das nicht.«

»Doch, es stimmt. Aber ich kann mich ändern, Reed. Für dich kann ich mich ändern.«

Ein Knoten formte sich in meinem Herzen und wanderte von dort in meinen Hals. Noch nie hatte mir jemand ein solches Versprechen gegeben. Nie war ich jemandem wichtig genug gewesen. Nicht meiner Mutter, niemandem. Trotzdem blieb ich skeptisch. Immerhin war der Mensch vor mir ein Drogendealer. Ein gefährliches Image war eine Sache, aber einer konkreten Gefahr wollte ich mich auf keinen Fall aussetzen.

»Ich will dich zurückhaben.« Thomas beugte sich vor und nahm meine Hand. Er hielt sie fest und musterte sie, als wäre sie eine Art Rettungsleine. »Ich würde alles dafür tun, um dich zurückzubekommen.«

»Thomas …«

»Du musst dich jetzt nicht sofort entscheiden«, unterbrach er mich. »Aber ich möchte weiter mit dir reden. Können wir wenigstens weiter miteinander reden?«

Miteinander zu reden, bedeutete nicht, dass ich ihm etwas versprach. Es war einfach nur reden. Und es musste auch nicht heute Abend oder morgen oder nächste Woche sein. Es war alles vage genug. »Klar«, antwortete ich schließlich.

Er strahlte. »Gut. Hör zu, heute Abend findet diese Sache statt. Im Wald. Damit wir noch etwas Dampf ablassen können, bevor die Eltern kommen. Kommst du auch?«

»Was für eine Sache?«

»Eine Art Party«, antwortete er. »Jeder bringt was zu trinken mit und wir treffen uns auf einer Lichtung …«

»Und du sorgst für die Drogen …«, sagte ich sarkastisch.

»Nein!«, stieß er aus. »Nicht heute Abend. Das werde ich nicht. Nicht, wenn du das nicht möchtest.«

Ich atmete tief ein. Was machte ich da? Wollte ich mich wirklich darauf einlassen? Doch etwas, das er gesagt hatte, machte mich neugierig.

»Wer sind ›wir alle‹?«, wollte ich wissen.

»Ich und die Jungs und natürlich auch deine kleinen Freundinnen da drüben«, antwortete er und zeigte mit dem Kopf zum Billings-Tisch. »Als ob Dash irgendwo hingehen könnte, ohne dass sich Noelle wie eine Klette an ihn dranhängt.«

Und damit hatte er mein Interesse geweckt. Okay. Erst

mal logisch an die Sache rangehen. Eine illegale Party im Wald mit Thomas und den Billings-Girls könnte mich definitiv meinen Schulplatz kosten und auf direktem Weg zurück in das Kaff befördern, aus dem ich kam. Andererseits würde mir diese kleine Privatparty aber auch die Gelegenheit verschaffen, Noelle und die anderen zu sehen und mich mit ihnen auszusprechen. Ich könnte ihnen zeigen, dass ich nicht völlig nutzlos war. Wenn mich ein Zwölftklässler zu einer illegalen Party im Wald einlud, musste das doch etwas zu bedeuten haben. Selbst wenn dieser Zwölftklässler Thomas Pearson war.

Ich würde diese Party einfach zu meinem Vorteil nutzen.

Ich blickte in Thomas' müde, hoffnungsvolle Augen und wusste, wie viel es ihm bedeutete, dass ich Ja sagte. Und noch wichtiger war, dass ich wusste, was es für mich bedeuten könnte.

»Also gut«, sagte ich. »Ich komme.«

Im Wald

Später am Abend lag ich mit Jeans und T-Shirt im Bett und wartete, dass es elf Uhr wurde und ich mich hinausschleichen und mit Thomas hinter seinem Wohnheim treffen würde. Ich fragte mich, ob ich das Richtige tat. Wie würden die Billings-Girls reagieren, wenn ich einfach so auf ihrer Party erschien? Würden sie wütend sein? Würden sie mich wegschicken und ich könnte gleich wieder kehrtmachen? Bei der Vorstellung wurde mir ganz flau, aber ich hatte keine Wahl.

Sobald mein Wecker elf Uhr anzeigte, warf ich die Bettdecke zur Seite und schlüpfte in meine Sneakers. Ich griff nach meiner Jeansjacke und der Taschenlampe aus dem Erste-Hilfe-Kasten, den mir mein Vater aufgedrängt hatte. Constance, die wie immer fest schlief, rührte sich nicht, als ich die Tür öffnete und auf Zehenspitzen das Zimmer verließ.

Draußen war die Luft kalt und klar. Außer dem Zirpen

der Grillen war auf dem Campus kein Laut zu hören. Thomas war nirgends zu sehen.

Ich atmete tief ein, hielt den Atem an und flüsterte: »Thomas?«

Sofort trat eine Gestalt aus dem Schatten. Wegen ihrer komischen Bewegungen und der kräftigen Statur hätte ich mich fast zu Tode erschreckt. Das war nicht Thomas.

Ich tastete nach der Tür hinter mir und wollte gerade davonrennen, aber dann trat die Gestalt ins Licht und ich atmete erleichtert auf. Das war kein Ausreißer aus dem Irrenhaus. Das war bloß Josh.

»Hey«, sagte er.

Als er lächelte, verflog meine Angst. Wie hatte ich nur glauben können, dieser Junge mit seinen goldenen Locken und seinem Babyface wäre gefährlich? Er trug einen langen schwarzen Mantel über einem grauen Kapuzenpulli und Jeans.

»Du hast mich zu Tode erschreckt«, sagte ich. »Wo ist Thomas?«

»Tut mir leid«, sagte Josh und zuckte mit den Achseln. »Thomas hat mich geschickt, um dich abzuholen. Er wollte früher auf der Party sein.«

Wie nett. Er ließ mich von seinem Laufburschen abholen? Was war denn das für eine Aktion von jemandem, dem ich verzeihen sollte? Offensichtlich hatte er es so eilig, seinen Kummer in Alkohol zu ertränken, dass er nicht mal auf mich warten konnte.

»Wir sollten los«, sagte Josh. »Bist du bereit?«

Langsam wurde mir mulmig zumute.

»Ja«, antwortete ich schließlich.

»Dann folge mir und bleib in meiner Nähe.«

Josh zog die Kapuze seines grauen Sweatshirts über den Kopf, duckte sich und rannte über den Hof. Ich duckte mich ebenfalls und ärgerte mich, nicht auch daran gedacht zu haben, einen Hut oder etwas mit einer Kapuze anzuziehen. Dabei wäre es nur klug gewesen. Je mehr man sich vermummte, desto kleiner die Gefahr, später identifiziert zu werden.

Als wir am Rand des Campus angelangt waren, war ich außer Atem. Nicht vom Rennen, sondern weil ich davon überzeugt war, dass jeden Augenblick Scheinwerfer angehen würden und die Lehrerschaft und das gesamte Personal nur darauf warteten, uns alle zu schnappen. Aber nichts dergleichen geschah. Der Campus war wie ausgestorben.

»Hier lang«, flüsterte mir Josh zu.

Wir gingen an den Bäumen entlang über den Hügel und an der Endzone des Football-Felds vorbei. Direkt hinter der Anzeigetafel, die sich dunkel vor dem sternklaren Himmel abzeichnete, bog Josh scharf links in den Wald ein. Ängstlich ging ich ihm hinterher, mir wurde plötzlich bewusst, dass ich einem fremden Typen bei Dunkelheit in den Wald folgte. Ich wollte etwas sagen, um die Stille zu durchbrechen und mich zu beruhigen, aber was?

Hey, Josh? Ich weiß, dass du total süß und unschuldig aussiehst und so, aber hast du vielleicht vor, mich hier draußen zu vergewaltigen und dann tot liegen zu lassen? Wollte nur mal nachfragen.

Doch ich hielt den Mund.

Wir folgten einem gewundenen Trampelpfad noch tiefer in den Wald hinein. Immer wieder raschelte über uns das Laub, was mich jedes Mal zusammenschrecken ließ. Gerade als ich ihn doch ansprechen und fragen wollte, wie lange wir gehen müssten, hörte ich den fröhlichen Ruf eines Jungen, gefolgt von Gelächter. Noch ein kleines Stück und wir standen auf einer Lichtung, auf der ein Lagerfeuer brannte. Kiran, Ariana und Taylor saßen im Kreis auf einem flachen Stein, tranken aus einem Flachmann und unterhielten sich flüsternd. Sechs Jungs alberten herum und soffen aus Schnapsflaschen oder Bierdosen. Bei ihnen war Noelle, die sich unter Männern offensichtlich wohlfühlte. Thomas stand wie immer im Mittelpunkt. Unsere Blicke trafen sich, und es wunderte mich, dass er nicht gleich zu mir kam. Ich war verwundert, aber gleichzeitig auch erleichtert.

Schließlich musste ich mich noch um eine andere Angelegenheit kümmern.

»Willst du ein Bier oder so?«, fragte mich Josh und legte die Hand leicht auf meinen Rücken.

»Nein, danke«, antwortete ich.

Er lächelte und setzte sich ans Feuer. Ich ging zu Ariana und den anderen.

»Hi«, begrüßte ich sie.

Sie sahen zu mir auf und bemerkten mich jetzt erst.

»Was machst du denn hier?«, fragte Kiran.

Ich richtete mich auf und nahm all meinen Mut zusammen.

Kiran erhob sich und sah mich an. Sie trug einen wunderschönen bodenlangen Mantel. Selbst mitten im Wald war sie elegant.

»Ich … wollte mit euch sprechen«, sagte ich. Ich sah zu

Thomas, der am Feuer stand, und hoffte, dass er mir noch etwas Zeit geben würde, bevor er kam. Er lachte über etwas, das Gage sagte, nahm einen Schluck von seinem Bier und legte den Arm um die Schulter seines Freundes. Er tat so, als wäre ich gar nicht da.

»Worüber denn? Stimmt was nicht?«, fragte Ariana auf ihre mütterliche Art. Ich freute mich darüber. Vielleicht war ja doch noch nicht alles verloren.

»Ja«, antwortete ich. »Ich …«

Über Kirans Schulter hinweg sah ich, wie Thomas die leere Dose auf den Boden fallen ließ und sie mit dem Fuß platt stampfte. Dann kam er leicht schwankend auf uns zu.

»Was ist?«, fragte Taylor und drehte sich in dem Augenblick um, als Thomas bei uns war.

»Meine Damen«, sagte er grinsend. Mein Herz raste. Er war total betrunken. Er streckte mir beide Hände entgegen und winkte mich zu sich. »Komm her.«

»Wir unterhalten uns gerade«, sagte Ariana trocken.

»Aber ich habe sie eingeladen«, entgegnete Thomas.

Er nahm meine Hand und zog. Zu heftig. Ich stürmte in seine Arme und er taumelte leicht nach hinten. Vor Scham wurde ich ganz rot.

»Thomas, kann das nicht warten?«, fragte ich und sah die Mädchen an.

»Nein, kann es nicht«, antwortete er lachend.

Er zerrte mich über die Lichtung und tanzte mit mir, bis ich plötzlich mit dem Rücken gegen einen Baum lehnte. Dann drückte er mit beiden Händen meine Schultern nach hinten und küsste mich. Er schmeckte nach Bier und roch nach Rauch und Asche.

»Du verzeihst mir doch, oder?«, flüsterte er und drückte meine Schultern so fest gegen den Baum, dass ich mich nicht rühren konnte. »Jetzt verzeihst du mir.«

»Thomas …«

Sein Mund presste sich auf meinen. Als ich mich wehrte, drückte er sich nur noch fester gegen mich. Er hielt mich fest. Seine Hände berührten meine Hüfte. Ich spürte, wie er an meinem T-Shirt herumzerrte. Spürte seine kalten Hände auf meiner warmen Haut. Bevor mir klar wurde, was er da tat, begannen seine Handflächen zu meinem BH hochzuwandern. Mit großem Kraftaufwand riss ich meinen Kopf zur Seite.

»Thomas, nein«, sagte ich.

»Was ist?«, fragte er mit trübem Blick. Dann grinste er. »Ach, stell dich nicht so an.«

Er legte mir die Hand in den Nacken und küsste und betatschte mich erneut.

»Bitte lass.« Tränen schossen mir in die Augen. »Alle schauen her.«

»Ich weiß. Das mag ich ja.«

Ich blickte zu Noelle, die sich zu den anderen Mädchen gesellt hatte. Taylor zog ein angewidertes Gesicht. Kiran lächelte spöttisch und nahm einen Schluck von ihrem Getränk. Ariana starrte wie immer mit ihren großen Augen zu uns herüber. Noelle wirkte einfach nur enttäuscht. So hatte ich mir den Abend nicht vorgestellt.

Thomas ließ eine Sekunde von mir ab und ich nutzte die Gelegenheit. »Lass mich«, sagte ich energisch und schubste ihn, so fest ich konnte, von mir weg.

Thomas taumelte nach hinten und wäre fast gefallen,

konnte sich aber gerade noch abstützen und richtete sich schwankend wieder auf. Er atmete schnell. Sein Gesicht war wutverzerrt. Keiner auf der Lichtung sagte ein Wort.

Nein. Blamier mich nicht. Flehend sah ich ihn an.

»Wieso bist du überhaupt gekommen?«, fauchte Thomas. Entweder war er zu wütend oder zu betrunken, um meinen flehenden Gesichtsausdruck zu bemerken.

»Ich …«

»Offensichtlich nicht wegen mir«, sagte er.

Instinktiv sah ich hinüber zu den Billings-Girls. Thomas folgte meinem Blick und fing an, wie ein Verrückter zu lachen. »Ah, natürlich! Wie konnte ich nur so dumm sein!«, höhnte er mit sarkastischer Stimme. »Sie ist hier, um sich bei euch einzuschleimen!«, rief er Noelle zu. »Darum geht es doch, oder, *Neue*? Das Einzige, was dich interessiert, ist, wie du dich bei ihnen beliebt machen kannst. *Ich will ein Billings-Girl sein! Das sind meine Freundinnen! Sie sind so gut zu mir!*«, äffte er mich mit weinerlicher Stimme nach.

Ich war außer mir. Er warf mir Dinge an den Kopf, die ich ihm im Vertrauen gesagt hatte.

»Thomas …«, brachte ich in einem erbärmlichen Flüstern heraus.

»Jetzt benutzt du mich, oder was?«, schrie er und stellte sich direkt vor mich. »Du benutzt *mich*, um an *sie* ranzukommen?«

Gleich würde ich mich übergeben. Oder in Ohnmacht fallen. Was tat er da nur? Wie konnte er mich so behandeln, nach allem, was vorgefallen war?

»Ich …«

»Tut mir leid, wenn ich dich enttäuschen muss, aber ich

lasse mich nicht ausnutzen«, sagte er. »Du bist hier nicht länger willkommen.« Er packte mich an den Schultern und stieß mich keuchend in Richtung des Weges. »Also geh.«

Ich stand regungslos da.

»*Geh!*«, schrie er.

Mit Tränen in den Augen ging ich ein paar Schritte von ihm weg. Plötzlich flog mir der Boden entgegen. Mein Knie schlug gegen einen spitzen Stein, und als ich danach greifen wollte, verlor ich das Gleichgewicht und schlug mit der Schläfe auf dem Boden auf. Ich biss mir auf die Zunge und schmeckte Blut, und jeder Knochen in meinem Körper wurde erschüttert. Taylor stöhnte erschrocken auf, und ich schloss die Augen, weil mir plötzlich schwindelig wurde.

Trotz des Durcheinanders spürte ich, wie Thomas sich neben mich kniete. »Mein Gott, alles okay bei dir?«

Ich zuckte vor ihm zurück und plötzlich stand Noelle zwischen uns.

»Geh weg von ihr, Thomas«, sagte sie mit fester Stimme.

Sie sahen alles. Die Billings-Girls. Sie sahen alles, was vor sich ging. Diese Erniedrigung war schlimmer als der körperliche Schmerz.

Thomas stand auf und wankte ein paar Schritte beiseite. Er sah blass und erschrocken aus. »Bist du in Ordnung?«, fragte Taylor und kauerte sich neben mich.

Ich versuchte mich aufzusetzen. Thomas hatte mich zu Boden gestoßen. Vor allen Leuten. Vor Noelle und Ariana und Kiran und Taylor. Wieso war ich nur gekommen? Was hatte ich mir dabei gedacht? Damit hatte ich meine Zukunft endgültig ruiniert.

Aber dann kam Kiran, hakte sich bei mir ein und half

mir gemeinsam mit Taylor auf. Erschöpft blickte ich mich um und sah, dass sich die Billings-Girls, und zwar alle, um mich versammelt hatten, um Thomas zur Rede zu stellen. Ich versuchte zu atmen, ohne dabei zu schluchzen. Versuchte zu begreifen, was vor sich ging.

»Thomas, was zum Teufel ist mit dir los?«, fragte Ariana.

»Kommt schon! Ihr habt doch alle gesehen, was passiert ist!«, verteidigte sich Thomas. »Ich habe ihr doch nur gesagt, dass sie abhauen soll, und sie ist gestolpert! Ich habe sie nicht einmal berührt.«

Noelle sah ihn mit schmalen Augen an. Hätte dieser Blick mir gegolten, wäre ich tot umgefallen. »Dash?«, sagte sie.

»Ich kümmere mich darum«, entgegnete ihr Freund. Wütend wandte er sich an Thomas. »Alter, wir müssen mal reden«, sagte er und legte seinen schweren Arm um Thomas' Schultern. Er zog ihn in Richtung der Bäume und ich bekam zittrige Knie. Zum Glück stützten Kiran und Taylor mich noch.

Stützten. *Mich*.

Ariana trat vor mich. »Alles in Ordnung?«, flüsterte sie und strich mir eine Haarsträhne hinters Ohr.

»Was ist passiert?«, hörte ich mich fragen. Ich sah zu Boden. Auf die Felsen, das Feuer, meine Lieblingsjeans, die am Knie ein Loch hatte. Nichts davon konnte ich klar erkennen, nichts davon ergab einen Sinn.

»Nimm deine Hände weg!«

Ich fuhr zusammen. Wir drehten uns um und sahen, wie Thomas Dash von sich wegstieß. Dash, der etwa doppelt so groß war wie Thomas, wäre fast ins Feuer gefallen, konnte sich aber in letzter Sekunde noch abfangen. Thomas machte kehrt und stürmte davon, vom Pfad weg in den Wald. Einen Augenblick lang standen wir alle fassungslos da.

Die Billings-Girls blieben an meiner Seite. Doch obwohl sie alle besorgt um mich versammelt waren, fühlte ich mich mehr als gedemütigt. Ich konnte nicht fassen, dass sie alles mit angesehen hatten. Thomas' Grobheit und wie er mich verhöhnt hatte. Dass er verraten hatte, wie sehr ich mir wünschte, von ihnen gemocht zu werden. *Was sie jetzt über mich dachten …* Das mochte ich mir gar nicht vorstellen. Ich musste irgendwie weg von ihnen.

»Ich gehe zurück«, verkündete ich.

Noelles Gesicht wurde ernst. Zutiefst beschämt mied ich jeden Blickkontakt.

»Nein, tust du nicht«, erwiderte Kiran. »Der kann uns mal. Bleib doch und amüsier dich.«

»Ich kann nicht«, sagte ich, kurz vor dem Zusammenbruch. »Ich muss gehen.«

Wankend drehte ich mich um und ging mit tränenblinden Augen Richtung Pfad. Hinter mir erklangen Schritte, dann eine Stimme. »Reed, warte. Ich begleite dich.« Ich drehte mich um. Es war Noelle.

Neuanfang

»Das war's. Von jetzt an hältst du dich von Thomas Pearson fern«, sagte Noelle. Ihre Schritte waren fest und unerbittlich, als wir über das kühle Gras am Fußballfeld vorbeiwanderten. »Ich verstehe nicht, wieso du dich überhaupt mit ihm abgegeben hast. Typischer Fehler einer Neuen.«

Bei jedem Schritt schmerzte mein blutiges Knie. Ich zuckte zusammen und spürte erneut meine Scham und meine Verwirrung. Ich war emotional völlig ausgelaugt. Thomas hatte mich fertiggemacht.

»Er sagte, er wolle sich entschuldigen«, erklärte ich ihr. »Er sagte, er wolle gut genug für mich sein.«

»Komische Art, das zu zeigen«, kommentierte Ariana.

Ich hatte sie bis dahin nicht einmal bemerkt, aber jetzt sah ich, dass die beiden mich wie Bodyguards in die Mitte genommen hatten. Ich wollte etwas sagen, um besser dazustehen. Um Thomas' jämmerliches Bild von mir als

Versagerin, die alles für ihre Anerkennung tun würde, aus ihren Köpfen zu löschen. Aber egal, was ich sagte, ich würde es nur noch schlimmer machen, das wusste ich.

»Alles in Ordnung?«, fragte sie.

»Alles okay«, antwortete ich und verschränkte die Arme. »Ich … verstehe das nur nicht. Was habe ich falsch gemacht?«

»Du hast gar nichts falsch gemacht«, antwortete Noelle und strich ihr volles Haar zurück, während wir in Richtung der Wohnheime gingen, den Hügel hinunter und entlang der Bäume. »Er war schon immer so gemein, wenn er betrunken war. Er kommt ganz nach seinem Vater.«

»Dann glaubt ihr, das war nur der Alkohol?«, fragte ich und mein Herz tat einen hoffnungsfrohen Satz.

»Spielt das eine Rolle?«, fragte mich Ariana leise.

»Nein, tut es nicht«, sagte Noelle bestimmt.

Natürlich hatte sie recht. Ich konnte meiner Mutter ja auch all die kranken Dinge nicht verzeihen, die sie mir an den Kopf warf, wenn sie betrunken wütete. Weshalb sollte ich dann Thomas verzeihen?

»Dir ist klar, dass du dich von nun an von ihm fernhalten musst, oder?«, fragte Noelle. »Der Typ gehört in die Klapse, wenn du mich fragst.«

Ich schluckte schwer, dann nickte ich. »Ja, ich denke, mit mir und Thomas ist es jetzt endgültig aus.«

»Gut«, sagte Ariana.

»Du bist ohne ihn besser dran«, fügte Noelle hinzu.

Ihr überzeugender Ton zauberte fast ein Lächeln auf mein Gesicht. »Wieso seid ihr so nett zu mir?«

Beide sahen mich verwundert an. »Wir sind doch immer

nett«, sagte Ariana auf eine Weise, die mich glauben ließ, dass sie es auch so meinte.

»Aber nicht dass dir das zu Kopf steigt«, meinte Noelle nur.

»Wegen neulich Nacht …«, begann ich.

»Nicht jetzt«, unterbrach mich Noelle entschieden. Und so hielt ich den Rest des Weges lieber den Mund.

Wir näherten uns der Rückseite des Billings-Hauses, das direkt an Bradwell angrenzte, als wir Autoreifen über den Kies rollen hörten. Ich erschrak und Noelle zerrte mich grob an die Steinmauer von Billings zurück. Wir standen einen Augenblick regungslos da und wagten nicht zu atmen. Das kalte Mauerwerk an unserem Rücken ließ uns frösteln. Der Wind raschelte in den Blättern, und wir hörten erst eine Stimme, dann einen fernen Ruf. Scheinwerfer leuchteten zwischen den Gebäuden auf und das Geräusch eines Automotors verklang langsam in der Ferne. Erst als wieder absolute Stille herrschte, wagte ich zu atmen.

»Wer war das?«, fragte ich.

»Wer weiß?«, antwortete Noelle. Sie klang nicht verängstigt, sondern gereizt, denn wer auch immer das gewesen war, hatte sie dreißig Sekunden von ihrer Zeit gekostet. »Reed, hör zu. Es ist gut, dass Thomas dir sein wahres Gesicht gezeigt hat«, sagte sie mit einem Blick auf den Hügel. Mein Puls hatte sich immer noch nicht beruhigt, und es fiel mir schwer, mich zu konzentrieren. »Lass dich nicht wieder auf ihn ein, verstanden? Wenn ich dich dabei erwische, wie du auch nur mit diesem Idioten sprichst …«

»Werde ich nicht«, sagte ich, gerührt von ihrem eindringlichen Ton. Ihrer Sorge um mich. »Das verspreche ich.«

Jetzt fiel mir die Entscheidung zwischen Thomas und den Billings-Girls leicht. Thomas hatte sie mir leichtgemacht. Trotz seines Geredes, er wolle nicht, dass die Billings-Girls mich verletzten, war es letztendlich er selbst gewesen, der den Schaden angerichtet hatte. Ich würde nicht zulassen, dass er es noch schlimmer machte. Egal, wie sehr er mich anflehte. Dieses Mal würde ich stark bleiben.

»Die Luft ist rein«, erklärte Ariana mit einem prüfenden Blick um die Ecke des Gebäudes.

»Lass uns gehen«, sagte Noelle.

Sie begleiteten mich am Billings-Haus vorbei, wo sie in Sicherheit gewesen wären, über den offenen Hof, auf dem sie von allen möglichen Autoritätspersonen hätten erwischt werden können, und brachten mich sicher in mein Wohnheim. Dort verabschiedeten wir uns, und ich schlich ins Badezimmer hinauf, um mein verletztes Knie zu säubern. Jedes Mal wenn es dabei wehtat, stellte ich mir Thomas' Gesicht vor und sagte mir, dass es nun endgültig reichte. Wenn er mich wieder um Verzeihung bitten sollte, brauchte ich mir nur diesen Schmerz in Erinnerung rufen.

Constance schlief fest, als ich das Zimmer betrat. Trotzdem zog ich mich nicht aus, um nicht zu riskieren, dass sie aufwachte und ich erklären musste, wo ich gewesen war. Ich zog meine Schuhe aus und kletterte in meinen Kleidern unter die Bettdecke.

Bestimmt würde ich nicht einschlafen können. Dazu war ich viel zu aufgedreht. Ich dachte an das, was Noelle und Adriana gesagt hatten. Wie fürsorglich sie gewesen waren. Wie sehr ich ihnen offensichtlich am Herzen lag. Ich hatte wieder eine Chance bei den Billings-Girls. Es gab noch Hoffnung für die Zukunft.

Und das hatte ich allein Thomas Pearson und seinem psychopathischen Verhalten zu verdanken.

Unerwarteter Besuch

Am Freitagmorgen, während Constance leise zu ihrer Musik sang und im Zimmer herumhüpfte, sich ihre Ohrringe anlegte und ihr Haar auftoupierte, zog ich mich hastig an. Ich hatte kein Auge zugetan. Nicht eine Minute. Trotz meiner Erschöpfung fühlte ich mich beschwingt. Heute würde ich wieder an den Billings-Tisch zurückkehren. Der heutige Tag würde ein Neuanfang sein.

Ich zog gerade behutsam meine Ersatz-Jeans über mein verletztes Knie, als es an der Tür klopfte.

Constance sah mich neugierig an. Meistens stürmten die Mädchen von unserem Flur einfach ohne Vorankündigung in die Zimmer der anderen. Sie zog die Tür auf und stutzte, als sie Thomas dort stehen sah. Ich kannte dieses Gefühl. Mir blieb fast das Herz stehen.

»Hi«, sagte Thomas zu ihr.

Er trug noch die Sachen vom Abend zuvor und seine Augen waren blutunterlaufen und tränten.

»Darf ich reinkommen?«, fragte er mich.

Mein Mund öffnete sich, aber es kam kein Ton heraus. Das interpretierte er als Einladung.

Wortlos machte ihm Constance Platz und er kam herein.

»Du warst gerade auf dem Weg zum Frühstück, oder?«, fragte er sie auffordernd.

»Oh. Äh …« Constance warf mir einen besorgten Blick zu, und ich gab ihr mit einem Nicken zu verstehen, dass sie ruhig gehen konnte. Was auch immer geschehen würde, sie brauchte es nicht mitzubekommen, nur um es anschließend in der ganzen Schule herumzutratschen. »Na gut«, sagte sie und griff nach ihrer Tasche. »Bis später.« Sie zog die Tür hinter sich zu, als sie ging, und war wahrscheinlich erleichtert, das Zimmer verlassen zu können. So war sie aus dem Schneider, wenn wir erwischt würden. Erschöpft ließ ich mich auf mein Bett sinken.

»Was willst du?«, flüsterte ich.

Ich wollte nicht mit ihm allein sein und fühlte mich in die Enge getrieben. Den Blick auf die Tür gerichtet, fragte ich mich, ob er mich wohl aufhalten würde, falls ich Anstalten machte zu gehen. Ich stellte mir vor, wie er mein Handgelenk ergriff und mich festhielt. Also blieb ich, wo ich war.

»Reed, bitte. Hör mir einfach zu«, begann Thomas und setzte sich ans Bettende. Ängstlich verkroch ich mich in der Ecke. Thomas ließ den Kopf hängen. Er stand auf und setzte sich auf Constances Matratze. »Besser so?«, fragte er.

Ich atmete aus. »Ein bisschen.«

Er schaute zu Boden und seufzte. »Ich schätze, das habe ich verdient.«

Du schätzt? Du schätzt?!

Er sah mich mit seinen braunen Augen flehend an. »Reed, ich schwöre, ich wollte dich nicht so anschreien. Mir war nicht klar, dass du hinfallen würdest.«

Starr sah ich ihn an. Was sollte ich dazu sagen? *Schon gut, kein Problem?*

»Ich weiß nicht, was gestern Abend in mich gefahren ist, Reed. Ich …« Er schwieg, fuhr sich mit den Händen über das Gesicht und raufte sich die Haare. Wie immer fielen sie ihm gleich wieder zurück in die Stirn. »Na schön, das stimmt nicht. Ich weiß, was in mich gefahren ist.«

Halb hörte ich ihm aufmerksam zu, halb plante ich bereits meine Flucht.

»Ich … ich habe ein Problem«, sagte Thomas und legte nervös die Hände aneinander. »Mit Alkohol.«

Aus irgendeinem Grund verließ mich nach diesen Worten meine Nervosität ein wenig.

»Hast du nichts dazu zu sagen?«, fragte er mich.

»Was soll ich dazu sagen? *Ach wirklich?*«, gab ich zurück.

Thomas blinzelte. Eins zu null für Reed. Schade, dass Noelle das nicht gehört hatte.

»Ich schätze, das habe ich verdient«, sagte er lächelnd. Und aus irgendeinem Grund musste auch ich lächeln. Langsam löste ich meine verkrampften Beine, lehnte mich im Schneidersitz gegen die Wand und beobachtete ihn. Unglaublich, wie anders er auf einmal wieder war. Seine Körpersprache war im Vergleich zum Vorabend völlig verändert. Kein bisschen streitlustig. Er sah wieder wie Thomas aus. Der normale Thomas. *Mein* Thomas.

Aber er war ein Drogendealer. Ein Lügner. Jemand, der

vom Trinken aggressiv wurde. Das durfte ich nicht vergessen.

»Das liegt mir in den Genen«, fuhr er fort. »Das soll keine Entschuldigung sein. Das ist es nämlich nicht. Ich … ich weiß, dass ich mir Hilfe suchen sollte. Das ist mir klar. Verdammt, schließlich wünsche ich mir seit Jahren, dass meine Eltern das tun. Was wäre ich für ein Heuchler, wenn ich mir nicht auch selbst Hilfe suchen würde?«

»Du machst also eine Entziehungskur?«, fragte ich.

Thomas lachte bitter. »Das würde ich gern. Ehrlich. Aber das geht nicht. Sonst würden meine Eltern davon erfahren. Ich bin erst in sechs Monaten volljährig«, sagte er und sah mir in die Augen. »Und darüber kann ich mit ihnen nicht reden. Sie würden es nur mit einem Lachen abtun und sagen, dass ich mich nicht so anstellen soll.« In diesem Augenblick tat er mir leid. Er wirkte so verletzlich. Und ängstlich. Wie ein Kind, dessen Eltern es zum tausendsten Mal im Stich gelassen hatten. Er brauchte Hilfe, konnte sich aber nicht an seine Eltern wenden. Offensichtlich hatte er die Veränderung in meinem Gesicht bemerkt, denn er setzte sich wieder auf mein Bett. Ich wich nicht vor ihm zurück, als er nach meinen Händen griff. Einen Augenblick lang betrachtete er unsere verschlungenen Finger.

»Ich weiß, dass du mir nicht verzeihen wirst. Aber ich muss dieses Problem lösen, und ohne dich schaffe ich das nicht, Reed.« Er sah mir in die Augen und schluckte. »Ich … ich brauche deine Hilfe. Bitte. Wenn du mir nicht hilfst, dann … dann weiß ich nicht, was aus mir wird.«

Eine Träne lief ihm über das Gesicht, und bevor ich

mich versah, weinte er. Weinte echte Tränen. Er beugte sich zu mir und ich streckte die Arme nach ihm aus. Hielt ihn fest. Ließ ihn an meiner Schulter weinen. Wie hatte ich nur glauben können, ihm den Rücken kehren zu können? Er brauchte Hilfe.

»Es tut mir leid, Reed. Ich schwöre, dass ich dir nie wehtun würde. Bitte, du musst mir glauben.«

Er sah zu mir hoch. Seine wunderschönen Augen waren ganz rot. Er wirkte so hilflos, so voller Angst, ich würde ihm nicht verzeihen, dass ich mich schämte. Mich dafür schämte, ihm gegenüber so wenig loyal gewesen zu sein. Wie er sich mir gegenüber verhalten hatte – das war nur ein Unfall gewesen. Ein dummer Fehler. Jeder machte mal einen Fehler. Außerdem liebte er mich. Da war ich mir sicher. Ich war alles, was er hatte.

»Okay«, sagte ich leise und umarmte ihn. »Ich werde dir helfen. Wann immer du mich brauchst.«

»Danke«, sagte Thomas und schluchzte in meinen Pulli.

Als er sich allmählich beruhigte, saß ich da und dachte an Noelle. Ich wusste, was sie in so einer Situation tun würde. Sie würde stark sein und ihn zum Teufel jagen. Sie würde ihm sagen, dass sie so einen Mist in ihrem Leben nicht gebrauchen könne. Aber ich wollte ihn einfach nur in den Armen halten. Ich wollte uns beiden das Gefühl geben, dass alles gut werden würde.

Dann atmete Thomas tief ein und setzte sich auf. Er wischte sich über die Augen und lächelte mich peinlich berührt an. Aber selbst mit roter Nase und tränenüberströmtem Gesicht war er noch wunderschön. So wahnsinnig, unglaublich schön.

»Geht es wieder?«, fragte ich traurig.

»So einigermaßen. Jetzt schon.« Er atmete noch einmal tief ein und aus. »Hör zu. Noch etwas. Ich weiß, ich habe kein Recht, dich darum zu bitten, aber, ich hoffe ... ich hoffe, dass du trotzdem morgen noch mit uns brunchst. Meine Eltern rechnen damit, dich kennenzulernen, und ich weiß, dass sie ganz verrückt nach dir sein werden.«

Er sah das ganz richtig. Er hatte kein Recht, mich darum zu bitten. Aber er war so offen zu mir. So bekümmert und traurig und reumütig. Er schüttete mir sein Herz aus und da durfte ich ihn doch nicht verletzen.

Selbst mit Noelles Stimme im Hinterkopf nicht. Die mir drohte, dass, wenn ich jemals wieder mit ihm sprechen würde ...

»Okay«, sagte ich mit trockenem Hals. »Ich komme mit.«

Thomas' ganzer Körper entspannte sich. Sein dankbares Lächeln rührte mich, und ich wusste, dass ich alles für ihn tun würde. Ich liebte ihn tatsächlich. Was passiert war, hatte nichts daran geändert. Ich war bereit für alles, was kommen würde. Dieser Gedanke war verlockend und beängstigend zugleich.

»Danke«, sagte er, beugte sich vor und gab mir einen Kuss auf die Stirn. Ich schloss die Augen und kämpfte gegen die Tränen. Dann küsste er mich auf den Mund und ging.

Walk of Shame

Als ich knapp fünfzehn Minuten später zur Hintertür von Bradwell hinausging, war ich emotional und körperlich völlig ausgelaugt und kein bisschen auf den Anblick vorbereitet, der sich mir bot. Zahlreiche Schüler hatten sich um Billings versammelt und das Gedränge wurde immer größer. Was war denn nun passiert? Nervös mischte ich mich unter die Menge. Bald entdeckte ich Constance, Diana und Missy.

»Was ist hier los?«, wollte ich wissen.

»Hey, alles okay bei dir?«, fragte mich Constance spitz.

Ich brauchte einen Moment, um zu begreifen, dass sie auf den Besuch von Thomas anspielte. Eine kurze Ablenkung und schon hatte ich ihn völlig vergessen.

»Ja, es geht mir gut«, antwortete ich. »Was ist los?«

»Sie werfen sie raus. Das Billings-Mädchen«, erklärte Constance, die Augen vor Aufregung weit aufgerissen.

Mir wurde flau im Magen und einen Moment lang verstand ich gar nichts mehr. Aus irgendeinem Grund musste ich die ganze Zeit an Ariana und Noelle denken. »Wen denn?«, fragte ich sie.

Missy rollte mit den Augen. »Leanne Shore. Du kriegst aber auch gar nichts mit, Brennan.«

Ich war so erleichtert, dass ich diese Stichelei einfach überhörte. Natürlich. Leanne. Wie war ich nur auf Ariana und Noelle gekommen? Ich durchsuchte die Menschenmenge nach Ariana und den anderen und fragte mich, wo sie steckten. Wie ihre Meinung dazu war. Aber von ihnen war keine Spur zu sehen.

»Was ist passiert? Hat sie gestanden?«, fragte Diana. Sie stellte sich auf die Zehenspitzen und versuchte vergeblich, über die Köpfe der vielen anderen Schüler etwas zu sehen.

»Nein! Sie haben ihren Spickzettel gefunden«, erklärte Constance. »Das haben mir ein paar Mädchen vom *Chronicle* erzählt.«

»Die dumme Kuh war nicht einmal schlau genug, das Beweisstück zu vernichten«, sagte Missy mit falschem Mitgefühl. »Kein Wunder, dass sie schummeln musste.«

»Meinst du, bei Noelle und den anderen ist alles in Ordnung?«, erkundigte sich Constance. »Meinst du, sie sind traurig darüber?«

»Wieso sollten sie?«, entgegnete ich.

»Weil sie doch in demselben Wohnheim wohnen. Das muss doch furchtbar für sie sein.«

Missy lachte verächtlich auf und ausnahmsweise konnte ich sie verstehen. Das Letzte, was diese Mädchen jetzt taten, war auszuflippen. Noelle führte wahrscheinlich eher einen Freudentanz auf.

»Ich weiß nicht. Die hatten nicht so viel miteinander zu tun, glaube ich«, antwortete ich diplomatisch.

Als plötzlich die Haustür des Wohnheims aufschwang, wurde es ganz still in der Menge. Constance kletterte auf die Armlehne der Steinbank hinter uns, auf der bereits einige standen, und zog mich zu sich hoch. Ihre Sensationslust entsetzte mich, gleichzeitig beeindruckte mich ihre Hartnäckigkeit. Gemeinsam balancierten wir dort oben und hatten eine perfekte Sicht auf die Geschehnisse.

Leanne kam als Erste heraus, gefolgt von zwei Erwachsenen, bei denen es sich wahrscheinlich um ihre Eltern handelte. Mehrere Angestellte von Easton folgten und schleppten Taschen und Kisten. Leanne war weiß wie ein Gespenst.

»Mach's gut, du Versagerin«, hörte ich jemanden sagen. Jemand, der sich nach Noelle anhörte. Kurz darauf entdeckte ich sie und die anderen ganz vorne in der Menge und tatsächlich: Noelle winkte Leanne schadenfroh hinterher.

Ein paar Leute kicherten. Leannes Schritte stockten, und ich wusste, dass sie die Worte gehört hatte. Wie schrecklich. Obwohl ich das Mädchen nicht ausstehen konnte, würde ich so etwas keinem Menschen wünschen. Wieso musste sich das vor den Augen aller abspielen? Wieso löste niemand die Menge auf und schickte uns zum Frühstück?

»Sie wollen, dass wir das mit ansehen«, sagte eines der Mädchen auf der Bank, als hätte sie meine Gedanken gelesen. »Sie glauben, dass uns das abschreckt oder so.«

»Also, ich werde den Ehrenkodex bestimmt nicht brechen«, entgegnete ihre Freundin. »Gut gemacht, Dekan Marcus.«

In diesem Augenblick kam in der ersten Reihe Unruhe auf. Natasha bahnte sich einen Weg zu Noelle und musste sich dafür an einigen Menschen vorbeidrängen. Aus ihren Ohren hätte genauso gut Rauch aufsteigen können, so wütend sah sie aus. Ich sprang von der Bank und drängte mich durch die Menschenmenge zu meinen Freundinnen.

»Reed? Wo gehst du hin?«, rief Constance.

»Ich bin gleich wieder da«, antwortete ich.

Natasha und ich erreichten die anderen genau im gleichen Moment, ich stand hinter Taylor, Natasha direkt vor Noelle.

»Was zum Teufel geschieht hier, Noelle?«, fragte Natasha ganz außer Atem.

»Hast du es nicht mitbekommen? Deine Mitbewohnerin geht nach Hause«, sagte Noelle unschuldig. »Sie hat den Ehrenkodex verletzt.«

»Als ob«, entgegnete Natasha.

Noelle zog die Augenbrauen hoch. »Sie schockieren mich, Miss Crenshaw! Willst du damit etwa andeuten, dass sich die Verwaltung geirrt hat?«, fragte sie. »Ich an deiner Stelle würde aufpassen, bevor ich so eine Anschuldigung ausspreche.«

»Ich beschuldige nicht die Verwaltung, sondern dich«, fauchte Natasha.

Ich sah zu Taylor, aber sie hatte mich noch nicht bemerkt. Worum ging es hier?

»Überleg dir das gut, Natasha«, kam Kiran ihrer Freundin zu Hilfe. Ariana berührte ihren Arm und schüttelte den Kopf, als würde sich diese Art der Konfrontation nicht gehören.

Da sah ich zum ersten Mal die Unsicherheit in Natashas Augen. Sie sah Kiran, Ariana und Taylor an. Dann fiel ihr Blick auf mich und sie musterte mich ebenfalls. Als sei ich Teil der Gruppe. Auf einmal nahm ihr Gesicht einen angewiderten Ausdruck an, und schließlich trat sie den Rückzug an – eine weise Entscheidung, wie ich fand.

Als sie weg war, schwirrten mir tausend Fragen im Kopf herum, aber ich hielt den Mund. Wenig später waren Leannes Sachen im Auto verstaut, und sie fuhr dahin zurück, wo immer sie auch hergekommen war. Nachdem die Masse der Schaulustigen sich endlich aufgelöst hatte, traute ich mich nachzufragen.

»Was hat sie damit gemeint?«

Noelle, Ariana, Kiran und Taylor drehten sich mit ausdruckslosem Gesicht zu mir um.

»Das wüsstest du gerne, was, Spannerin?«, fragte Noelle.

Kiran grinste. Ariana sah starr an mir vorbei. Taylor blickte schnell zur Seite.

»W… was?«

Ich wusste nicht, was ich sonst sagen sollte. Ein Gefühl von Angst machte sich in mir breit.

»Ich habe Thomas gesehen, Reed«, sagte Ariana. »Ich habe gesehen, wie er heute Morgen aus deinem Wohnheim kam.«

Das Herz rutschte mir in die Hose. »Er hat nur …«

»Ich hatte dir doch gesagt, dass du nie wieder mit ihm sprechen sollst«, sagte Noelle. »Oder verlangen wir da schon wieder etwas, das unter deiner Würde ist?«

O Gott. O Gott O Gott O Gott. Also hatten sie mir diese Sache mit Barber doch nicht verziehen. Oder sie hatten mir verziehen, aber jetzt hatte ich wieder alles vermasselt.

»Ich habe ihn nicht gebeten vorbeizukommen«, verteidigte ich mich. »Er ist einfach bei mir aufgekreuzt, Noelle, ich schwöre es. Ich wollte nicht mit ihm reden.«

»Wie erbärmlich«, kommentierte Kiran. »Sie kann nicht von ihm lassen. Hab ich's doch gesagt.«

Ich wurde rot bei der Vorstellung, dass sie über mich gesprochen hatten, wegen gestern Abend, und genau analysiert.

»Ihr versteht das nicht«, sagte ich.

Noelle kniff die Augen angewidert zusammen. Ich bettelte um mein Leben und das wusste sie. Und es gefiel ihr nicht.

»Du langweilst mich«, sagte Kiran seufzend.

»Ja, *total*«, eiferte ihr Taylor nach.

»Meine Damen?«, sagte Noelle.

»Noelle«, begann ich wieder verzweifelt. Meine gesamte Welt schien aus den Fugen zu geraten. »Ariana, du kannst nicht …«

Aber sie beachteten mich nicht mehr. Sie blickten durch mich durch, als sei ich gar nicht da. Noelle wandte sich um, Ariana, Kiran und Taylor taten es ihr gleich, und sie machten sich auf den Weg zum Unterricht. Einfach so. Ohne mich.

Allein

An diesem Nachmittag begann jeder meiner Lehrer seinen Unterricht mit einem Vortrag darüber, dass der skandalöse Vorfall uns nicht ablenken dürfe, aber in den Klassenzimmern tuschelte man trotzdem darüber. Die Lehrer waren so beschäftigt damit, Schüler wegen ihrer Tratscherei zu tadeln, dass keiner bemerkte, wie ich aus dem Fenster starrte und darüber nachgrübelte, was ich genau falsch gemacht hatte. Hätte ich Thomas heute Morgen aus meinem Zimmer werfen sollen? Wahrscheinlich. Aber dann hätte Ariana ihn trotzdem weggehen sehen und hätte sich trotzdem gedacht, dass ich mit ihm gesprochen hatte. Wenn ich vielleicht eine von ihnen – egal wen – allein erwischte, könnte ich alles erklären. Wenn sie mir zuhören und begreifen würden, dass Thomas mich in die Ecke gedrängt hatte, könnte ich sie vielleicht noch zurückgewinnen.

Aber da war natürlich noch das kleine Problem mit

Thomas. Ich hatte ihm zugesagt, ihm zu helfen und für ihn da zu sein. Ich konnte nicht beides haben – ihn und die Billings-Girls –, das war mir schließlich unmissverständlich klargemacht worden. Was sollte ich also tun?

Und um meine Einsamkeit noch zu verstärken, war von Thomas den ganzen Tag über nichts zu sehen. Normalerweise war er zwischen den Unterrichtsstunden irgendwo auf den Fluren anzutreffen oder vor dem Klingeln im Hof, aber heute blieb er verschwunden. Alle fünf Minuten sah ich auf meinem Handy nach, ob ich eine Nachricht von ihm hatte, aber es kam nichts. Der Anblick des leeren Displays deprimierte mich fast so sehr wie das Wort »Spanner-Handy«, das ich stehen gelassen hatte, weil es eine Zeit lang zu einem Insider-Witz zwischen mir und Noelle geworden war. Jetzt war es nur noch ein *grausamer* Witz.

Als ich nach dem Abendessen zurück in meinem Wohnheim war, behielt ich das Handy in der Hosentasche und lauschte gleichzeitig ständig auf das Klingeln des Telefons im Flur, doch alles war still. Selbst im Wohnheim war es ruhiger als sonst, da viele meiner Flur-Nachbarn mit ihren Eltern essen gegangen waren. Die meisten Eltern kamen am Samstag zum Morgengottesdienst, auf den ein Brunch folgen würde, aber manche waren einen Tag früher gekommen, um ihre Lieblinge in ein malerisches Restaurant mit Kerzen auf den Tischen auszuführen. Man könnte meinen, dass ich meine Entscheidung bezüglich meiner Eltern inzwischen bereute, stattdessen war ich nur noch überzeugter, dass es richtig gewesen war. Wenn überhaupt, hätten wir uns bei Denny's an der Autobahn den Bauch vollgeschlagen, wo meine Mutter ihrem Kaffee einen kleinen Schuss hinzugefügt und mich getadelt hätte, weil ich mich angeblich für etwas Besseres hielt.

Seufzend erhob ich mich von meinem Bett und setzte mich aufs Fensterbrett. In Arianas Zimmer war es stockdunkel. Wie in fast allen Zimmern des Billings-Hauses. Was vermutlich auch am Eltern-Wochenende lag. Ich nahm mein Handy heraus und schaute verzweifelt darauf. Ich musste dringend mit jemandem sprechen.

Ich atmete tief ein und beschloss, ganz unten anzufangen. Bei Taylor. Sie würde mir am ehesten zuhören. Und falls sie mit ihren Eltern unterwegs war, würde sie vielleicht gerade aus dem Grund etwas netter zu mir sein.

Wie eine Ertrinkende klammerte ich mich an jeden Strohhalm.

Ich wählte die Kurzwahltaste Nummer vier. Noelle hatte das für mich eingerichtet. Sie war eins, Ariana zwei, Kiran drei, Taylor vier.

Mit angehaltenem Atem lauschte ich dem Klingeln. Einmal, zweimal, dreimal. Dann ging die Mailbox an. »Hi! Das ist Taylors Handy! Bitte hinterlasst eine Nachricht!«

Ich legte noch vor dem Piep auf. Von neuem Mut erfüllt, rief ich Kiran an. Wieder eine Mailbox. »Hier ist Kiran«, sagte sie gelangweilt. »Wenn du nicht weißt, was du nach dem Piep machen sollst, ist dir sowieso nicht zu helfen.«

Ich legte auf. Allmählich brodelte es in mir. Wie konnten sie mich nur so ignorieren? Hatten sie etwa abgesprochen, nicht ranzugehen, falls ich anrufen sollte? Zitternd versuchte ich es bei Ariana. Ihre Mailbox meldete sich sofort. Ich legte noch vor dem ersten Wort der aufgezeichneten Stimme auf und warf das Handy auf Constances

Bett. Ich war angeekelt – von ihnen, aber noch mehr von mir selbst.

Scheiß drauf.

Ich stand auf, nahm mein Handy und wollte gerade Noelle anrufen, da flog die Tür auf und erschreckte mich zu Tode. Constance stürmte hektisch herein.

»Hey! Ich schau mir mit ein paar anderen eine DVD an. Kommst du auch?«, fragte sie.

Nein, ich möchte lieber vor Selbstmitleid zergehen.

»Nein, danke«, antwortete ich. »Ich muss noch ein paar Anrufe erledigen.«

»Komm schon, Reed. Lorna hat schon ihre gesamte Reese-Witherspoon-Sammlung herausgeholt, und sie streiten schon darum, was wir anschauen«, plapperte Constance.

»Ich kann nicht«, wiederholte ich. Ich musste sie loswerden. Je länger sie blieb, desto länger hielt sie mich davon ab, Noelle anzurufen. Und um mein Leben zu flehen.

»Nun komm schon!«, versuchte Constance, mich zu überreden. »Das wird lustig. Deine Stimme könnte alles entscheiden!«

»*Nein* hab ich gesagt«, entgegnete ich scharf.

Sofort bereute ich meine Worte. Constance sah mich an, als hätte ich ihr eine Ohrfeige verpasst. Das wäre auch nicht schlimmer gewesen. Seitdem wir hier zusammenwohnten, war sie immer quirlig, nett und fürsorglich gewesen. Und ich hatte sie immer nur ignoriert.

»Constance ...«

»Nein, ist schon okay«, sagte sie und nahm ihren Pulli vom Bett. »Ruf du nur deine *Freundinnen* an.«

Sie drehte sich um und knallte zum ersten Mal, seit ich sie kannte, die Tür hinter sich zu.

Und da stand ich nun, allein in meinem Zimmer mit dem stummen Telefon in meiner Hand und lauschte dem Lachen und den Stimmen auf der anderen Seite der Wand.

Die Pearsons

Am Samstagmorgen um sieben Uhr stand ich an dem Weg, der zum Ketlar-Haus führte, und war so gestylt wie nie zuvor. Keine Ahnung, ob Kiran noch einverstanden damit war, dass ich ihre Klamotten trug, aber ich hatte beschlossen, das Risiko auf mich zu nehmen. Um den Tag zu überstehen, musste ich in eine andere Rolle schlüpfen. Und in diesem Outfit fühlte ich mich wie ein anderer Mensch. Natürlich war ich trotzdem noch nervös. Ich stand kurz davor, Thomas' Eltern kennenzulernen, die berühmt-berüchtigten Lawrence und Trina. Wer hätte da keine Angst?

Es war ein wundervoller, frischer, klarer Herbstmorgen. Überall um mich herum begrüßten Schüler ihre Eltern mit einem Handschlag oder einer Umarmung, bevor sie sie zum Morgengottesdienst führten. Ich hielt nach Thomas Ausschau, konnte ihn aber nirgends sehen. Wen ich allerdings gleich erkannte, waren seine Eltern. Sie hätten mir nicht deutlicher ins Auge fallen können, hätte auf ihrer Stirn »Pearson« gestanden. Sein Vater stand am anderen Ende des Wegs, und der Ärmel seines makellosen grauen Anzugs rutschte jedes Mal nach oben, wenn er einen Blick auf seine Schweizer Luxusuhr warf. Er war Thomas wie aus dem Gesicht geschnitten, nur ein wenig kräftiger und größer als er und mit ein paar Falten um die Augen. Thomas' Mutter saß mit verkniffener Miene hinter ihrem Mann auf einer Steinbank. Ihr gefärbtes rotes Haar war im Nacken zu einem Knoten zusammengebunden. Sie trug ein Nadelstreifenkostüm und perfekte hochhackige Lederschuhe, die perfekt zu ihrer Lederhandtasche passten. Sie wirkte, kurz gesagt, gelangweilt.

Thomas kam offensichtlich zu spät. Ich hätte ihn umbringen können, mich in so eine unangenehme Lage zu bringen. Ich war nie gut darin gewesen, mich vorzustellen, besonders Erwachsenen nicht. Ich wartete noch kurz darauf, dass sie mich entdeckten. Schließlich wussten sie ja, dass ich kommen würde. Thomas musste mich ja beschrieben haben. War es nicht Sache der Erwachsenen, auf Jüngere zuzugehen?

Doch je länger ich wartete, desto leerer wurde es. Bald hatte ich das Gefühl, so aufzufallen, dass ich es nicht mehr länger aushielt. Ich dachte an Kirans lockere, niveauvolle Art und Noelles Selbstsicherheit, zwang mich zu einem Lächeln und wandte mich an Thomas' Vater. Hey, ich konnte die Billings-Girls immerhin nachahmen, auch wenn sie mich jetzt hassten.

»Hi! Sie müssen Mr Pearson sein«, sagte ich und trat auf ihn zu.

Er betrachtete mich kritisch von oben bis unten. Hinter ihm erhob sich seine Frau mit wackeligen Beinen. »Ja. Und wer sind Sie?«

»Ich bin Reed Brennan.«

Der Name schien ihnen nichts zu sagen. Überhaupt nichts. Mir wurde heiß.

»Thomas' …«

Das Wort blieb mir im Hals stecken. Mit den berühmt-berüchtigten Pearsons vor meiner Nase wollte es mir einfach nicht über die Lippen kommen.

»Thomas' was, Liebes?«, fragte Trina und hielt sich am Arm ihres Mannes fest.

»Eine … Freundin von Thomas«, brachte ich schließlich hervor. *Ich will hier weg. Sofort.* »Er hat Ihnen … Ich dachte, er hätte Ihnen gesagt, dass wir gemeinsam brunchen.«

Sein Vater seufzte. »Nein, hat er nicht. Das ist typisch für Thomas. Es überrascht mich überhaupt nicht.«

Ich konnte es nicht fassen. Thomas hatte ihnen doch von mir erzählt. Ich war die erste Freundin, die er ihnen vorstellen wollte. Noch mehr Lügen. Ich blickte angestrengt auf das Ketlar-Haus und versuchte, ihn per Willenskraft dort hervorzulocken. Falls er dort drinnen war und sich krank stellte und mich mit diesen Leuten allein ließ, die nicht einmal von meiner Existenz wussten, dann war er der größte Feigling, den die Welt je gesehen hatte.

Aber das würde er mir doch nicht antun. Das war unmöglich. Nicht nach allem, was geschehen war. Nicht nach seinem Geständnis und seiner Entschuldigung. Etwas musste passiert sein.

Ich zückte mein Handy und rief ihn über die Kurzwahltaste an. Ich lächelte seinen Eltern kurz zu, dann drehte ich mich um. Weil sofort die Mailbox anging, klappte ich das Telefon gleich wieder zu. Zum ersten Mal wünschte ich, ich hätte auch die Nummer seines anderen Handys. Hauptsache, ich erreichte ihn irgendwie.

»Wo *ist* Thomas denn, Liebes?«, fragte seine Mutter und musterte mich. Ich steckte mein Handy weg.

»Ich weiß es nicht. Er ist wahrscheinlich nur spät dran«, antwortete ich und durchforstete mein Gehirn nach irgendeiner Ausrede. »Er … äh … muss bald diese große Hausarbeit abgeben und hat bis spät in die Nacht daran gesessen.«

»Thomas? Bleibt wach, um an seinen Hausaufgaben zu sitzen? Das ist ja absurd«, kommentierte sein Vater.

Ich wurde ganz rot. In so was war ich ganz schlecht. Ich wurde ja kaum mit meinen eigenen Eltern fertig. In diesem Moment läuteten die Glocken der Kapelle zum Morgengottesdienst. Ich schaute mich um. Der Hof war wie ausgestorben.

Der Glockenton vibrierte in meinen Knochen, als ich zu den hohen Giebeln des Ketlar-Hauses aufschaute. Ich hatte seit vierundzwanzig Stunden kein Wort mehr mit Thomas gewechselt. Ich hatte ihn seit seinem Besuch gestern Morgen nicht mal mehr *gesehen*. Während ich das Gebäude musterte, spürte ich plötzlich, dass Thomas sich nicht hinter diesen Mauern befand. Da war ich mir sicher.

»Das war's. Ich gehe jetzt da rein und schleife ihn raus, wenn es sein muss«, verkündete Mr Pearson.

Ich wollte protestieren. Vorschlagen, dass ich gehen würde. Aber er stürmte bereits wie ein wütender Stier den

Weg entlang. Mrs Pearson seufzte schwer, und ich lächelte sie entschuldigend an, was sie völlig ignorierte. Je länger wir so dastanden, desto schneller schlug mein Herz. Irgendwas stimmte hier nicht.

Ich hoffte fast schon, Mr Pearson würde Thomas nur in Boxershorts oder Pyjamahosen oder in was auch immer er schlief am Genick herausschleifen. Aber kurz darauf tauchte Mr Pearson wieder auf, rot vor Wut und vor allem allein.

Thomas war weg.

Eine Nachricht

Während des Morgengottesdienstes saß ich in frostigem Schweigen bei Constance und ihren Eltern – einem großen Mann mit einem sehr großen Kopf und einer winzigen Frau, die neben ihm völlig verschwand. Constance hatte den ganzen Morgen kein Wort mit mir gewechselt und war bereits gegangen, als ich aus der Dusche kam. Aber als ich mich in der Kapelle neben sie setzte, hatte sie mein Outfit mit einem beeindruckten Blick zur Kenntnis genommen. Was ich als gutes Zeichen interpretierte. Vielleicht war der Schaden, den ich letzte Nacht angerichtet hatte, doch wiedergutzumachen.

Während sich Mr Talbot ständig vorbeugte, um seiner Tochter Fragen zum Morgengottesdienst zu stellen – und das in voller Lautstärke –, verbrachte ich die halbe Zeit damit, mich suchend nach Thomas umzuschauen. Seine Eltern standen mit saurer Miene ganz hinten in der Aula. Wenn ich mich umdrehte, kreuzten sich die Blicke von mir und seiner Mutter, die mich dann jedes Mal wütend anstarrte. Als sei ich für das Verhalten ihres Sohnes verantwortlich. Jedes Mal wurde ich ganz blass und nahm mir vor, mich nicht mehr nach Thomas umzusehen. Doch ich konnte nicht anders. Bis zur letzten Ansprache des Dekans hielt ich nach ihm Ausschau.

Aber Thomas kam nicht.

Nach dem Morgengottesdienst versuchte ich mich durch die Menschenmenge zu Josh durchzukämpfen, aber die Wand aus Familien wurde immer enger, sodass ich ihn und seine Eltern aus den Augen verlor. Bald ging ich allein nach Bradwell zurück und überlegte, was mein nächster Schritt sein würde. Ich hatte es bereits ein Dutzend Mal auf Thomas' Handy versucht. Was könnte ich sonst noch tun? In sein Zimmer einbrechen und nach Anhaltspunkten suchen? Wo war er hingegangen? Und wieso hatte er mir nichts davon erzählt?

In der Eingangshalle meines Wohnheims sah ich Constance und ihre Eltern auf den Aufzug warten. Das Letzte, was ich gebrauchen konnte, war, in dieser klaustrophobischen Enge mit einem übergroßen Mann und seiner Tochter, die vermutlich immer noch wütend auf mich war, eingepfercht zu sein. Dann würde ich völlig durchdrehen. Ich wandte mich um und schob mich zur Treppe durch. Vielleicht hatte Thomas mir eine Nachricht an meiner Tür hinterlassen. Oder er wartete in meinem Zimmer.

Man durfte doch wohl noch hoffen!

Im selben Augenblick wie Constance kam ich verschwitzt und außer Atem vor unserer Tür an. Sie war allein. *Gott sei Dank.*

»Wo sind deine Eltern?«, brachte ich hervor.

»Sie warten im Aufenthaltsraum auf mich«, antwortete sie. »Was ist hier los? Ist alles okay mit dir? Wir haben Thomas' Eltern beim Morgengottesdienst gesehen. Ist ihm was zugestoßen?«

Verdammt, wenn ich das nur wüsste. Immerhin hatte meine Verstrickung mit dem neuesten Tratsch ihre Erinnerung an mein Fehlverhalten vom vergangenen Abend ausgelöscht.

»Ich bin sicher, es geht ihm gut«, log ich.

Ich öffnete unsere Zimmertür und wir blieben beide wie angewurzelt stehen. Meine Hälfte des Zimmers war komplett leer. Keine Bücher, keine Poster, keine Bettlaken, keine Kissen, kein Fußball. Nichts.

»Was zum …?«, sagte Constance.

»O mein Gott«, stieß ich leise hervor. Das Zimmer drehte sich um mich. »Mein Gott.«

»Okay, beruhig dich«, sagte Constance, obwohl sie selbst alles andere als ruhig klang. Wir starrten entsetzt auf das leere Bett, den leer geräumten Schreibtisch, den halb leeren Kleiderschrank. Es war alles weg. Als sei ich nie hier gewesen. »Dafür muss es doch eine Erklärung geben.«

»Und welche zum Beispiel?«, fragte ich.

Ich meinte, einen Herzinfarkt zu bekommen. Erst Thomas, dann das. Wie viel konnte ein Mensch an einem Morgen eigentlich ertragen?

Constance sah mich an und biss sich auf die Lippe. »Deine Noten sind doch besser geworden, oder?«

Einen Augenblick lang wurde mir schwarz vor Augen. »Du denkst, sie haben mich *rausgeworfen?*«

»Nein! Ich weiß es nicht!«, rief Constance verzweifelt. »Ich denke nur … Wo sind dann deine Sachen?«

»Ich muss gehen«, sagte ich und bewegte mich mit zitternden Knien zur Tür. Ich hatte das Gefühl zu träumen. »Ich muss … jemanden finden.«

Naylor vielleicht. Oder den Dekan? An wen hatte man sich verdammt noch mal zu wenden, wenn einem alle Sachen aus dem Zimmer gestohlen wurden? Oder hatten sie mich tatsächlich rausgeworfen?

Und dann wurde es mir plötzlich klar. Die Billings-Girls. Natashas Anschuldigung. Ihre Andeutung, dass Noelle in irgendeiner Weise für die Sache mit Leanne verantwortlich wäre. Hatten sie jetzt auch dafür gesorgt, dass ich flog? Würden sie wirklich so weit gehen, nur weil ich Thomas verziehen hatte? *Könnten* sie so weit gehen?

Mein Magen zog sich zusammen. Mir wurde schlecht. Meine Zeit an der Easton war vorbei. Meine Hoffnungen, meine Träume, meine Zukunft. Alles. Aus.

»Soll ich mitkommen?«, fragte mich Constance.

»Nein. Bleib bei deinen Eltern«, sagte ich, doch noch zu ein paar letzten klaren Gedanken fähig. »Ich bin … ich bin gleich zurück.«

Hoffe ich.

Ich wankte den Flur entlang und taumelte mit zitternden Knien die Treppen hinunter, wobei ich drei Mal fast gestürzt wäre. Draußen blendete mich die Sonne und ich blieb orientierungslos stehen. Zu wem sollte ich gehen? Ich musste mit jemandem reden, aber mit wem? Wie konnte ich das Problem lösen?

In diesem Augenblick klingelte mein Handy und ich

erschrak zu Tode. Mit zittrigen Händen tastete ich nach dem winzigen Telefon in meiner Hosentasche und schaute auf das Display. Unterdrückte Nummer. Ich nahm den Anruf an und wusste weder, wer das sein könnte, noch wen ich gerne am Apparat hätte.

»Hallo?

»Was machst du denn ganz allein da draußen, Spannerin?«

Mein Herz schlug wie wahnsinnig in meiner Brust. Ich fuhr herum und schaute zum Billings-Haus. Außer vor einem Fenster waren überall schwere Vorhänge vorgezogen worden. Hinter der Scheibe stand Noelle und blickte auf mich herab. Sie begann zu lächeln, und ich fühlte, wie Angst in mir aufstieg.

»Wenn du wissen willst, wo deine Sachen sind, solltest du reinkommen. Sofort.«

»*Du* hast meine Sachen?«, fragte ich.

Aber sie hatte bereits aufgelegt. Wieder sah ich zum Fenster hoch. Noelle stand immer noch da und lächelte. Sie hob die Hand und winkte mir reinzukommen. Und dann wurde der Vorhang langsam zugezogen.

Willkommen in Billings

Sofort, als ich Billings betrat, riet mir mein Instinkt, wegzurennen. Vierzehn Mädchen bildeten im Foyer einen Halbkreis, in dessen Zentrum Noelle stand. Durch die zugezogenen Vorhänge war der Raum in Schatten getaucht. Kerzen flackerten auf dem Kamin und auf sämtlichen anderen Oberflächen im Raum. Jedes Mädchen umfasste mit beiden Händen eine Kerze. Unsicher blieb ich in der Tür stehen. War das eine Art Opferritual? Sollte die Neue getötet werden, um die Schmach, die sie über die anderen gebracht hatte, wiedergutzumachen?

Noelle trat aus den Schatten hervor. Sie gab mir eine noch nicht entzündete Kerze, nahm mich mit eisernem Griff am Arm und führte mich in die Mitte des Raums. Die Mädchen schlossen sich zu einem engen Kreis um uns zusammen und der flackernde Lichtschein verzerrte ihre Gesichter.

Lauf. Raus hier, jetzt. Lauf los und sieh niemals zurück.

Noelle nahm meine Hand, die die Kerze hielt, und zog sie in die Höhe. Sie hielt ihre Kerze an meine und zündete sie an. Mit bebenden Fingern umklammerte ich die Wachskerze. Mein Mund war klebrig und schmeckte sauer. Noelle trat einen Schritt zurück und sah mich ausdruckslos an. Was würden sie mit mir anstellen? Wieso war ich hier?

»Die Frauen des Billings-Hauses begrüßen dich, Reed Brennan, in ihrem Kreis«, sagte Noelle.

Mein Puls raste so schnell, dass ich mich schwach und schwindelig fühlte. Alle Farben und Gesichter in dem Raum verschwammen und ich musste mich zum Atmen zwingen.

Mich in ihrem Kreis begrüßen? Was sollte das heißen? Bedeutete das ...?

Im gedämpften Licht entdeckte ich Kiran, ihr aufrichtiger Blick ließ mich erstarren. Neben ihr versuchte Taylor, ein Grinsen zu unterdrücken. Und da war ich mir sicher.

Ich war drinnen. Im Billings-Haus. Irgendwie, wieso auch immer. Ich war auserwählt worden, hier zu wohnen. Ja, sie hatten meine Sachen aus meinem Zimmer geholt, aber nur, um sie hierher zu bringen. Ich wurde nicht rausgeworfen. Im Gegenteil, ich wurde stärker akzeptiert als je zuvor.

Ich war ein Billings-Girl.

Es wurde wahr. Es geschah tatsächlich. Voller Freude und Erleichterung suchte ich inmitten der Gesichter nach Ariana. Meine erste Freundin. Diejenige, die mich zu ihnen gebracht hatte, mit der alles angefangen hatte. Ich wollte mich bei ihr bedanken.

Aber als ich sie entdeckte, starrte sie durch mich hindurch, genau wie in jener ersten Nacht, als ich sie durch mein Fenster in Bradwell bemerkt hatte. Da das Kerzenlicht auf ihrem Gesicht tanzte, war es schwer, ihre Miene zu deuten. Ständig änderte sich ihr Gesichtsausdruck. Aus ihrem Gesicht ließ sich nichts ablesen, was mich zutiefst verunsicherte.

Es ist doch nur Ariana. Was ist denn los mit dir?

Noelle stand neben mir und hatte sich den anderen zugewandt. Wie gelähmt starrte ich Ariana an. Ich wollte unbedingt einen Blick von dem Mädchen erhaschen, das ich kannte, aber etwas stimmte nicht. Irgendwas war hier komisch.

»Meine Damen?«, sagte Noelle.

»Willkommen in unserem Kreis, Reed!«, sprachen sie im Chor.

Arianas Flamme beruhigte sich schließlich und ich konnte sie besser erkennen. Ich erschrak. Als ihr Blick durch mich hindurchsah, blickte auch ich durch sie hindurch. Und ich sah nur Finsternis.

Noelle beugte sich zu mir. Ihr Flüstern war gedämpft, kaum mehr als ein Atemzug.

»Du gehörst jetzt zu uns.«

Mit diesen Worten erloschen gleichzeitig alle Kerzen und Dunkelheit umfing uns.

Du bist eingeladen, schon einmal einen Blick in den nächsten Band der Private-Serie zu werfen:

PRIVATE

Spiel mit, wenn du dich traust

Whittaker

Die Nacht war kalt. Kalt und stockfinster, ohne Sterne, ohne Mond, dafür aber mit einem Wind, der bei jedem Stoß eine Flut von Blättern von den Bäumen fegte – Blätter, die vom morgendlichen Nieselregen noch ganz nass waren. Glitschig und verfault fühlten sie sich an, wenn sie zufällig auf unbedeckte Haut fielen, und als der nächste Windstoß über die Hügel peitschte, duckten wir uns alle und zogen die Kleidung fester um unsere Körper. Allmählich begann ich zu zittern.

»Bäh! Da ist eins in meinem Nacken!«, rief Taylor Bell und beugte sich mit hochgezogenen Schultern nach vorne. In einer Hand hielt sie eine Flasche Wodka, aus der sie den ganzen Abend getrunken hatte, und mit der anderen schlug sie vergeblich hinter sich. Das große gelbe Ahornblatt klebte an ihrem Nacken und presste die blonden Locken, die sich aus ihrem Pferdeschwanz gelöst hatten, platt an ihren Hinterkopf. »Macht es weg!«

Eigentlich war Taylor keine große Trinkerin, aber heute

Abend hatte sie Alkohol in sich hineingeschüttet, als sei es Apfelsaft. Nach dem Eltern-Wochenende – das erst wenige Stunden zuvor mit einer Zeremonie in der Kapelle der Easton Academy zu Ende gegangen war – hatte sie wohl, wie viele andere auch, das Bedürfnis, sich ein bisschen zu entspannen. Allerdings hatten Taylors Eltern nett gewirkt, und sie hatte den Eindruck gemacht, sich in ihrer Gegenwart zumindest wohlzufühlen. Vielleicht bedrückte sie in Wirklichkeit ja etwas ganz anderes.

»Macht es weg!«, jammerte sie wieder. »Leute!«

»Schau nicht mich an«, sagte Kiran und nahm einen damenhaften Schluck aus ihrem silbernen Flachmann. Sie zog ihren langen Kaschmirmantel um die Knie und hielt ihn fest. »Ich hatte vorhin erst eine Maniküre.«

Kiran, das erste richtige Model, das ich persönlich kennengelernt hatte, und in meinen Augen eines der schönsten Mädchen überhaupt, hatte immer gerade *irgendetwas* machen lassen: Highlights, dunkle Strähnchen, Dermabrasion, Algenwickel für die Oberschenkel, mit einem Faden gezupfte Augenbrauen. Das meiste klang nach Folter, aber offensichtlich brachte es was.

Noelle Lang rollte mit den Augen und zupfte das große, nasse Blatt von Taylors Nacken. »Divas«, sagte sie verächtlich und warf es weg. Das Blatt landete auf den Boden, direkt vor dem flachen Felsen, auf dem Ariana Osgood saß. Ariana sah nach unten und studierte das Blatt, als enthielte es den Sinn des Lebens. Ein leichter Windstoß wehte ihr langes, fast schon weißblondes Haar von den Schultern, und sie betrachtete es, um dann zufrieden die Augen zu schließen.

Ich nahm mir ein drittes Bier aus der Kühlbox auf der anderen Seite der Lichtung und beobachtete die Szenerie wie eine Anthropologin eine bisher unbekannte Subspezies des Menschen. Von dem Moment an, als ich sie vor einem Monat zum ersten Mal durch ein Wohnheimfenster für Zehntklässlerinnen der Easton Academy gesehen hatte, war ich von den Billings-Girls fasziniert gewesen. Anfangs hatte ich sie nur heimlich angehimmelt, da es unmöglich schien, an sie heranzukommen. Aber das hatte sich schnell geändert. Jetzt war ich mit den Billings-Girls befreundet. Wir wohnten im gleichen Wohnheim und machten regelmäßig illegal Party im Campus-Wald.

Vorausgesetzt, man ließe »zweimal« als regelmäßig durchgehen.

Ich gehörte jetzt zu ihnen. Ich hatte es in Easton zu etwas gebracht. Allerdings hätte ich selbst nicht so genau erklären können, wie es dazu gekommen war. Eigentlich hatte ich gedacht, sie wären sauer auf mich, weil ich mich weiterhin mit meinem Freund Thomas Pearson getroffen hatte, den keine von ihnen mochte. Ich hatte schon befürchtet, sie als Freundinnen verloren zu haben, weil ich sie hintergangen und Thomas versprochen hatte, zu ihm zu halten und ihm bei seinen Problemen zu helfen. Doch offensichtlich hatte sie mein Verhalten beeindruckt.

Irgendwie. Und das war ein Glück, denn mit ihrer Hilfe hatte ich vielleicht tatsächlich die Chance, die Vergangenheit hinter mir zu lassen. Und musste nicht irgendwann, wie so viele aus Croton, Pennsylvania, nach zwei Jahren Community College in meine Heimatstadt zurückkehren, um in irgendeinem miesen Bürojob zu versauern. Mit den

Billings-Girls im Rücken hatte ich tatsächlich eine Chance im Leben. Eine Zukunft. Die Möglichkeit, Teil einer Welt zu sein, von der ich immer geträumt hatte – einer Welt des Erfolgs. Der Privilegien. Der Freiheit.

»Alles klar da hinten, Reed?«, fragte Noelle und strich sich ihr langes, dunkles Haar hinter die Schulter. »Wenn du kein Bier mehr magst, mixt dir Kiran sicher gerne einen Hayes Special.«

Ihre Augen blitzten verschmitzt, und ich wusste, sie hatte meine nachdenkliche Stimmung bemerkt. Ich wollte nicht undankbar wirken, hierher eingeladen worden zu sein, undankbar für alles, was sie für mich getan hatten. Immerhin hatte ich mir einfach so ein Bier nehmen dürfen, ohne dafür irgendwas für sie erledigen zu müssen, wie es seit meiner ersten Woche an der Schule fast nonstop der Fall gewesen war. Also winkte ich ab.

»Schon okay. Alles gut«, sagte ich und hielt die Flasche hoch.

Dann öffnete ich sie mit einem verrosteten Flaschenöffner und nahm einen großen Schluck in dem Wissen, dass sie mich immer noch beobachtete. Vorhin hatte ich zum ersten Mal in meinem Leben Bier getrunken. Mittlerweile war ich schon bei meinem dritten, das deutlich leichter runterging. Der Trick war wohl, große Schlucke zu nehmen und sie nur kurz im Mund zu behalten, damit die Zunge erst gar nicht mit dem Bier in Berührung kam. Ja, das war erfrischend. Während ich tief durchatmete, wehte mir eine erneute kalte Brise entgegen, und ich raffte meinen Pulli enger um meinen frierenden Körper. Bevor ich mich wieder zu den Mädchen gesellen konnte, ließ mich ein plötzlicher Themenwechsel am Lagerfeuer aufhorchen.

»Ich sag dir eins«, begann Dash McCafferty. »Das wird noch zu einem der größten Mysterien dieses Jahrhunderts.«

»Vielleicht ist er bei seiner Oma in Boston«, warf Josh Hollis ein.

Dash zuckte die Schultern. »Hey, ich wette, sie haben bei der alten Schrulle schon 'ne Razzia gemacht.«

Thomas. Sie sprachen von Thomas. Kaum zu glauben, dass er bei der letzten Party hier im Wald – meiner ersten – noch dabei gewesen war. Es waren bereits achtundvierzig Stunden vergangen, seit Thomas Pearson das letzte Mal gesehen wurde. Er war aus Easton verschwunden, ohne eine Nachricht hinterlassen zu haben. Und laut seines Mitbewohners Josh Hollis – der in diesem Augenblick mit den anderen Jungs am Feuer stand und ausdruckslos in die Flammen sah – hatte er kein einziges Kleidungsstück mitgenommen, nicht mal sein schwarzes Lieblings-T-Shirt. Am Freitagmorgen hatte Thomas mir verkündet, dass er mich liebte, und mir das Versprechen abgerungen, immer für ihn da zu sein, und dann war er verschwunden.

Wie viel Josh wohl wusste – über mich und über das, was zwischen Thomas und mir passiert war? Hatte Thomas Josh *erzählt*, was wir in ihrem Wohnheimzimmer getan hatten? Da war ich mir nicht sicher. Dafür kannte ich ihn noch nicht lange genug. Jetzt fragte ich mich jedes Mal, wenn ich Josh begegnete, ob er davon wusste. Bei dem Gedanken wurde mir ganz schlecht. Auf keinen Fall durfte bekannt werden, dass ich meine Jungfräulichkeit an einen Typen verloren hatte, der mich zweifellos mochte, aber zu viele Probleme hatte, um eine normale Beziehung zu führen. An einen Jungen, von dem ich wusste (und das bereits vor seinem Verschwinden), dass ich nicht mit ihm zusammen sein sollte, und der mir trotzdem wahnsinnig viel bedeutete. Thomas Pearson, der beliebteste Junge in Easton und, wie ich erst kürzlich erfahren hatte, Haupt-Drogenlieferant der Schule. Ich konnte es immer noch nicht fassen.

Josh nahm einen Schluck von seinem Bier, das er bisher nicht angerührt hatte. Mit seinem Milchgesicht und der grünen Flasche in der Hand wirkte er fast ein wenig deplatziert unter den anderen. Seine blonden Locken tanzten im Wind und er trug einen langen, gestreiften Schal über einem zerknitterten, rostfarbenen T-Shirt und einer braunen Cordjacke. Er hatte etwas Künstlerisches, Ernsthaftes und Kreatives an sich. Das gefiel mir an ihm. Noch besser gefiel mir, dass er so eine laute Stimme hatte – laut genug, dass ich ihn unbemerkt belauschen konnte.

»Was ist mit ihrem Haus in Vail?«, warf er ein.

»Alter, Pearson versteckt sich doch an keinem so naheliegenden Ort«, sagte Dash und zog die Nase hoch. Dafür, dass er so gut aussah – kantige Gesichtszüge, blond, Typ Abercrombie-Model – benahm er sich ganz schön ekelig. Er spuckte ins Feuer und nahm noch einen Schluck Bier.

»Sehr sexy, Dash«, rief Noelle über die Lichtung hinweg.

»Danke, Baby«, antwortete er und widmete sich dann wieder der Unterhaltung. »Ich kapier echt nicht, warum sie die Polizei informiert haben. Pearson ist doch bestimmt in New York unterwegs.«

»Meinst du?« Die Hoffnung in Joshs Stimme gab auch mir etwas Optimismus zurück.

»Soll das ein Witz sein?«, sagte Gage Coolidge. Er war von der dünnen, hochgewachsenen, metrosexuellen Sorte, hatte dunkle, hochgegelte Haare und sah aus wie von einer britischen Boyband. »Thomas Pearson verarscht uns gerade auf legendäre Weise. Die ganze Ostküste sucht ihn und er macht irgendwo allein Party bis zum Umkippen.«

»Ja, vielleicht«, sagte Josh. Er biss sich auf die Innenseite seiner Wange und blickte nachdenklich ins Feuer.

»Ganz bestimmt«, entgegnete Dash. »Glaub mir. In weniger als einem Monat ist Halloween. Und du weißt, was das bedeutet.«

»Das Vermächtnis«, sagte Josh.

»Genau.« Dash zeigte mit der Bierflasche in der Hand auf Josh. »Pearson wird das nicht verpassen. Ich wette meinen Sportwagen darauf, dass er aufkreuzt.«

»Mit so was scherzt man nicht, Mann«, sagte Gage.

»Ach was!«

»Stimmt«, pflichtete Josh nickend bei. »Pearson *ist* das Vermächtnis.«

»Alter, wenn er kommt, schleifen wir seinen jämmerlichen Hintern hierher und kassieren unsere Medaillen«, sagte Gage.

»Genau«, stimmte Dash zu und schlug mit Gage über Joshs Kopf hinweg ein.

Das Vermächtnis? Was zur Hölle war das Vermächtnis? Ich wollte gerade zu Noelle und den anderen hinübergehen, in der Hoffnung, dass sie mich aufklären würden, als mich Natasha Crenshaw abfing.

»Reed! Wo willst du hin?«, fragte sie und legte den Arm um meine Schultern.

Ich hielt inne und fragte mich, was das sollte. Natasha Crenshaw war meine neue Mitbewohnerin im Billings-Haus. Und sie war nur aus dem Grund meine neue Mitbewohnerin, weil ihre beste Freundin Leanne Shore wegen Betrugs von der Schule geflogen war, was in Easton für den größten öffentlichen Skandal des Jahres gesorgt hatte. Als ich gestern Morgen damit begonnen hatte, mich in meinem neuen Zimmer einzurichten, hatte mir Natasha ihre Abneigung nur zu deutlich gezeigt.

Daher verwirrte mich ihre Frage.

»Alles okay bei dir?«, erkundigte ich mich.

»Mir geht's gut!«, antwortete sie und blendete mich mit ihren strahlendweißen Zähnen. Natasha hatte dunkle Haut, dunkles Haar und war auf eine Tyra-Banks-mäßige Art sexy. Ich spürte ihre weichen Kurven, als sich ihr Körper näher an meinen drückte, und errötete. Mit meiner Jungenfigur war es mir ein Rätsel, wie sie bei der Oberweite überhaupt gerade laufen konnte. »Hör zu, ich wollte mich nur entschuldigen, weil ich nicht gerade nett zu dir gewesen bin«, sagte sie und zog mich von den anderen weg. »Ich bin immer noch total fertig wegen Leanne und das habe ich wohl an dir ausgelassen. Und das ist nicht okay. Verzeihst du mir?«

Für solche aufrichtigen, klaren Aussagen war sie bekannt. Anders als die meisten anderen Mädchen schien sie nichts zu verbergen zu haben. Das war ihr völlig fremd.

»Äh … klar«, antwortete ich unsicher.

»Gut! Denn ich möchte wirklich, dass wir Freundinnen werden«, sagte Natasha und griff nach meiner Hand. »Beste Freundinnen.«

Ihr Gesichtsausdruck war dabei so ernst, dass ich lächeln musste, halb amüsiert, halb aus ehrlicher Freude.

»Okay, das fände ich auch schön«, sagte ich.

»Super!«, rief Natasha. Sie holte eine winzige Digitalkamera aus der Tasche ihrer schwarzen Lederjacke und hielt sie mit einer Hand in die Höhe, während sie mich mit der anderen umarmte. »Bitte lächeln!«

Ich tat, wie befohlen, dann blitzte es. Lila Punkte tanzten vor meinen Augen und ich blinzelte.

»Ein Meisterwerk«, stellte Natasha mit Blick auf den winzigen Bildschirm fest.

»Cool.« Ich sah an ihr vorbei zu Josh und den anderen, die ihre Unterhaltung nun in gedämpfterem Tonfall führten, und fragte mich, ob sie immer noch über Thomas sprachen, und falls ja, ob sie mir vielleicht etwas verraten würden. »Ich ... bin gleich wieder da.«

Als ich auf halbem Weg zum Lagerfeuer war, sahen plötzlich alle Jungs gleichzeitig auf und riefen zu mir gewandt: »Whittaker!«

Fast wäre ich gestolpert. »Was?«

»Meine Herren! Meine Damen! Ach, mir wird ganz warm ums Herz, wenn ich wie in alten Zeiten alle hier versammelt sehe.«

Häh?

Hinter mir erschien der größte Junge, den ich – abgesehen beim College-Football – je gesehen hatte. Er war mindestens eins fünfundneunzig groß und wog gut hundertzehn Kilo, trug dieses Gewicht allerdings voller Würde mit aufrechtem, selbstbewusstem Gang. Seine Wangen waren gerötet, er trug eine runde Brille und hatte einen Opa-

Haarschnitt, wo das Haar vorne zweieinhalb Zentimeter hochstand und mit Gel flach nach hinten gekämmt war. Er überquerte die Lichtung, nickte den Billings-Girls wie ein Aristokrat zu und klatschte mit Dash, Gage, Josh und den anderen ab.

»Wie geht es euch allen an diesem schönen Abend?«, fragte er mit durchdringender Stimme und wärmte sich die Hände über dem Feuer.

Wer *war* dieser Typ? Und wieso redete er, als sei er einem Jane Austen-Roman entsprungen?

»Wie war es in Ostasien? Ist das chinesische Essen in China wirklich besser?«, scherzte Gage und nahm einen kräftigen Schluck von seinem Bier.

Wegen eines erneuten Windstoßes verpasste ich Whittakers Antwort, die Jungs allerdings lachten über das, was er zu sagen hatte, sie scharten sich um ihn und blickten mit amüsiertem Lächeln und aufgeregt strahlenden Augen zu ihm auf, wie Kindergartenkinder zum Weihnachtsmann hochsahen. Langsam ging ich zu Noelle und den anderen Mädchen.

»Reed, ich dachte schon, du hättest uns vergessen«, sagte Noelle mit ausdrucksloser Miene und nahm einen Schluck von ihrem Bier. Sie war das einzige Billings-Girl, das Bier trank, was der Grund war, warum ich mich auch dafür entschieden hatte. Die anderen tranken Mixgetränke, die alles enthielten, was Kiran und die Jungs auftreiben konnten. »Bist du etwa wieder bis über beide Ohren verliebt?«

»Häh?«

»Du starrst die ganze Zeit Whittaker an«, bemerkte Kiran und ihre braunen Augen glänzten. »Interessante Wahl.«